昇曙夢

『日本大百科辞典 第一巻』 三省堂書店 明治41年11月20日 巻頭扉「分担執筆諸氏」より

芥川龍之介
(1892年〜1927年)
写真提供 日本近代文学館

レオニード・アンドレーエフ
(1871年〜1919年)
『アンドレーエフ傑作集』 大倉書店
大正9年10月5日 巻頭口絵より

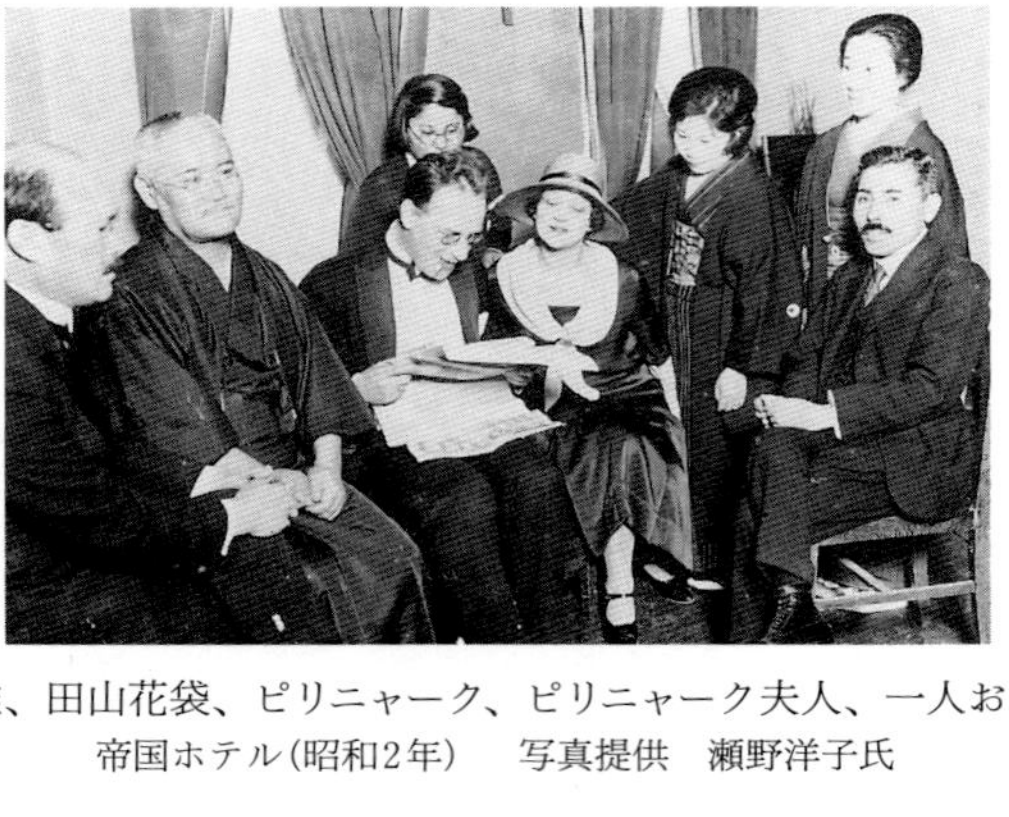

左から 久米正雄、田山花袋、ピリニャーク、ピリニャーク夫人、一人おいて右端昇曙夢
帝国ホテル(昭和2年) 写真提供 瀬野洋子氏

ゴーリキイ（1868年〜1936年）
『ゴーリキイ傑作集』 大倉書店　大正10年2月20日　巻頭口絵より

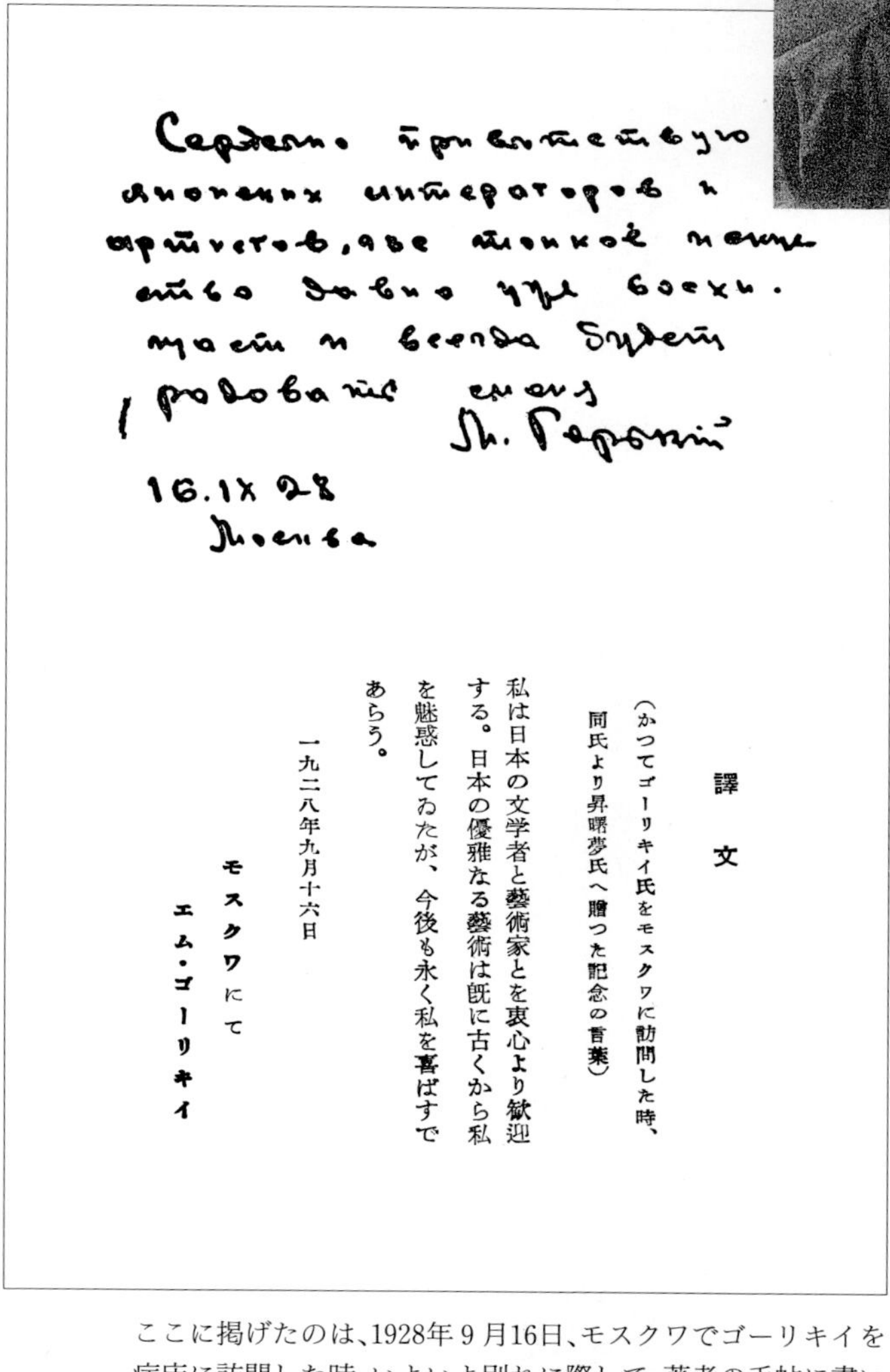

Сердечно приветствую
японских литераторов и
артистов, чье тонкое искус-
ство давно уже восхи-
щало и всегда будет
радовать меня
М. Горький
16.IX.28
Москва

譯文

（かつてゴーリキイ氏をモスクワに訪問した時、同氏より昇曙夢氏へ贈つた記念の言葉）

私は日本の文学者と藝術家とを衷心より歓迎する。日本の優雅なる藝術は既に古くから私を魅惑してゐたが、今後も永く私を喜ばすであらう。

一九二八年九月十六日

モスクワにて

エム・ゴーリキイ

『どん底 他一篇』マキシム・ゴーリキイ名作選集1
クラルテ社　昭和21年7月1日　巻頭口絵より

ここに掲げたのは、1928年９月16日、モスクワでゴーリキイを病床に訪問した時、いよいよ別れに際して、著者の手帖に書いてくれたゴーリキイの記念の言葉である。――――書き終ると彼は、自分の肖像に署名して、一緒に渡した。

『ロシア・ソヴェト文学史』 河出書房　昭和30年　巻頭口絵より

目次

第一章　ロシア文学とともに歩んだ人生

――明治・大正・昭和――

第一節　日本最初のロシア文学者　昇曙夢直隆

一、詩は英雄の朝の夢なり

昇《のぼり》曙《しょ》夢《む》。本名直隆《なおたか》は明治十一年七月十七日、鹿児島県大島郡実久村字芝（現、瀬戸内町芝）で、父直幸志《なおこうし》、母バウキクの七人兄弟の次男に生まれる。雅号の〈曙夢〉は彼が青年時代に崇拝した内村鑑三纂訳《さんやく》の詩集『愛吟』（警醒社、明治三十年七月二十五日）にそえられたアルファンソー・ラマーティンの詩句「詩は英雄の朝の夢なり」に由来する。

明治二十七年四月、大島高等小学校西校（現、瀬戸内町篠川）を卒業。鹿児島の師範学校を受験するが不合格となる。直隆の生涯を通じて最大の試練であった。受験に失敗した直隆少年は村の漁師達に混じって鰹漁の餌場の番小屋で働くが、将来の目標もなく悶々として失意の日々を送る。たまたま長兄茂隆（教師）の知人で大阪商船の社員、石原重遠が熱心なギリシア正教の信者であったので、石原氏からキリスト教の

教理や旧約聖書の物語を聴き感銘し、宗教の世界に触れる。

　翌年三月、草深い辺土の加計呂麻《カケロマ》島を出立、鹿児島に上りその地で受洗。夏上京。ところがその年はニコライ正教神学校の新入生の募集がなかったので、同じ教派の伝教学校に入学して一年を過ごし、翌二十九年九月、ニコライ正教神学校（七年制）に入学して寄宿舎生活に入る。神田駿河台の日本ハリストス正教会の白亜の大聖堂は明治二十四年三月に建立され、ニコライの会堂と呼ばれて帝都東京の名所となっていた。三十二年には駿河台の正教会敷地内に堅牢な石造りの三階建の図書館が建造され、宗教・哲学書をはじめ自然科学から文学まであらゆる分野の書籍が収められていた。曙夢はニコライ大主教直属の書庫や学校の図書館で哲学や文学書を濫読して、時には授業にも出席せず「仮病の天才」であったと、後年友人が語っている。

　神学校時代の直隆について青木精一（新聞記者・元代議士）は「昇曙夢君の学生時代はロマンチツクな、感傷的な、そして冥想的な一風変つた学究子であつた。勿論学校の成績も常に優等であつたが、翌日の学科の予習などは三十分か一時間でさつさと片附けて置いて、プーシキン、ゴーゴリ、ツルゲーネフ、ドストエーフスキイ、トルストイ、チェーホフ等々の露西亜文豪の原作品を片ツ端から渉猟読破しながら、一面浩瀚《こうかん》なる露西亜文学史を常に座右に備へ付けてその研究に熱中されて居られたのである。」（「学生時代の昇君を語る」）（1）

二、二葉亭四迷との出会い

明治三十三年四月号の文学雑誌「新声」（現在の「新潮」の前身）は、全国の有為の青年に呼びかけて懸賞論文を募集した。応募総数、百余篇中、第一等の当選者として、昇直隆の「日本国民の性質」の論文が掲載された。賞金五円を獲得した若き日の直隆の感激の面影がしのばれる。明治三十六年七月、七年間の学業を終えた彼は同校講師に就任し、心理学・論理学・倫理学を担当し、あわせて日本新聞社の嘱託になった。在学中に書いた作品を正教青年会機関誌「使命」やニコライ女子神学校が母体の「裏錦」に発表していたが、それをまとめて翌年六月十八日『ゴーゴリ』（ただし、内題は「露国文豪ゴーゴリ」）を春陽堂から出版。これは本邦初のゴーゴリの評伝である。この頃から畏敬していた二葉亭四迷をしばしば訪問し謦咳《けいがい》に接していた曙夢は、二葉亭の紹介で三十八年三月から大阪朝日新聞社の嘱託となりロシア事情を担当執筆する。

明治四十年一月二十日前橋市の藤平団八の二女藤子と結婚。十二月二十五日、論文集『露西亜文学研究』（隆文館）を出版。同四十一年十一月二十二日から数年間三省堂書店編纂『日本百科大辞典』の全巻にわたって「露西亜文学」の項目を担当執筆。十一月十七日翻訳集『露国名著白夜集』を章光閣より出版。ところが生涯で深甚なる影響をうけた二葉亭四迷が朝日新聞社の特派員としてロシアに滞在中肺結核を患い、明治四十二年五月十日、帰国途上のインド洋上で四十五歳の生涯を閉じる。以後、ロシア文学・ロシア文化

に関する紹介は新進気鋭の曙夢に引き継がれた。

三、一躍、時代の寵児《ちようじ》に

当時のわが国の文学界の状況を見ると日露戦争を境にしてロシア文学が加速度的な勢いで翻訳、紹介されている。しかし、それらの作品のほとんどは英・独・仏語からの重訳であった。わずかにロシア原文からの直訳は二葉亭の他は瀬沼夏葉等、二、三にすぎない。二葉亭歿後、一躍文壇の寵児になった曙夢はそのような時代の要請に応えるかのように寝食を忘れて研鑽《けんさん》する。

その結果、「やがて沸然《ママ》たる自信と共に、ロシア文学の紹介者といふ自覚を持つに至つた。と同時に研究の態度や方針にも一転機を来した。（中略）その最初の結果が翻訳の方で『六人集』である」[2]。『露西亜現代代表的作家六人集』[3]の一巻は見違えるばかりの力量を発揮した香り高い名訳となっている。二十世紀初頭のロシア文壇を華々しく飾った新進作家の珠玉の名篇は曙夢という優れた訳者を得て明治末から大正・昭和時代の青年達の心を魅了したのである。

セルゲイ・エリセーエフ（一八八九―一九七五）はハーバード大学教授として二十三年間日本学を講義し、元駐日大使エドウィン・ライシャワー博士等多くの日本学者を育成した碩学《せきがく》である。東京帝国大学留学中に曙夢の翻訳集『露西亜現代代表的作家六人集』に「序文」を寄稿し、その末尾の部分で「同君の翻訳を現代作家のテキストに最も近い、最も完全な訳として推奨するを憚らぬ。」、「同君の訳は啻《つと》に原文を些の誤りなく忠実

に伝へたばかりでなく、原作の情味をも遺憾なく伝へて居る。」と記している。

四、作家らにも多大な影響を与える

続いて明治四十三年十月十六日、ゴーリキー作『どん底』（聚精堂）を、四十四年一月一日『偉人 トルストイ伯』（春陽堂）を出版。明治四十五年六月二十五日、新潮社発行の翻訳集『露国新作家集 毒の園』の成功は画期的であった。それは近代日本文学史上屈指の名訳で当時の若い新しい作家達の「文学の教科書」（谷崎精二）であった。さらに大正元年十二月一日に博文館創業二十五周年記念事業の一環として企画されたクープリンの雄篇『決闘・生活の河』の反響は満都の諸新聞や雑誌が挙《こぞ》って絶賛し、たちまちのうちに十数版を重ねた。

曙夢の訳業がどれほどわが国の近代文学の発展に寄与しているかの証言は彼の還暦記念に出版された『還暦記念 六人集と毒の園――附文壇諸家感想録――』[4]の一巻に尽されている。その中で武者小路実篤は「ロシヤ文学が最も日本に影響を与へた時代の初期に於て、昇曙夢の時代」があったと当時の文芸思潮の動向を伝えている。

昇曙夢は昭和二年十一月十五日、新潮社の『世界文学全集』第二十三巻においてトルストイ作『復活』の完全訳を行っている。その時の光景を夫人藤子は「八月末『復活』の捺印が始まり、七、八人の社員が自宅にやってきて朝の九時から夜の八時頃まで五日間続いた。[5]」と記述している。

昭和三年九月一日、昇曙夢は日本からトルストイ生誕百年祭に国賓として、唯ひとりモスクワへ招かれているが、第二次世界大戦中のいわゆる〝冬の時代〟には役職もなげうち沈黙を守る。

戦後、昭和二十二年十月一日、名著『ロシア文学の鑑賞』（耀文社）を発行。斯学《しがく》の泰斗と目されていた彼の功績に対して「ロシヤ文学研究」第3集[6]は特集を組み、昇曙夢の「研究と翻訳の五十年――（古稀の齢を迎えて）――」並びに「昇先生著作年譜」を掲載した。

その後、彼の最晩年の十年間は死力を尽して畢生《ひっせい》の大著『ロシヤ・ソヴェト文学史』[7]の執筆に専念する。

『復活』校正中の昇氏（新潮社にて、「世界文学全集」第23巻月報、昭和2年所掲）

五十有余年の長い研究生活の総決算として積年の蘊蓄《うんちく》を傾注し、その博洽《はっこう》広範な叙述によって他書の追随を許さない不朽の名著を世に示す。後人がこれを凌駕《りょうが》することは至難の業であろうと思われる。因《ちなみ》に本書は昭和三十年度、第十二回日本芸術院賞並びに第七回読売文学賞を併せて受賞している。

明治・大正・昭和の三代を通じて「わが国のロシア研究者のなかでも昇曙夢ほど多くの著書や論文を著してきた者はいないであろう。」[8]（外川継男・元北海道大学教授）、「昇

曙夢こそは日本における最初の露文学者という名誉ある称号を得るにふさわしい人物である。」[9]（川崎浹、元早稲田大学教授）。生前百八十五冊余の膨大な著・訳書を上梓して近代日本人の精神的形成に重要な役割をはたした昇曙夢直隆の燦然と輝く不滅の業績と清高な人格はわれわれ奄美郷党の誇りである。

注

（1）青木精一「学生時代の昇君を語る」（『還暦記念六人集と毒の園―附文壇諸家感想録―』昇先生還暦記念刊行会、代表山内封介、正教時報社、昭和十四年九月十日）

（2）昇曙夢「研究と翻訳との十ヶ年」（『文章世界』明治四十五年一月号）

（3）昇曙夢訳『露西亜現代代表的作家六人集』（易風社、明治四十三年五月二十日）

（4）昇曙夢訳『還暦記念六人集と毒の園―附文壇諸家感想録―』（前掲注（1）カッコ内）

（5）昇藤子「思ひ出　附・曙夢臨終の記」（「えうゐ」十五号、北海道大学文学部ロシア文学研究室内、白馬書房、一九八六年十二月二五日）。

（6）蔵原惟人・除村吉太郎他編、「ロシア文学研究」第3集、ソヴェト研究者協会文学部会、新星社、昭和二十三年七月三十日）

（7）昇曙夢著『ロシヤ・ソヴェト文学史』（河出書房、昭和三十年九月三十日）

（8）外川継男「昇曙夢とロシアをめぐって」（「えうゐ」第十四号、北海道大学文学部ロシア文学研究室内、白馬書房、一九八五年十二月二十五日）

（9）川崎浹「解説・註釈」（『ロシヤ・ソヴェー《ママ》ト文学史』昇曙夢著復刻版、恒文社、一九七八年七月二十日、第一版第四刷）

第二節　昇曙夢直隆の相貌

——新資料を踏まえて——

一、序　論

昇曙夢直隆先生は近代日本の歴史のなかで、どのような仕事を成し遂げ、その業績に対して、いかなる評価や位置づけがなされてきたのであろうか。

このように、一見素朴、かつ、基本的な問題を提示して、いまでは闇の中に葬りさられている一人のロシア文学者の生涯と学問（芸術）を浮き彫りにし、顕彰に努めたいと思う。明治・大正・昭和の時代、つまり二十世紀のわが国の激動の時代を昇曙夢はどのように歩んできたのか。彼の専門のロシア語、ロシア文学を介して、当時の世界最高峰の文学作品であったロシア文学を翻訳・紹介するとともにロシア学全般にわたって研究に携わり、質の高い膨大な著作を刊行している昇曙夢。その彼の書物はわが国の国民各層に広く迎えられ愛読されていた。そして当時の知識人や市井の民の精神的な拠り所、糧となって深甚なる影響感化を与えたのであった。

だが、巷間《こうかん》に流布している多種多様な辞典類や近代日本文学の概説、近代日本文学史年表の記述、或いは文壇的側面史の叙述において彼の名前は軽く扱われるか、そうでなければ、ほとんど無視されているに

等しい状態である。彼の業績は他の外国文学者に比較して卓抜なものであり、近代日本文学の生成発展に寄与した影響が絶大であったにもかかわらず、軽視されてきたが故に近代文学研究の最も重要な部分が曖昧なままに等閑《なおざり》にされてきたと断言できよう。一般的に翻訳家の文化的役割がいささか軽視されてきた感じがするわが国の文化界の現状であるが、決して忘却できない存在のひとりが昇曙夢であった。

しかも、昇曙夢の場合、所謂《いわゆる》「翻訳家」の域をはるかに超えていて、その学問研究の裾野はロシア・旧ソ連邦に関する、社会・民族・フォークロアから政治・軍事に及び、さらに映画・音楽・美術・演劇・舞踊・舞台芸術に至るまでロシア学全般を俯瞰《ふかん》する巨星であった。いままさに世界史における二十世紀の激動の時代が終焉《しゅうえん》しようとするのを目前にして、日本近代の歴史的潮流の渦中にあって、六十年間の研究生活を確固不動の精神で、斯学《しがく》の発展のために尽力した彼の業績を明らかにすることは、今日、大きな意味のあることであろうと思われる。

二、二人のロシア学者が見た昇曙夢

元北海道大学教授の外川継男氏は昇曙夢に関して、

> 明治、大正、昭和の三代にわたって、わが国のロシア研究者のなかでも、昇曙夢ほど多くの著書や論文を著わしてきた者はいないであろう。しかも彼が扱った分野は、ひとり文学のみならず、社会、民族、フォークロアから政治、軍事に及んでおり、その仕事は、第二次大戦後わが国で「地域研究」の

一環としてアメリカから輸入されたロシア研究の先駆けをなすものということができよう。それにもかかわらず、今日では昇曙夢の仕事は若い人びとによって、ほとんど完全に忘れ去られ、たとえば札幌のある女子大学の図書館に収められている曙夢の著作としては、わずか『大奄美史』があるだけで、ロシア関係のものは皆無といった状態である。(1)

と慨嘆し、曙夢の仕事への無理解を指摘している。因に外川氏はスラヴ史研究の第一人者であり、ロシア文学、比較文学或いは国文学を専門とする学者ではない。一方、ロシア文学の領域で唯一《ゆいいつ》、曙夢を賞揚するのは元早稲田大学教授の川崎浹氏である。彼は昇曙夢の最晩年の主著である『ロシヤ・ソヴェート（ママ）文学史』の復刻版(2)の背帯につぎの一文をそえている。

……昇曙夢は二葉亭四迷より十四歳下、瀬沼夏葉より三歳下の明治十一年生まれである。彼は夏葉と同じニコライ神学校にまなび、夏葉が最初の翻訳を出した年には、神学校の上級生としてゴーゴリの評伝を正教機関誌に連載していた。これの処女出版は日露戦争が始まった明治三十八（ママ）年で、著者が二葉亭を訪れるようになったのもこの年からである。

……昇は「迷（ママ）の人二葉亭」という追悼文を鷗外や藤村、漱石、魯庵ら六十余人の一人として二葉亭追悼集に寄せているが、私はこの一文を読みながら、昇曙夢もまた二葉亭に私淑して何かを学びとるにふさわしい能力を持つ仲々の人物だという、彼への畏敬の念をいっそう強くした。二葉亭が文学の仕事から手を引いたあと、その穴を埋めるようにして夏葉と昇が登場したのであるが、昇は最初からゴーゴリ論や論文集『露西亜文学研究』などを出して翻訳を後廻しにした点が、他の外国文学者と異

なり、他方では彼の文学研究者としての信頼にたる資質を物語っている。のちの早稲田大学教授片上伸に通じるものがあろう。

との人物紹介を行い、「昇曙夢こそは日本における最初の露文学者という名誉ある称号を得るにふさわしい人物である。」と結んでいる。外川、川崎、両者が簡明に要約した内容から昇曙夢の人物像がある程度推察できるのであるが、本論では今回、新たに調査した資料をもとに彼の生涯に迫りたいと考えるのである。

三、三種の自伝年譜についての疑問

昇曙夢研究に欠かすことのできない最も基本的な資料は彼の三種の自伝年譜である。それはつぎの三つである。

△Ａ「昇曙夢年譜」（『還暦記念六人集と毒の園――附文壇諸家感想録――』正教時報社、昭和十四年九月十日）所掲。

△Ｂ「昇先生著作年譜」（『ロシヤ文学研究』第3集、蔵原惟人・除村吉太郎他編、ソヴェト研究者協会文学部会、新星社、昭和二十三年七月三十日）所掲。

△Ｃ「著者年譜」（『ロシヤ・ソヴェト文学史』河出書房、昭和三十年九月三十日）所掲。

以上、三つの著者作成の自伝年譜を底本にして勘案校合したものに著者編成の「昇曙夢著訳書年譜考――燦然《さんぜん》と輝く不滅の訳業[3]――」がある。現段階における最も信頼できる年譜であると自負するものである。

但し、曙夢自身による三種の自伝年譜は豪放磊落《らいらく》な彼の性格の故か、又、仕事の量があまりにも多い理由によるのか、それぞれの年譜に記憶違いや誤記、誤植、脱落がしばしば散見され、厳正さに欠ける。著者の調査によりその幾分かは補訂できたのであるが、何分、彼の仕事は膨大で多岐にわたっているので遺漏《いろう》も多いと思われる。原資料の収集と詳細な年譜・書誌の作成は昇曙夢の全集や選集、評伝が皆無の現段階では必要不可欠な作業であろう。

四、昇曙夢の真価を問う

昇曙夢（直隆）は明治十一年七月十七日、鹿児島県大島郡実久村字芝（現、瀬戸内町芝）の寒村で生まれた。父直幸志、母バウキクの七人兄弟の次男である。雅号の「曙夢」の呼称は岡野他家夫氏も指摘しているように(4)、彼が青年時代に崇拝した内村鑑三纂訳の詩集『愛吟』(5)巻頭にそえられたアルファンソー・ラマーティンの詩句〈詩は英雄の朝の夢なり〉に由来する。昭和三十三年に八十歳で歿するまで六十年の長い期間、孜々《しし》として倦《う》むことなくロシア文学（主として十九世紀末文学）、およびロシア事情の研究、紹介に尽力した曙夢は、我国のロシア・ソヴェト文学の一大権威として国民に愛惜、愛慕された。昭和三十三年十一月二十二日、午後四時、鎌倉市稲村ケ崎二ノ八ノ七において夫人藤子にみとられつつ永眠。その死は翌日、新聞の各紙に報ぜられた。

△「毎日新聞」（昭和三十三年十一月二十三日、日曜日）

昇曙夢（『還暦記念六人集と毒の園―附文壇諸家感想録―』所掲）

昇曙夢氏（のぼる《（ママ）》しょむ　本名直隆、ロシア文学者）二十二日午後四時老衰のため鎌倉市極楽寺五七五《（ママ）》の自宅で死去。八十歳。告別式は未定。（鎌倉）ニコライ正教神学校でロシア語を学んだのち陸士。早大、日大で教壇に立つ。ロシア文学紹介の第一人者。ソ連にも数《（ママ）》回招かれ、昭和三年モスクワで行われたトルストイ生誕百年祭に参加した。著書も多いが昭和三十一年には「ロシア《（ママ）》・ソビエト《（ママ）》文学史」で芸術院賞、第七回読売文学賞を受けている。（遺影一葉附載）

△「朝日新聞」（昭和三十三年十一月二十三日、日曜日）

昇曙夢《のぼりしょむ》氏（本名直隆、ロシア文学者）

二十二日午後四時老衰のため鎌倉市極楽寺五二七の自宅で死去。八十歳。二葉亭四迷と交遊し、「露国文豪《（ママ）》ゴーゴリ」を処女出版。一時大阪朝日新聞社の嘱託。その後ロシア文学の翻訳に専念。早大講師。二十一年ニコライ露語学院長に就任。卅年九月、ソ連に抑留されていた長男隆一氏の

引揚げについて旧友モスクワ大学日本文学主任コンラード教授に父親の情を訴えて、十二年ぶりに父子の対面がかなった。翌三十一年には「ロシヤ・ソヴィ《(ママ)》エト文学史」で芸術院賞をうけた。告別式の日取は未定。（鎌倉発）　（写真一葉掲載）

△「読売新聞」（昭和三十三年十一月二十四日、月曜日）

昇曙夢（のぼる《(ママ)》・しょむ）氏（本名直隆、ロシア文学者）二十二日午後四時老衰のため鎌倉市極楽寺五二七の自宅で死去。八十。鹿児島県奄美大島出身。三十一年「ロシヤ・ソヴェト文学史」で昭和三十年度日本芸術院賞、第七回読売文学賞を受賞。訳書にはゴーリキィ著「どん底」トルストイ著「芸術論」などがある。日本ペンクラブ会員。葬儀は二十七日午後一時から東京神田のニコライ堂で。　（写真一葉掲載）

△「東京新聞」夕刊（昭和三十三年十一月二十三日、日曜日）

昇曙夢《のぼりしょむ》（本名直隆・ロシア文学者）

二十二日午後四時、鎌倉市極楽寺五二七の自宅で老衰のため死去。八十歳。告別式は未定。奄美大島出身。明治三十六年ニコライ正教神学校卒。陸士教授。早大、日大講師。ニコライ露語学院長のかたわら『復活』『どん底』『決闘』など多数のロシア文学訳書と『ロシア文学概論』『ドストエーフスキイ研究』などの著書がある。昭和三十年読売文学賞、三十一年芸術院賞を受賞した。（鎌倉）

葬儀並びに告別式の日取りについては「毎日新聞」夕刊（昭和33年11月23日(日)）に、

△　昇曙夢氏の葬儀

　二十二日死去した昇曙夢氏＝鎌倉市極楽寺五二七＝の葬儀は二十七日午後一時から二時まで、告別式は同日午後二時から三時までそれぞれ神田ニコライ堂で行われる。（鎌倉）

とある。敬虔な（但し、文学者である彼は表面的にはかならずしも献身的な信者ではなかった）ギリシア正教徒として一生を終えた曙夢（直隆）の埋葬式の模様を機関誌「正教時報」（第八二九号、昭和三十三年十二月五日）の「教会通信」欄から転載しよう。

○十一月二十七日（木）この日大主教イリネイ師を始め首司祭サムイル鵜沢師以下司祭四名、輔祭一人、武岡司祭の聖歌隊指揮のもとに、ワシリィ昇直隆兄の埋葬式が執行された。

来拝者の数は信者並びに一般来拝者を合せ五百人以上の出席を得盛大に行われた。

△故昇直隆兄埋葬式次第

一、祈禱一時開始

弔辞

宗教局長首司祭サムイル鵜沢

日本ロシヤ文学会長《（ママ）》　八杉　貞利

東京奄美会会長　大鳥《（島）》　直治

（中略）

正教神学校々友会代表　内山　彼得

友人代表　　　　　　篠原　純治

二、弔電披露

元首相　鳩山一郎、外務大臣　藤山愛一郎、近衛正子以下二百八十五通に及んだ。

その後、遺族謝辞があり、一般告別式が行われワシリィ昇兄に別れを告げた。

「正教時報」の同じ誌面には二つの追悼文が掲載されている。一つは『昇先生の想い出』一九五八年十一月　まなべ生」という教え子の一文である。「まなべ生」とは正教神学校時代の五年下級生のイアコフ真鍋頼一のことであろう。他の一つは「「昇直隆氏の永眠を悼む」ペトル内山彼得」の文章である。本名内山英保は昇曙夢と正教神学校時代の同窓生。七年間の寄宿舎生活をともにし、卒業式では両者共、優等生として瀬沼恪三郎校長（瀬沼夏葉の夫）から表彰状を授与された人物である。前掲の如く葬儀の際には校友会代表として弔辞を述べている。

さて、曙夢の歿後、直ちに早稲田大学教授の米川正夫が「昇先生を悼む」（「朝日新聞」学芸欄、11月24日掲載）を寄稿。また、「東京新聞」夕刊の文化欄において「大波小波」（おかめ）は「昇曙夢を悼む」を掲載した。翌二十五日には「毎日新聞」の学芸欄に無署名で「昇曙夢氏の業績」の一文が掲載されている。非常に貴重な文章であるからそれぞれの全文を引用することにしよう。まず最初に米川正夫の文章から始める。

昇先生を悼む　　　　　　米川正夫《よねかわまさお》

私がロシア文学の洗礼を受けたのは、二葉亭のツルゲーネフであったが、それからさらに新しい開

眼を与えてくれたのは、昇先生の『六人集』『毒の園』に収められた、いわゆるモデルニズム（近代派）の作家たちであった。ツルゲーネフによって文学の初歩を教えられた私は、昇先生の訳業のおかげで、不安、懐疑、絶望とうらはらになった享楽といったような、近代人の苦モン（悶）の心理を、おぼろげながら知ることが出来た。

それはちょうど私が外語の露語科へ入った時で、青年の熱情というか、若さの無鉄砲というか、紹介もなしに先生のお宅へ推参してザイツェフ、ソログーブ、アンドレーフなど、先生のはじめて日本へ紹介された作家の短篇を拝借し、幼稚な語学力をも顧りみずオク（臆）面もなくそれを翻訳して発表したものである。先生はそうした向うみずをおしかりにもならず、父親のような温かい気持で親切に指導して下すった。五十年近い今になって回想すると、冷汗の流れる思いであるが、それだけにまた先生の大きな抱擁力を、しみじみと有難くかみしめずにいられない。

その後、私もまた私なりに、だんだんと世の中へ出ていって、仕事にも追われるようになったので先生のご指導を受ける機会も次第にまれになったのは、やむを得ないことであるが、しかし年に二、三回はお邪魔にあがって、お元気なお顔を拝見するのを、楽しみにしていた。ことに私の記憶に強くやきつけられているのは、十年前の古希のお祝いに郷土の方々とロシア文学の連中で集まって、先生のご健康を祈った時、酒もお飲みにならない先生が、蛇皮線の奏楽につれて、さも楽しげに奄美大島の踊りを踊られた若々しい姿である。その先生が今やすでに亡いと思うと、夢のような気持がする。しかし、永眠前にあのヒツ（畢）生の労作『ロシア《(ママ)》・ソヴィ《(ママ)》ト文学史』を完成されたことは、われわ

れロシア文学者にとって、何よりも大きな喜びである。

（早大教授・ロシア文学）

つぎに毎日新聞の無署名の記事を紹介しよう。

昇曙夢氏の業績

二十二日、八十才の高齢で死去した昇曙夢氏は日本のロシア文学界の大先輩。原久一郎、中村白葉、米川正夫の三長老はいずれも六十七、八才だから昇氏はちょうど一まわり上の最長老だった。明治の末、原氏が中学生から早稲田英文科の学生時代、昇氏の訳した「白夜集」「六人集」「決闘」などを三上於莵吉、宇野浩二、日夏耿之介らと愛読し、そのうちのあるものなど、いまでも一ページ分ほどは暗記しているそうだ。原氏は「昇氏の訳のあるものは文学的創造にまで高められ、二葉亭四迷につぐ古典といえる。私が中年でロシア文学を志したことも昇氏の影響が大きかった」と語っている。昇氏のさらに大きな業績は「ロシア《ママ》・ソビエ《ママ》ト文学史」である。昭和三十一年の芸術院賞、読売文学賞をうけた二千枚におよぶこの通史は、昇氏の五十年間の研究の成果であった。あまりの大作のため引受ける出版社が見当たらなかったとき、鎌倉ペン・クラブやロシア文学者会その他の有志三百人が四十万円の刊行費を集めたことも、人柄をしのばせる話である。

昇氏はまた奄美大島の出身であり、日本復帰全国対策委員会の初代委員長でもあった。酒席で奄美の歌をうたい、踊る昇氏は、せめて一度だけでも復帰後の奄美をみたいと念じつづけていたが、ついにかなわなかった。

最後に「東京新聞」「大波小波」欄の「昇曙夢を悼む」の一文を引用する。

◆なつかしい名がまたひとつ消えた。昇曙夢といっても、いまの若い人はほとんど知らないだろうが、明治末から大正はじめにかけては、ロシアの世紀末文学と結びついて、文学者に親しまれた名前であった。

◆わが国のロシア文学の紹介者としては、二葉亭がとびぬけてえらい草分けに違いないし、「罪と罰」や「復活」を極めて早い時期に翻訳した内田魯庵の功績を没することはできない。しかし、ロシア語からの直接訳を標準にすると、二葉亭の死後その志をついだのは、昇曙夢であった。アンドレエフ、アルツィバーシェフなどの作品は、すでに二葉亭も手がけてはいたが、その本格的な紹介は昇の「六人集」「毒の園」などによるといってよい。両者とも、明治末年の出版だが、宇野浩二、広津和郎などの若い文学世代に大きな感銘をあたえ、大正文学のひとつの源流になった。

◆その後の昇には、メレジュコフスキーのすぐれた翻訳があり、昭和のはじめにはソ連に招かれ、エレンブルグの「トラストD・E」を訳したりして新しいところを見せたが晩年は振わなかった。ロシア文学の某大家に意地悪されたというウワサもあるが、ニコライ神学校出身という彼の特異な学歴もそこにひびいているかも知れぬ。

◆しかし家庭的にはめぐまれ、ソ連に囚われて多年心痛の種であった一人息子も、二、三年前に無事帰還してジャーナリズムをにぎわした。十日ほどまえ、NHKの「面影をしのぶ、二葉亭四

迷《(おかめ)》」に出たのが彼の最後の社会的活動になった。享年八十歳。明治は遠くなりまさる感がふかい。

数紙の新聞に報ぜられた死亡記事及び追悼文から、昇曙夢の生涯と業績がある程度把握できるのであるが、以下、著者のこれまでの調査と研究を踏まえて、いくつかの点を箇条書にまとめてみる。

1、ロシア文学紹介の先駆者、二葉亭四迷亡きあと、その後を受け継いだのは昇曙夢であった。

2、昇曙夢の翻訳のあるものは文学的創造にまで高められ、二葉亭四迷につぐ、古典といえる。

3、昇曙夢は明治末から大正はじめにかけては、ロシアの世紀末文学と結びつけられて、多くの文学者に親しまれた名前であった。

4、ロシアモダニズムの作家達、例えば、アンドレーエフ、アルツィバーシェフ、ザイツェフ、ソログーブ等の作品の本格的な紹介は昇曙夢の翻訳集『露西亜現代代表的作家六人集』、『露国新作家集毒の園』などでなされているが、宇野浩二や広津和郎、三上於菟吉、豊島与志雄、芥川龍之介、米川正夫、原久一郎等の若い文学世代に大きな感銘を与え、大正文学のひとつの源流となり、その原動力を形成した。

5、昇曙夢は昭和三年九月一日、トルストイ生誕百年祭に国賓として我国から、ただ一人モスクワに招待され、日本文学者の代表として「トルストイ記念祭」で講演を行った[6]国際的学者である。

6、昇曙夢は昭和二十一年から「ニコライ露語学院長」を数年間勤めた。また、昭和二十三年の古稀の齢には彼の長年にわたる斯学発展に寄与した功績を称え、「ロシヤ文学研究」第3集は[7]特集を組み、誌上、昇曙夢の「研究と翻訳の五十年——(古稀の齢を迎へて)——」並びに「昇先生著作年譜」を併せ

て掲載。同年十二月二十五日、ロシア文学会と郷里奄美大島出身者との共催によって、東京の岸体育館で盛大な古稀の祝いが催された。[8]

7、昇曙夢の最晩年の畢生《ひっせい》の大作『ロシヤ・ソヴェト文学史』（河出書房）は、昭和三十年度、第十二回日本芸術院賞並びに第七回読売文学賞を受賞した不朽の名著である。

8、故郷、奄美大島は第二次大戦後、米国の信託統治下となり祖国から分離された。曙夢は老軀《ろうく》にもかかわらず二度にわたって奄美大島日本復帰対策全国総委員長として尽瘁《じんすい》し、ついに昭和二十八年十二月二十五日、奄美の同胞四十万人とともに悲願を勝ちとった。

9、曙夢の死の直前（昭和三十三年十一月十日、日曜日）、NHK第一放送は「面影を偲ぶ『二葉亭四迷』を語るの特集を組み、前田晃、物集芳子等とともに曙夢も自宅録音[9]の形で番組に参加している。（解説中村光夫）

以上、昇曙夢終焉《しゅうえん》直後の新聞記事を取りあげて、人として、文学者としての曙夢像を描出した。

五、「昇曙夢の時代があつた」

昇曙夢の訳業がいかに我国の近代文学の発展に寄与したかの証言は、曙夢の還暦記念に出版された『還暦記念 六人集と毒の園——附文壇諸家感想録——』の一巻に尽されている。曙夢の還暦の寿賀は昭和十三年、戊寅の年にあった。この年彼の知友門弟等が相はかり、再三、記念の事業を企画したのであったが、その

都度、謹厳実直な性格の彼はこれを固く辞退したので方法を変えて記念出版に切り換えたという。(10) それは明治末期の文壇に不滅の印象を残した二つの翻訳集『露西亜現代代表的作家六人集』と『露国新作家集毒の園』とを一巻に纏め、併せて文壇著名の四十三名の筆になる「感想録」を集めたものである。

それでは「感想録」の中から文学に関係のある項目を選りすぐって掲載することにしよう。

「昇曙夢氏の翻訳文学礼讃」（吉江喬松）、「最初の感激と興奮」（中村武羅夫）、「昇先生への感謝」（加藤武雄）、「青年期の憧憬の的」（広津和郎）、「永遠に新しい『六人集』と『毒の園』」（宇野浩二）、「僕達を文学者にした二つの集」（三上於菟吉）、「文学の教科書」（谷崎精二）、「思ひ出深い愛読書」（豊島与志雄）、「昇さんの仕事（曙夢時代の好記念）」（武者小路実篤）、「懐しき作家群」（里見弴）、「新時代への贈物」（米川正夫）、「永久に残る香り高い名訳」（原久一郎）、「意味深いお企て」（相馬御風）、「懐しい早稲田時代の思ひ出」（吉田絃二郎）、「芳烈なる新鮮味」（山崎斌）、「二葉亭を嗣ぐ者」（中村星湖）、「昇曙夢と上田敏」（楠山正雄）、「懐しい思ひ出の標識」（前田晁）、「古典を新たに翫賞する気持」（正宗白鳥）、「旧知にめぐり合ふ懐かしさ」（中村吉蔵）、「傑れた歴史的存在」（土岐善麿）、「唯一無類の業績」（本間久雄）、「ロシヤ文学を日本人の常食にした恩人」（木村毅）、「両飜訳集の古典的意義」（中村白葉）、「ロシヤ近代古典の再吟味」（秋田雨雀）、「再刊『六人集』の魅力」（川路柳虹）、「胸の血の熱するを覚ゆ」（小川未明）、「露西亜文化紹介の恩人」（八杉貞利）、「わが新興文学への貢献」（長谷川誠也）、「多大なる功労の再認識」（馬場孤蝶）、「ロシヤ文学の大元老」（相馬黒光）、「先生に蒙つた恩」（湯浅芳子）、「あの頃の面影」（嵯峨の家老翁）等、これらの豪華絢爛たる文学界知名の錚々《そうそう》たる人物が、ありし日の文学的体験を披瀝し、曙夢翻訳の歴史的成果と功業を称えるとともに、

時代の雰囲気をつぶさに語っているので読んでいて興味がつきない。明治末、大正初年代の文芸思潮、時代思潮を伝える近代日本文学史上屈指の貴重な資料であろう。書中、谷崎精二は「文学の教科書」の表題で次の如く語る。

廿余年前僕と一緒に文学に志した仲間である広津和郎、葛西善蔵、宇野浩二、相馬泰三などは、葛西を除くと皆早稲田の英文科の出身なのだが、英文学の書物などは殆ど読まず、ロシアの小説ばかり耽読してゐた。昇氏の『六人集』や『毒の園』が発行された時、我々は早速買つて貪る様に読んだ。広津や葛西はアルツイバーシェフが好きだつた様に思ふが、僕は当時アンドレーエフが好きだつた。ツルゲーネフや、チェーホフは英訳で読んだが、当時の新しいロシア作家の作品は英訳がなかつたので、凡て昇氏の翻訳で読んだ次第である。

ロシア文学の紹介者として昇氏の名は、二葉亭と並んで永く日本文壇で記憶さるべきものである。

と、確かな言葉で往時を偲び、また武者小路実篤は次の文章を残している。

僕達が文学の仕事をやり出した時、ロシヤ文学が日本に紹介されたことは大したものだつた。バリモントとか、クープリンとか、ザイツェフ、ソログーブ等々の名は僕達には親しみのある、なつかしい名であつた。トルストイ、ドストエフスキーなぞとはちがつて、もつと近い感じのする名だつた。尊敬したり、崇拝したりする気持よりも、もつと先輩と言ふ感じのする名であつた。一作紹介されるたびに人々は争そつて読み、その度に新鮮な感じを受けたもので、ロシヤ文学なぞと言ふ雑誌も出た。ロシヤ文学を日本に紹介した大先輩は二葉亭であるが、それより新しいものを紹介した点で昇曙夢

はロシヤ文学とは放すことの出来ない存在であつた。ロシヤ文学が最も日本に影響を与へた時代の初期に於て、昇曙夢の時代があつたと言つてゐゝ位ゐに昇曙夢は活躍した。『六人集』、『毒の園』などはその時代のよき記念で、我等は懐かしい思ひ出を持つ。昇さんももう六十二になられたと聞くと、それ等の時代は相当昔で、今の若い人達には一寸想像がつかないやうに思ふ。

昇さんの仕事は日本文学に影響を与へた点でも、もつと人々から認められ、表彰されてゐゝものと思ふ。今度記念出版として二つの本が選ばれたことはその表彰としては少しもの足りない気がする位ゐだが、之が機会になつて昇さんの仕事を顧みることが出来れば嬉しく思ふ。僕も愛読者だつた一人として、このさい御礼を言はしてもらいたく思ふ。

（「昇さんの仕事（曙夢時代の好記念）」）

最後に中村武羅夫の一文を掲げる。

何と言つてもロシヤ文学は、自然主義時代の日本の文学のためには、大きな指導的役割をつとめて来たものだと思ふが、昇曙夢氏のロシヤ語からの直接訳は、その点でどれくらゐ黎明期の日本文学のために貢献してゐるか知れない。古いところではロシヤ文学の紹介者としての大きな功績のある人は二葉亭四迷、新しく近代文学紹介者として大きな功績のあるのは、昇曙夢氏である。この二氏の後を享けて非常に多士済々だが、何といつても二葉亭四迷と、昇曙夢氏とは、ロシヤ文学の紹介者として二大先達である。わけても昇氏の訳業が、日本の近代文学の今日の発展の上には、どれだけ大きな寄与をしてゐるか、計り知れないものがあるだらう。

（「最初の感激と興奮」）

と激賞している。この『還暦記念 六人集と毒の園――附文壇諸家感想録――』に寄稿したほとんどの人物が明治二

十年前後に誕生し、そして明治末から大正初年代に自己のレーゾン・デートルを見出し、文学的活動の歩武を進めた作家達である。特に重要な点は、昇曙夢の訳した作品の大部分は所謂ロシアモダニズム派に属する現代作家の珠玉の短篇小説であったが、それらの作品を読んだ当時の青春群像が「人生とは一体何か」、「どんな生きかたをするのが正しいか」といった人生観や、「世界の矛盾」、「理性、デカダン、不条理」の問題、「インテリゲンチアの不安や懊悩、懐疑的精神」等というような人生上の根本問題を考える糧としている事である。そして作家としての気魄や芸術的態度を曙夢訳の諸作から学び取ったのであった。後年、曙夢は当時を回顧して次のように書き記している。

当時はわが国における自然主義の全盛期で、価値転換、様式探求の高揚時代であり、個性の目覚めから生の充実を求めて、而も得られない心の不満、謂はゞ暗中模索の時代であつた。かういふ時代に、英独仏文学に見られない（少なくとも翻訳の範囲においては）ロシヤの革命的な新しい作品が初めて紹介されたのだから、大げさに言へば、旱天に雲霓を望むやうな感じだつたらう。従つてそれ等の作品が当時の新興文学や新進作家に及ぼした影響も相当大きかつたやうだ。

（「研究と翻訳の五十年――（古稀の齢を迎へて）――」[11]）

六、結　論

ひとりの翻訳家の仕事が、同時代の多くの作家（文学者）や作家予備軍、或いは無名の青年達に「芳烈

なる新鮮味」（山崎斌）で迎えられ、「思ひ出深い愛読書」（豊島与志雄）となり、第一等の「文学の教科書」（谷崎精二）とまで言わしめた事例を我国の近代文学史上、私は他に知らない。それにしても昇曙夢の功績は何故、今日にいたるまで国文学や比較文学、ロシア文学者の研究対象として取りあげられて来なかったのであろうか。何故近代日本文学史の概説、近代日本文学年表に記載されずに不当に扱われてきたのであろうか。私は前掲の「感想録」に収録されている諸家の感激と興奮に包まれている言説を読むたびに、これまでの近代日本文学に関する論文や叙述に重大な欠落と偏向がまかり通ってきたと思わざるを得ない。例えば大正時代の花形作家であった芥川龍之介の作家誕生を告げる「羅生門」や「鼻」或いは「偸盗」や「藪の中」にさえ、昇曙夢の翻訳小説の影響が歴然とした形で出てくるのである。その結果、それがわかったことによって芥川像と芥川文学の研究は全く新しい展開の様相を呈し、新段階に突入してきているといえる。[12] 昇曙夢直隆の六十年に及ぶ傑出した仕事は我国の近代文学の源流のひとつとなるとともに原動力を形成してきたといえよう。最後に著者の旧稿を引用して本節を閉じる。

> このように述べてくると、昇曙夢の著作及び翻訳活動は意想外にもわが国の近代文学の主要な幹線に突き当たり、あるいは先導する形で、地下水のごとく、時には清冽な泉となっておのずから湧出してくる。昇曙夢の人と生涯をひと口で言えば温厚にして篤実。しかも強靭な精神力の持ち主であり、毅然として筋目が通り、不撓不屈《ふとうふくつ》の精励と力行によって他の人々が乗り越えることのできないロシア学の樹立に邁進《まいしん》することができたといえるであろう。洵《まこと》に清々しい爽やかな文学者の風貌をそこにみることができる。自己の領分をあくまでも弁えて、キリッと引締まった理知と感性を彼の夥《おびただ》しい論述

（「昇曙夢著訳書年譜考——燦然と輝く不滅の訳業[13]——」）

の行文に見出すことができる。

注

（1）外川継男（前掲7頁注（8））
（2）川崎浹（前掲7頁注（9））
（3）拙稿「昇曙夢著訳書年譜考—燦然と輝く不滅の訳業—」（大阪・大谷中・高等学校機関誌、「叢」第二十号、昭和六十一年二月二十八日）
（4）岡野他家夫「文士雅号の由来」（『明治の文人』雪華社、昭和三十八年十一月十日）
（5）内村鑑三纂訳『愛吟』（明治三十年七月二十五日、警醒社書店）
（6）昇藤子（前掲7頁注（5））
（7）蔵原惟人・除村吉太郎他編（前掲7頁注（6））
（8）昇藤子（前掲注（6））
（9）昇藤子（前掲注（6））
（10）山内封介「序」（前掲7頁注（1））
（11）昇曙夢「研究と翻訳の五十年—（古稀の齢を迎へて）—」（「ロシヤ文学研究」第3集、蔵原惟人・除村吉太郎他編、ソヴェト研究者協会文学部会、新星社、昭和二十三年七月三十日）
（12）a　拙稿「芥川龍之介「羅生門」材源考（上）—アンドレーエフ作昇曙夢訳「地下室」との関連において—」（大谷中・高等学校機関誌「叢」第十七号、昭和五十七年十月二十日）
b　拙稿同（下）、（「叢」第十八号、昭和五十九年二月二十日）
c　拙稿「芥川龍之介「羅生門」材源考再説（上）」（「叢」第十九号、昭和五十九年十二月二十日）
d　拙稿「芥川龍之介初期作品の基底にあるもの」（「叢」第二十三号、平成元年二月十日）

e　拙稿同「承前」（「叢」第二十四号、平成七年五月十日）
f　拙稿「芥川龍之介作『鼻』論への序説」（「叢」第二十五号、平成九年三月二十日）その他多数。

(13)　△　拙稿（前掲注(3)）

第三節　孤往独闘の人　昇曙夢

昇曙夢は偉大なロシア文学者にして、また、奄美にとっての大恩人であり、『大奄美史』の著者でもある。生涯敬虔なギリシア正教徒として生きた彼は、南海の熱い血潮がたぎる、真に奄美の言葉でいう〝肝《キム》清《キヨ》らさん人《チュ》〟であった。

昇曙夢は東京奄美会の設立者の一人であり、第三代の会長として郷土出身者のために尽力し、敬慕された。特にわれわれ奄美の者が決して忘れてならないことは次の一事である。わが国が先の大戦に敗れ、その代償として奄美諸島は米軍の統治下となり、祖国日本と分離され自由に渡航もできず、通信もままならない屈辱の時代、曙夢は七十歳を超えた老軀にもかかわらず、祖国復帰のために奄美連合全国総本部委員長、さらに奄美大島日本復帰対策全国委員会委員長に推挙され、尽瘁《じんすい》したことである。

昭和二十八年八月八日、ダレス声明によって、奄美内外の同胞四十万の祖国復帰の悲願が達成された歓喜のなかで、彼は次の言葉を残している。「奄美の戦時は終ったが、昇の戦時はソ連に抑留されている隆一が帰った時が終了だよ。床に伏し帰郷出来ぬのが残念」と。

昇曙夢、本名・直隆は明治十一年七月十七日、大島郡実久村字芝（現、瀬戸内町芝）で、父直幸志《なおこうし》、母バウキクの七人兄弟の次男に生まれ、昭和三十三年十一月二十二日午後四時、八十歳の天寿を全うして鎌倉

昇曙夢（右端）とその家族
（「新潮」大正２年12月号から）
（写真提供　沢 佳男氏）

稲村ケ崎の自宅で永眠した。その死に際して、翌日の「朝日新聞」を始め、有力各紙が写真入りで死亡記事を掲載した。翌々日には同じく「朝日新聞」に早稲田大学教授でロシア文学者の米川正夫が「昇先生を悼む」の一文を寄稿。また、「東京新聞」夕刊の文化欄コラム「大波小波」には「おかめ」の匿名で「昇曙夢を悼む」が載った。葬儀と告別式は二十七日に東京・神田のニコライ堂で営まれ、葬儀には信者を含めて五百人以上が参列した。弔辞を日本ロシア文学会会長である八杉貞利、東京奄美会七代目会長の大島直治、友人代表の弔辞は東京奄美会六代目会長の篠原純治が述べている。弔電は元首相の鳩山一郎、外務大臣の藤山愛一郎、近衛正子以下二百八十五通に及んだ、と「正教時報」（第八二九号、昭和三十三年十二月五日）の「教会通信」は報告している。

明治・大正・昭和前期の激動の時代をロシア文学の翻訳と紹介に努めた昇曙夢は、二葉亭四迷亡きあと

文壇の一方の雄として孤往独闢《どくびゃく》の道を歩み、生前百八十冊余の著・訳書を刊行している。彼の場合、いわゆる翻訳家の域をはるかに超えており、その学問研究はロシア・旧ソ連邦に関する社会・民俗・フォークロアから政治・軍事に及び、さらに映画・音楽・美術・演劇・舞踏・舞台芸術に至るまで、ロシア文化全般を俯瞰《ふかん》する巨星であった。

近代の日本文学は、他の外国文学に比較してロシア文学の影響をより多く受けてきた。明治文学草創期における二葉亭四迷の翻訳紹介と実作の影響は、島崎藤村や田山花袋や国木田独歩の世代までであり、それ以後の世代に最も愛読され、嗜好《しこう》されたのは昇曙夢の翻訳文学であった。

二葉亭四迷が朝日新聞社の特派員としてロシアに滞在中、肺結核を患って明治四十二年五月十日、インド洋上で客死したあとのロシア文学・ロシア文化に関する紹介は、新進気鋭の昇曙夢に引き継がれた。

明治末から大正・昭和時代初期の文学と思想は、昇曙夢の翻訳作品、特にアンドレーエフ、アルツィバーシェフ、ソログーブ、ザイツェフ、クープリンらに代表されるロシアモダニズム派の文学と思想の影響を抜きにしては語ることができない。

曙夢の翻訳集『露西亜現代代表的作家六人集』や、四十五年六月の『露国新作家集毒の園』（新潮社）、大正元年十二月発行のクープリン作『決闘・生活の河』（博文館）などの珠玉の名訳は宇野浩二、広津和郎、葛西善蔵、谷崎精二ら「奇蹟」派や、豊島与志雄、芥川龍之介らの大正初期に文学活動を始めた若く新しい作家たちの「文学の教科書」（谷崎精二）であった。また、武者小路実篤は「ロシヤ文学が最も日本に影響を与えた時代の初期

に於て、昇曙夢の時代があった」と後年回想している。大正四年一月の大著『露国現代の思潮及文学』（新潮社）とその増補大改訂版（改造社、大正十二年七月十三日）は当時、世界でも屈指の名著であり、魯迅も読んでいるのである。さらにトルストイの名作『復活』（新潮社、昭和二年十一月十五日）の完全訳は唯一無二の名訳であり、国民に広く愛読された。

昇曙夢は昭和三年九月一日、ソ連政府から国賓として「トルストイ生誕百年祭」に招聘され日本人としてただ一人参加し、席上、日本文学者の代表として講演を行っている。曙夢最晩年の主著『ロシヤ・ソヴェト文学史』は昭和三十年度、第十二回日本芸術院賞、並びに第七回読売文学賞を獲得した不朽の名著であり、後人がこれを凌駕《りょうが》することは至難の業であろうと思われる。

だが、そのような彼の偉大な業績にもかかわらず、現在まで不当に無視または軽視されてきている。残念ながら昇曙夢の故郷である奄美大島においても同様である。なぜ、近代日本文学史にその名が記述されていないのか。理由は種々考えられるが、①学閥の問題、②出版とマス・メディアの問題、③学問の継承問題、④研究者の問題、⑤戦後の思想界の問題、などが挙げられる。

各項目について簡潔に述べれば、①の件、昇曙夢はニコライ正教神学校の出身である。わが国のロシア文学のメッカは東京外国語大学であり、早稲田大学であった。それぞれ優秀な人材を輩出していることは周知の通りである。②の件、昇曙夢は岩波書店から一冊も出版していない。一方、新潮社からは戦前二十三冊刊行している。だが、不思議なことに、戦後になって新潮社から復刻版を含めて一冊も出版していない。③の問題、曙夢に翻訳の仕方やロシア文学の手ほどきを受けた一世代後の米川正夫や中村白葉や原久

一郎らには、それぞれの学統を継承する息子や娘婿《むすめむこ》がいる。ところが、曙夢の嫡子である昇隆一氏は東京外国語大学でロシア語を学び外交官となるが、昭和十八年に招集令状を受け、戦後捕囚の身となってロシア各地の収容所に送られ生死の境に生きた。ようやく母国に帰還できたのは昭和三十年のことである。理不尽な時代の激浪に翻弄されて過酷な運命の生涯を送った。④の問題、国文学者、比較文学者、ロシア文学者、スラヴ研究家で曙夢に注目した人物は元北海道大学教授（スラヴ史）の外川継男氏と元早稲田大学教授（ロシア文学）の川崎浹氏の二者にすぎない。まことにさびしい限りである。⑤については、概して日本国民は戦前戦後を通じてロシアに関してははなはだ冷淡であった。戦後、民主主義体制の風潮のもと社会主義・共産主義の思想がイデオロギーとして世の中に瀰漫《びまん》し、旧ソ連邦がにわかに脚光を浴びることになるが、一貫して不偏不党の精神を堅持していた曙夢の立場は、急進的かつ過激な革命思想や実践運動とは無縁であった。

以上、昇曙夢が正当に評価されず、今では闇の中に埋没している要因を私見として述べたが、その他にも文体や用語の問題なども指摘できる。ともあれ、昇曙夢の優れた翻訳文学が大正文壇の旗手、芥川龍之介の作家誕生を告げる「羅生門」「鼻」「偸盗」など、初期の作品に甚大な影響を及ぼしているのは確かである。私は今回出す著書の後半部で「羅生門」と「地下室」（アンドレーエフ作、曙夢訳）の文体の酷似に着目して、両作品の関連性を比較文学的に考察した。

私は『ロシア文学者昇曙夢&芥川龍之介論考』で郷土の偉人、昇曙夢を顕彰すると共に日本近代文学史の書き替えを意図したが、多少なりともその目的を果たすことができたのではないかと思っている。願わくは多く

の国文学者、比較文学者、ロシア文学者、スラヴ研究家に読んでいただき、ご批判をいただけるならば幸いである。

思えば大阪は道頓堀にあった古書の老舗「天牛」のぞっき本中に昇曙夢訳『六人集』を見い出し、手中にして読み、深く感動してから二十年、多忙な教職の合間にこつこつと書きためてきた一巻である。拙著が昇曙夢の名著『大奄美史』と共に郷土・奄美の人々の良き伴侶となることを願っている。

第四節　昇曙夢著訳書年譜考

——燦然《さんぜん》と輝く不滅の訳業——

一、奄美の胆清《きもきよら》さん人《ちゅ》

昇曙夢《のぼりしょむ》。ロシア文学者（本名昇直隆。別号乃慕留、雅号の〝曙夢〟の名は内村鑑三の訳詩「詩は英雄の朝の夢なり」から採っている）。明治十一年七月十七日、鹿児島県大島郡実久村字芝（現、瀬戸内町芝）に生まれた。そして昭和三十三年十一月二十二日、八十歳の天寿を全うして鎌倉市稲村ケ崎二ノ八ノ七において永眠した。およその間、五十有余年の長い期間、孜孜《しし》として倦《う》むことなくロシア文学（主として十九世紀末文学）、およびロシア事情の研究、紹介に従事し、実に百八十冊余にものぼる膨大な著・訳書を上梓《じょうし》して、わが国のロシア、ソヴィエト文学の一大権威として斯学《しがく》の発展のために尽力した。だが、このような彼の秀れた業績にもかかわらず、誰しもが奇異に感じるであろうが、いまでは杳《よう》としてその声名を聞くことなく、忘れ去られた人物と化しているのである。一般的に翻訳家の文化的役割がいささか軽視されてきた感じがする、わが国の文化界の現状ではあるが、決して忘却できない存在のひとりが露文学者としての昇曙夢である。

一方、近年になって「昇曙夢こそは日本における最初の露文学者という名誉ある称号を得るにふさわしい人物である。[1]」との高い評価もロシア文学者によって指摘されている。昇曙夢再評価の機運が熟してき

たやに見える。すでに曙夢に関する他の文章でも触れたことであるが近代日本文学の生成発展の展開上、非常に重要なポイントになると考えるので再度述べておきたいことがある。それは他でもない。昇曙夢の還暦の佳辰《かしん》に記念出版された『還暦記念六人集と毒の園――附文壇諸家感想録――』一巻に収められている文壇諸家の印象記についてである。書中、文学界知名の錚々《そうそう》たる四十三名のメンバーがありし日の文学的体験を披瀝し、曙夢翻訳の歴史的成果と功業を称え、熱誠の赴くところ感激を込めて語っているので読んで興趣が尽きない。それは明治末期から大正初年頃の文芸思潮、時代思潮の雰囲気を如実に余すところなく伝えていて近代日本文学研究の好個の基本資料となっている。曙夢の若い時代、つまり、彼の三十代半ばに翻訳した数々の名篇が、当時の若者達――青年作家達を如何に魅了し尽し、文壇で一大センセーションを巻き起こしたか。また、どれほど甚大な影響をわが国の近代文学に与えているか計り知れないものがある。しかし、曙夢の手によって訳されたロシア十九世紀末文学とわが国の文学との影響関係については、紅野敏郎、高田瑞穂、橋本迪夫、畑実、大森澄雄、関口安義及び拙論等に論及の一端があるものの、その実相の全容については未だに闡明《せんめい》にされてはいない。今後の近代文学の重要な研究課題のひとつであるといえよう。その手掛かりとなり、目やすともなるのが次の幾つかの証言である。

二、文壇の人

『還暦記念六人集と毒の園――附文壇諸家感想録――』のなかで武者小路実篤は「ロシヤ文学が最も日本に影響

を与へた時代の初期に於て、昇曙夢の時代（昇さんの仕事（曙夢時代の好記念）があった」と当時の文芸思潮の動向を伝えている。また谷崎精二は「文学の教科書」のタイトルで曙夢の翻訳集『露西亜現代代表的作家六人集』と『露国新作家集毒の園』に触れつつ、それが「発行された時、我々は早速買つて貪る様に読んだ。」、「当時の新しいロシア作家の作品は英訳がなかつたので、凡て昇氏の翻訳で読んだ次第である。／ロシア文学の紹介者として昇氏の名は、二葉亭と並んで永く日本文壇で記憶さるべきものである。」と語る。さらに相馬御風は「昇さんはたしかに明治末期から大正年代に於けるわが国の文学に大きな貢献をなした大立物の一人であつた。そして私たちは特にそのお蔭を蒙つた。私は今更ながら昇さんに感謝と尊敬の意を表させて貰はうと思ふ。」（「意味深いお企て」所掲）と述べている。さらにまた本間久雄と中村武羅夫も次の様に語る。

本間久雄曰く、

　昇さんが「六人集」や「毒の園」等を公けにされた頃は、私は早稲田大学の英文科に学んでゐた学生でしたが、其頃の私達は、肝じんの英文学の作品よりも寧ろ大陸文学、殊にロシヤ文学に熱中してゐて、クロポトキンの例の『ロシヤ文学の理想と現実』、ワリシェーフスキイの『ロシヤ文学史』などを愛読し、一方にはガアネツト訳のツルゲーネフやモオド訳のトルストイや、訳者の名は忘れたが英訳のゴオリキーなどを貪り読んだものです。学校でも島村抱月先生が先頭に立つてロシヤ文学の研究を主張され、昇さんを聘してロシヤ語の講義を依頼し、吾々学生をしてそれに侍せしめるといふ有様であつたのです。私もそれに侍した学生の一人でした。

　かやうに其当時の新時代人にロシヤ文学の興味を喚起したのは、一に故二葉亭四迷と昇さんとの努

力によるのでした。殊に昇さんは二葉亭歿後ロシヤ近代文学の紹介者翻訳者として文字通り第一人者であり、又、唯一人者であり、そして「六人集」と「毒の園」の二つこそは、其当時に於ける昇さんの唯一無類の業績を、如実に物語る記念的な書物であります。

（「唯一無類の業績」所掲）

また中村武羅夫曰く、

何と言つてもロシヤ文学は、自然主義時代の日本の文学のためには、大きな指導的役割をつとめて来たものだと思ふが、昇曙夢氏のロシヤ語からの直接訳は、その点でどれくらゐ黎明期の日本文学のために貢献してゐるか知れない。古いところではロシヤ文学の紹介者としての大きな功績のある人は二葉亭四迷、新しく近代文学紹介者として大きな功績のあるのは、昇曙夢氏である。この二氏の後を享けて非常に多士済々だが、何といつても二葉亭四迷と、昇曙夢氏とは、ロシヤ文学の紹介者として、二大先達である。わけても昇氏の訳業が、日本の近代文学の今日の発展の上には、どれだけ大きな寄与をしてゐるか、計り知れないものがあるだらう。

（「最初の感激と興奮」所掲）

それでは米川正夫や原久一郎、中村白葉等、中村武羅夫の言う「多士済々」に属するロシア文学の翻訳家、研究家達はこの先達、昇をどのように見ていたのであろうか、米川正夫は「新時代への贈物」の題の下に次のように回想する。

昇曙夢先生の名は明治大正の文学史にあつては、二葉亭と同じ意味に於て、彼に次ぐ重要な名前である。先生の名を外にしては、日本の自然主義時代の文学の歴史は完全なものとなり得ないだらうとさへ、私はひそかに考へてゐる。アルツイバーシェフ、クープリン、ザイツェフ、ブーニン等は、す

べて先生によつて我文壇に植ゑつけられ、当時の作家達に少からぬ影響を与へた革命前期ロシヤを代表する文星である。

私も、二葉亭からと同様先生の大きな刺戟をうけてロシヤ文学の大森林に第一歩を踏み込んだのみならず、無躾《（ママ）》に先生の門を敲いて直接誘掖の幸運を持つた一人であるが、爾来いつしか三十有余の星霜が流れ去つたかと思ふと、うたゝ感慨無量ならざるを得ない。

また原久一郎は「永久に残る香り高い名訳」のタイトルで、

何よりも先づ第一に、明治から大正にかけて、ロシヤ文学の研究移植紹介に最も大きな功績を残した昇氏が、既に還暦を超えたるにも拘らず、今尚ほ昔日のおもかげをさながらに、矍鑠として活動してゐる事に対し、深甚なる敬意を表し、且つ心から喜びの言葉を申述べる。

実際、当時まだ処女地と言つても好い位だつたロシヤ文学移植の分野に、昇氏の残した足跡は偉大だし、且つその成果も立派なものだ。が、中でも今度記念出版になる「六人集」と「毒の園」、それからクープリンの「決闘」の訳などは、最も輝かしい代表的なもので、かの「あひびき」の訳者二葉亭のそれに続いて、——さうだ、次いでではなく、彼に続いて、——名訳の芳香をふんだんに発散しながら、永久に残る逸品だと思ふ。

と激賞している。そして後年中村白葉は昭和三十一年二月十日付の「南日本新聞」の文化欄に「昇曙夢さんの仕事」という随想を寄稿している。その中で白葉は、

いまの若い人々は知らないだろうが、私と米川正夫が外語の露文科を卒業した明治四十年代は、二

葉亭四迷なきあとで、ロシア文学の紹介は昇さんの一手販売といった形だった。私と米川もよく当時東京四谷の小さな住いだった昇邸を訪問しては多くの教えをうけたものである。昇さんも三十一、二歳の少壮学究で、チェホフ、ゴーリキィ、アンドレェフ、ザイツェフの作品をつぎつぎに翻訳し一番はなやかな時代であったと思う。当時、自然主義勃興期で、文学青年だった宇野浩二、広津和郎、青野季吉らは昇さんの翻訳から多くの啓示をうけたはずである。面白いことに当時は雑誌の巻頭に翻訳が掲載され昇さんの名前が輝いていたものだ。

と追懐する。この他にも数多くの人々が曙夢の訳した数々の名篇、その大部分はロシアモダニズム派に属する作家達の短篇小説であったが、それを読んだ当時の若い新しい作家達が、作家としての気魄や生活態度、思想、人生観、正義や良心などといった人生の根本的な問題を考える糧としているのである。青年ならではの真摯な生活に対する願望や人間生活の理想と現実との落差、美しい世界への憧憬等といった人生上の根本的問題を曙夢訳の諸作に学び取り、そして「思い出深い愛読書」（豊島与志雄）とし、また第一等の「文学の教科書」（谷崎精二）として熟読玩味し、「胸の血の熱するを覚ゆ」（小川未明）と証言している。私は『還暦記念 六人集と毒の園――附文壇諸家感想録――』に収められている諸家の真卒な感想を読むたびに、我国のこれまでの近代文学に関する記述に重大な欠落と偏向がまかり通っていたのではないかとの疑念を持たざるを得ないのである。近年しきりに喧伝される矮小で脆弱な自閉症的作品論の横行を見るにつけ、時代思潮や文芸思潮を無視した文学作品の解釈や読解に強い不満を持つものである。

私は再三、拙文において引用するのであるが、それは秋田雨雀の「わが国青年に与へたロシヤ文学の影

響について（文学通信）」[2]の一文にある次の言葉、

　世界大戦前に於けるロシヤ文学の懐疑的低迷時代の影響も決して少ないものではないと思ひます。アンドレイフ、クープリン、バリモント、ボリス・ザイツエフ、乃至アルツイ《（ママ）》・バーセフの作物なぞは断片的であり、組織的ではなかつたけれども、当時のロシヤ文学の紹介者たちによつて絶えず紹介されてゐたし、殊にアンドレイエフ及びアルツイ《（ママ）》・バーセフは当時の日本青年の二つの性格を形成させてゐたとまでいはれたものです。

このことは近代日本文学史の研究上いささか留意すべき問題ではあるまいか。私には多分に傾聴に値する章句のように思われる。殊に末尾の「アンドレイエフ及びアルツイ《（ママ）》・バーセフは当時の日本青年の二つの性格を形成させてゐた」との言説に注目する必要はないであろうか。明治末期から大正期にかけて熾《さか》んに紹介移植されているアンドレーエフとアルツイバーセフというロシアモダニズム派の作家の多分に厭世的、頽廃的傾向の文学作品とその思想が大正文学の基底を貫通するところの一条の線、即ち〝もの憂い気分〟の根源につきあたる一つの要因を形成させていたのではないか、とかつて卑見を述べたことがある。[3]このことは、日本近代文学史における明治末と大正文学との間隙を埋める重要なポイントになると考えるからである。上記の作家達の作品の紹介のそのほとんどは、昇曙夢の手によってなされているのである。

三、不撓不屈の文学者

このように述べてくると、昇曙夢の著作及び翻訳活動は意想外にもわが国の近代文学の主要な幹線に突き当たり、あるいは先導する形で、地下水のごとく、時には清冽な泉となって自ら湧出してくる。昇曙夢の人と生涯をひと口で言えば温厚にして篤実、しかも強靭な精神力の持ち主であり、毅然として筋目が通り、不撓不屈の精励と力行とによって他の人々が乗り越えることのできないロシア学の樹立に邁進することができたといえるであろう。洵《まこと》に清々しい爽やかな文学者の風貌をそこにみることができる。自己の領分をあくまでも弁えて、キリッと引締まった理知と感性を膨大な著述の行文に見出すことができる。

曙夢は昭和五年二月に出版した『最近のソヴェート・ロシヤ』（クロモシリーズ、三省堂）のはしがきにおいて「私は平素、主義や政見を超越して、左右何れの傾向にも囚はれない、極めて自由な立場からロシヤを研究してゐる一人である。斯うした立場から、私は最近自分が見て来たロシヤの実状を、出来るだけ各方面に亘つて述べて見たい。」と牢固とした態度で自己の所信を表明している。昭和五年という近代日本の歴史上、未曾有の転換期、新旧思想の角逐対立の時代状況下にあっての自己の立場の表明である。

ところで、彼の自伝年譜を一瞥すれば判然とするように第二次大戦下の所謂《いわゆる》冬の時代には著作活動を行っていない。役職も抛《なげう》ち沈黙を守る。

明けて戦後、昭和二十二年十月一日発行の名著『ロシヤ文学の鑑賞』（耀文社）の序文において彼は次の

ように披瀝する。「わが国では、ロシヤ文学に関する限り、作品の翻訳は比較的豊富に出てゐながら、その作品の理論的研究若くはその背景となつてゐる時代相乃至社会相の史的研究に至つては、誠に寂寥々たるものである。文学史も一二出てゐるやうではあるが、学的には極めて不満足なものである。作家の研究にしても、文芸思潮にしても同じことで、これまで体系的に纏《（ママ）》つた研究が出てゐないばかりでなく、ロシヤ文学史上の主なる基本的問題に触れた研究は殆んど《（ママ）》見当らないといつてよい。」と。この極めて率直な断言は、我国におけるロシア文学研究の永年の当事者としての曙夢の強い自身と偽らざる実情認識を現すものであったと考えられる。自他ともに斯学の泰斗と目されていた彼の功績に対して「ロシヤ文学研究」第3集は特集を組み、昇曙夢の「研究と翻訳の五十年――（古稀の齢を迎へて）――」並びに「昇先生著作年譜」を併せて掲載している。この後、彼の晩年の十年間は死力を尽して畢生《ひっせい》の大著『ロシヤ・ソヴェト文学史』の執筆に専念する。五十有余年の長い研究生活の総決算として積年の蘊蓄《うんちく》を傾注し、その博洽《はっこう》広汎な叙述によって他書の追随を許さない不朽の名著を世に出す。後人がこれを凌駕《りょうが》することは、至難な業であろうと思われる。因に本書は昭和三十年度、第十二回日本芸術院賞並びに第七回読売文学賞を併せて獲得している。

さて、このように明治・大正・昭和の三代にわたって華々しく活躍し、文学界の一方の権威であった昇曙夢であるが、彼についての伝記や研究書は現在一冊もない。また、彼の厖大《ぼうだい》な著作の整理もなされていない。「著書・翻訳書一覧」あるいは「作品一覧」、「年譜考証」ですらいまだになされていない。そこで私は微力を尽して彼の人生と生涯を知るためのよすがとして、「昇曙夢著訳書年譜考」の書誌を編むこと

になった。完璧を期するには程遠い一里塚ではあるが、まずは曙夢を顕彰し、近代文学の空白部分を埋めるという意味で拙文を草するのである。

注

（1）川崎浹（前掲7頁注（9））
（2）秋田雨雀「わが国青年に与へたロシヤ文学の影響について（文学通信）」（米川正夫・馬場哲哉・除村吉太郎編『ロシヤ文化の研究―八杉先生還暦記念論文集』岩波書店、昭和十四年三月二十五日）
（3）拙稿（前掲27頁注（12）a）

四、昇曙夢著訳書年譜考

凡　例

㈠、この年譜作成にあたっては、つぎの三種の自伝年譜を基本テキストに用いた（但し、A・B・Cの記号は編者が仮りに付したものである）。

A・「昇曙夢年譜」『還暦記念六人集と毒の園――附文壇諸家感想録――』（昇先生還暦記念会、代表山内封介、正教時報社、昭和十四年九月十日）所掲

B・「昇先生著作年譜」（「ロシヤ文学研究」第3集、蔵原惟人・除村吉太郎他編、ソヴェト研究者協会文学部会、新星社、昭和二十三年七月三十日）所掲

C・「著者年譜」（『ロシヤ・ソヴェト文学史』河出書房、昭和三十年九月三十日）所掲

㈡、この「昇曙夢著訳書年譜考」の構成は三段組にする。最上段に前記A・B・Cの著者作成の年譜を掲載し、編者が曙夢の単行本とみなされる著書、共著、訳書、及び校閲、監修に関わった書目を採択し配置した。中段には校訂を示し、下段にはより厳密詳細な年表の補正を加えたものである。

㈢、この年表の中には一部、曙夢の単行本とは見做されない総合的な「全集」本、「叢書」、「全書」、「辞典」及び「雑誌」所載の「作品」が混入している場合がある。その理由は昇自身が自作年譜に記載しているものの或いは編者が重要視しているものである。

㈣、編者がまだ確認していない書目については下段において「未確認」と明示しておいた。また、編者による補正箇所を太字によって明確にした。更に第二次資料によって補足できるものもそれを同様に明示した。

昇曙夢著訳書年譜	校訂	昇曙夢著訳書年譜補訂
△明治三十七年六月、『露国文豪ゴーゴリ』を春陽堂より処女出版。	△明治三十七年六月の項。A、B、Cいずれも書名を『露国文豪ゴーゴリ』と記載しているが、これは誤りで単に『ゴーゴリ』とすべきである。但し、同書のトビラには「露国文豪ゴーゴリ」となっている。その違いは初出誌「使命」の題名をそのまま記憶に留めていたものと思われる。なおBの年譜では発行日を「明治二十七年六月」と誤記している。	△明治三十七年六月**十八日**、『**ゴーゴリ**』（**但し、トビラには「露国文豪ゴーゴリ」**）を春陽堂より出版。
△同　四十年十二月、論文集『露西亜文学研究』を隆文館より出版。		△明治四十年十二月**二十五日**、論文集『露西亜文学研究』を隆文館より出版。
△同　四十一年十二月、翻訳集『白夜集』を章光閣より出版。三省堂編纂『日本百科大辞典』中「ロシヤ	△明治四十一年の項。A、B、Cいずれも翻訳集『露国名著 白夜集』の発行月を「十二月」としているが、正確には	△明治四十一年**十一月十七日**、『**露国名著 白夜集**』〈ツルゲーネフ「草場」、「凄艶」、プーシキン「吹雪」、「黒人」、「海少女」コロレンコ「奇火」、チェーホフ「窒扶斯」、ゴーリキイ「悪魔」〉を章光閣より

文学」を担当執筆。	△同　四十二年十二月、早稲田文学社編纂『文芸百科字書』中「ロシヤ文学史」を執筆。
「十一月十七日」の誤りである。そして三種ともに「露国名著」の割り書きがない。次に十一月二十二日発行の『日本百科大辞典』をCでは『日本百科大辞典』と誤記している。更にこの辞典の担当執筆をA、Bともに「此年より数年間」と漠然と記しているが、第一巻の発行日は「十一月二十二日」であり、第十巻完結の年度は大正八年四月二十六日である。	△明治四十二年十二月の項。早稲田文学社編纂『文芸百科全書』をCでは『文芸百科字書』と誤記している。但し、A、Bは正確。
出版。**十一月二十二日**三省堂書店編纂『日本**百科大辞典**』の刊行が始まり、その第一巻から**大正八年四月二十六日発行の第十巻完結に至るまで**「露西亜文学」の項目を担当執筆する。	△明治四十二年十二月**十日**、早稲田文学社編纂『文芸百科**全書**』（隆文館）中「ロシア文学」を担当執筆。

△　同　四十三年五月、
翻訳集『六人集』を易風社より、十月ゴーリキイ作『どん底』を聚精堂より出版。

△　同　四十四年一月、
『偉人トルストイ伯』を春陽堂より出版。

△　同　四十五年六月、
翻訳集『毒の園』を新潮社より出版。

△　明治四十三年五月の項。
翻訳集『露西亜現代代表的作家 六人集』をA、B、Cいずれも『六人集』として割り書きを落している。なお「ゴーリキイ」の著者名は「ゴーリキー」である。

△　明治四十三年五月**二十日**、
翻訳集『露西亜現代代表的作家 **六人集**』〈バリモント「夜の叫」、ザイツェフ「静かな曙」、クープリン「閑人」、ソログーブ「かくれんぼ」、アルツイバーセフ「妻」、アンドレーエフ「霧」〉を易風社より、十月**十六日**、マクシム・ゴーリキー作『どん底』を聚精堂より出版。

△　明治四十四年一月**一日**、
『偉人トルストイ伯』を春陽堂より出版。

△　明治四十五年六月**二十五日**、
翻訳集『露国新作家集 毒の園』〈ソログーブ「毒の園」、アンドレーエフ「地下室」、アルツイバーセフ「夜」、カアメンスキイ「白夜」、ア・トルストイ「三奇人」、バリモント「嫉妬」、クープリン「囈言」、ザイツェフ「死」〉を新潮社より出版。

△大正元年十二月（西紀一九一二年）、博文館発行の「近代西洋文芸叢書」の第一編として、クープリンの『決闘』を出版。	△大正元年十二月の項。A、B、Cいずれもクープリン作『決闘・生活の河』を『決闘』と誤記している。	△大正元年十二月**一日**（西暦一九一二年）、博文館発行の「近代西洋文芸叢書」の第一冊として、アレキサンドル・クープリンの『**決闘・生活の河**』を出版。
△同　二年五月、翻訳集『心の扉』を海外文芸社より出版。	△大正二年の項。翻訳集『心の扉』の発行日をA、B、Cいずれも「五月」と記しているが、正確には「六月五日」である。	△大正二年**六月五日**、翻訳集『心の扉』ザイツェフ作 昇曙夢訳〈ボリス・ザイツェフ作「姉」、「客」、「狼」、レオニード・アンドレーエフ作「獣の呪ひ」〉を「海外文芸叢書」第二篇として海外文芸社より出版。
△同　三年三月、ドストエーフスキイ作『虐げられし人々』を新潮社より、四月コロレンコ作『秘密の地下室』（原作「悪い仲間」）を博文館より、十月ソログーブ作『死の勝利』を	△大正三年三月の項。A、B、ではともに《コロレンコ作「秘密の地下室」》、Cでは《四月コロレンコ作「秘密の地下室」（原作「悪い仲間」）を博文館より》出版となっているが、実際には	△大正三年三月**二十八日**、ドストエーフスキイ作『虐げられし人々』（上・下）を「近代名著文庫」第六編として新潮社より、四月**二十三日**、ヴラディーミル・コロレンコ作『秘密の地下室』（原作「悪い仲間」）を「世界少年文学」第三編昇曙夢訳**編**として博文館より、十月**七日**、ソログーブ作『死の勝利』**〈他「白いお母様」、「白い犬」〉**を「パンテオン叢書」第二編と

金桜堂より、十一月評伝『ツルゲーニェフ』を実業之日本社より、十二月ソロヴィヨフの『戦争と世界の終局』を冨山房より出版。

△同　四年一月、ザイツェフ短篇集『静かな曙』を金桜堂より、二月『露国現代の思潮及文学』を新潮社より、六月『露国及露国民』を銀座書房より出版。

△同　五年一月、ゴーリキイ作『どん底の人々』(『かつて人間であった人々』)を高踏書房より出版。十二月アンドレーエ

「世界少年文学叢書」の第三編として編輯されたものであるから『訳編』と明記すべきである。

△大正五年十二月の項。A、B、Cいずれも《十二月アンドレーエフ作「我等が生活の日》を「早稲田文学」に発表とあるが、これ

して金桜堂より、十一月**五日**、評伝『ツルゲーニェフ』を「近代文豪評伝2」として実業之日本社より、十二月**三日**、ソロヴィヨフの『戦争と世界の終局』(『附世界未来記』)を冨山房より「時事叢書」第十三編として出版。

△大正四年一月**十五日**、ザイツェフ短篇集『静かな曙』外五種**〈「死」、「姉」、「妻」、「狼」〉**を「パンテオン叢書」第七編として金桜堂より、二月**五日**、『露国現代の思潮及文学』を新潮社より、六月**一日**、『露国及露国民』を銀座書房より出版。**更に「早稲田文学」十月号並びに十二月号に「芸術座上演題目」としてアンドレーエフ作「我等が生活の日」(戯曲)を訳載した。**

△大正五年一月**(未確認)**、ゴーリキイ作『どん底の人々』(『かつて人間であった人々』)を高踏書房より出版。

フ作「我等が生活の日」を早稲田文学に発表。

△同　六年一月、翻訳集『零落者の群』（『かつて人間であった人々』その他）を春陽堂より、十月『露国革命と社会運動』を国民書院より、十二月『トルストイ十二講』を新潮社より出版。

は誤りで実際には「大正四年」の「十月号」及び「十二月号」に掲載されたものである。

△大正六年一月の項。翻訳集『零落者の群』の発行日をA、B、Cいずれも「一月」と記しているが、正しくは「二月十五日」とすべきである。次にA、B、Cともに《十一月『露国革命と社会運動』を国民書院より》発行としているが、正しくは「十二月廿五日」の誤りである。そして編者は未確認であるが『日本近代文学大事典』第六巻の「叢書・文学全集・合著集総覧」によればこの年の二月十五日に「トルストイ小話

△大正六年**二月十五日**、翻訳集『零落者の群』（「曾て人間であった人々」他九篇）〈**ゴーリキィ「零落者の群」、クウプリン「泥沼」、アルツイバアセフ「恐怖」、アンドレーエフ「靄の中」、ソログゥブ「白い犬」、ザイツェフ「リーナ」、アルヒィポフ「一刹那」、チリコフ「奇蹟」、トルストイ「狼狽」、チェーホフ「箱の中の男」**〉を「露西亜現代作家選集」の一冊として春陽堂より、同日、レフ・トルストイ作『蠟燭と二老人外三篇』を新潮社より、十月二十日、同じ作家の『人は何によつて生くるか外一篇』を、十二月**十日**、『トルストイ十二講』（附「トルストイ年表」）をそれぞれ新潮社より、**十二月二十五日**、『露国革命と社会運動』を国民書院より出版。

△　同　七年五月、『ペートル大帝』を実業之日本社より、『トルストイ日記』を新潮社より出版。九月『露国近代文芸思想史』、十月『ろしあお伽噺集』、十二月『ろしあ伝説集』をいずれも大倉書店より出版。

文庫」第一篇、『蠟燭と二老人』外三篇、更に十月二十日、同シリーズの第五篇として『人は何によつて生くるか』外二篇を新潮社から出版している由であるが、A、B、Cともに記載洩れになっている。

△　大正七年五月の項。A、B、Cいずれも書名を『ペートル大帝』としているが、正しくは『ペートル』である。次にA、B、Cともに『トルストイ日記』の発行日を明記していないが「五月二十日」であり、これは日記の全訳ではないので「抄訳」と明記した方がよい。更に「六月二十

△　大正七年五月**二十日**、「英傑伝叢書」第五編として『ペートル』を実業之日本社より、**五月二十日**、『トルストイ日記』を新潮社より抄訳出版。**六月二十日、「ドストエーフスキイ全集」第二巻として『虐げられし人々』（全）を新潮社より出版。**九月十二日、『露国近代文芸思想史』を大倉書店より出版。**九月二十五日、『露国及露国民』の改訂版（大正四年六月刊の同書中、「露国皇帝の日常生活」の一項を削除している）を忠文堂書店より出版。**十月十三日、**「露国民衆文学全書」第一編として『ろしあお伽集』を昇曙夢訳編で大倉書店より出版。**

	△同　八年、 この年『ろしあ童話
日」に新潮社から「ドストエーフスキィ全集」の第二巻として『虐げられし人々』（全）を発行しているがA、B、Cいずれにおいても記載なし。又九月二十五日に『露国及露国民』の改訂再版を忠文堂書店より出版しているが、A、B、Cともに記載洩れになっている。十一月二十日から春秋社の「トルストイ全集」（全十二巻）（完結は大正八年十月十八日）の監修を内田魯庵及び片上伸とともに行っているが、A、B、Cともに記していない。	△大正八年の項。 A、B、Cいずれもこ
十一月二十日より春秋社の「トルストイ全集」（全十二巻）の刊行が始まり、監修者として内田魯庵、昇曙夢、片上伸で行うが、実際の編集企画は片上伸による。完結編は大正八年十月十八日。十二月十五日、**「露国民衆文学全書」第二編、**昇曙夢訳編『ろしあ伝説集』を大倉書店より出版。	△大正八年**六月四日、** **「露国民衆文学全書」第三編、**『ろしあ童話

集』、『ろしあ民謡集』、『ろしあ俚諺集』を大倉書店より出版。

の年《「ろしあ童話集」、「ろしあ民謡集」、「ろしあ俚諺集」を大倉書店より出版》と記しているが、この中『ろしあ童話集』はこの年の「六月四日」に大倉書店から出版されているものの後の二書の中で『ろしあ民謡集』は「大正九年一月十七日」の発行であり、一方『ろしあ俚諺集』は「大正九年六月十二日」の発行である。そしてこの年の八月十五日には「世界少年文学名作集」第二巻『トルストイ物語』を家庭読物刊行会より出版しているが、A、B、Cいずれにも記入洩れになっている。

集』を大倉書店より出版。**八月十五日、「世界少年文学名作集」第二巻『トルストイ物語』を家庭読物刊行会より出版。**

△　同　九年四月、『露国改造の悲劇』を予章堂より出版。十月、『アンドレーエフ傑作集』、『クープリン、アルツィバーシェフ傑作集』、十二月『ソログーブ、ザイツェフ傑作集』をいずれも大倉書店より出版。

△　大正九年の項。二月十五日、昇曙夢校閲、水谷勝訳『チェホフ名作集』を天佑社より出版しているが、A、B、Cいずれにも記していない。又、A、B、Cともに《十二月「ソログーブ・ザイツェフ傑作集」》となっているが、正しい書名は『ザイツェフ・ソログーブ傑作集』である。

△　大正九年**一月十七日**、**「露国民衆文学全書」第四編**『ろしあ民謡集』を大倉書店より出版。**二月十五日**、**昇曙夢校閲、水谷勝訳『チェホフ名作集』を天佑社より出版**。**四月十五日**、『露国改造の悲劇』（「附革命の五日間」ゾーズリヤ）を予章堂より出版。**六月十二日**、**「露国民衆文学全書」第五編『ろしあ俚諺集』を大倉書店より出版**。**十月五日**、「露西亜現代文豪傑作集」の第一編として『アンドレーエフ傑作集』〈「アンドレーエフの芸術に就いて」（論文）、「霧」、「深淵」、「獣の呪ひ」、「靄の中」、「地下室」、「我等が生活の日（戯曲）」〉を、**十月五日**にその第二編『クープリン、アルツィバアセフ傑作集』〈「クープリンの芸術に就いて」（論文）、「生活の河」、「泥沼」、「閑人」、「囈言」、「アルツイバアセフの芸術に就いて」（論文）、「妻」、「戦慄」、「夜」、「笑ひ」、「アリマフェヤ兄弟」、附録「白夜」（カアメンスキイ作）、「三奇人」（アレキセイ・トルストイ作）〉を、さらに**十二月十五日**、その第三編**『ザイツェフ・ソログーブ傑作集』**〈「ザイツェフの芸術に就いて」（論文）、「静かな曙」、「客」、「姉」、「死」、「細君」、「狼」、「ソ

△同　十年二月、『ゴーリキィ傑作集』、『チェーホフ傑作集』を大倉書店より出版。八月、『近代文芸十二講』を他三氏と共著にて新潮社より、十月評論集『芸術の勝利』を日本評論社より、十一月トルストイの『人は何によつて生くるか』を新潮社より出版。

△大正十年の項。

八月十五日に日本評論社から「ゴオルキィ全集」第二巻『零落者の群他』を出しているが、A、B、Cいずれにも記載がない。そしてこの年発表されている『チェーホフ傑作集』の出版日が「二月」と誤読される記入の仕方になっているが、正しくは「九月十日」である。更に十月十五日発行の評論集『露西亜研究芸術の勝利』の書名に「露西亜研究」の角書きを落

ログーブの芸術に就いて」（論文）、「かくれんぼ」、「毒の園」、「白い犬」、「白いお母様」、「死の勝利」（戯曲）、附録「夜の叫び」（バリモント作）、「嫉妬」（バリモント作）、「一刹那」（アルヒーポフ作）、「奇蹟」（チリコフ作）〉をいずれも大倉書店より出版。

△大正十年二月**二十日**、「露西亜現代文豪傑作集」の第四編として『ゴーリキイ傑作集』〈戯曲「どん底」其他の作品に就いて」（論文）、「零落れた人々」、「悪魔」、「退屈まぎれ」、「どん底」（戯曲）〉を大倉書店より出版。**六月五日、日本評論社出版部発行の「ゴオルキィ全集」第一巻に「ゴオルキィ論」を執筆。八月十五日、「ゴオルキィ全集」第二巻、『零落者の群他』を日本評論社より出版。**八月**十八日**、『近代文芸十二講』を生田長江、野上臼川、森田草平と共著で新潮社より出版。**九月十日、**『チェーホフ傑作集』を〈「露西亜現代文豪傑作集」「チェーホフの芸術に就て」（論文）、「箱の中の男」、「ヴァロージャ」、「窒扶斯」、「曠野」、附録〝露国現代諷刺小説集〟「電報」（ドール作）「ストライキ」（アーゾフ

	△ 同　十一年一月、『最近のロシヤ及シベリヤ』を三省堂より、三月『現代露国詩人傑作集』を大倉書店より出版。
している。又、十一月二十日発行のトルストイ作の『人は何によつて生くるか』は「久保正夫」との共訳であるが、その旨A、B、Cいずれにも明記されていない。	△ 大正十一年の項。一月三十日に世界思潮研究会から「世界パンフレット通信」として『露国文豪カリカチュア』（非売品）を出版しているが、A、B、Cともに記載洩れになっている。
作）、「女とピストル」（アウェルチェンコ作）、「嫉妬」（テツフィ夫人作）、附篇「偶然」（レフ・トルストイ作）〉を第五編として大倉書店より出版。十月**十五日**、評論集『露西亜研究**芸術の勝利**』を日本評論社より出版。十一月**二十日**、トルストイの『人は何によつて生くるか』を「トルストイ文庫Ｉ」として久保正夫共訳で新潮社より出版。曙夢分担は「人は何によつて生くるか」、「二老人」、「蠟燭」、「神は真実を見給ふ、されど待ち給ふ」	△ 大正十一年一月**十三日**、『最近のロシヤ及シベリヤ』（〈附シベリア紀行〉）を三省堂より、**一月三十日、「世界パンフレット通信」として『露国文豪カリカチュア』（非売品）を世界思潮研究会より出版。**三月**十五日**、「露西亜現代文豪傑作集」第六編「メレジュコーフスキィの詩」その他〈「現代露国詩人と其作品とに就いて」（論文）、「バリモントの詩」、「ブリュソフの詩」、「ソログーブの詩」、「ミンスキイの詩」、「ギュピウス女史の詩」、「ブーニンの詩」、「イヴァーノフの詩」、「ブロークの詩」、

△同　十二年一月、『労農露国の文芸及文化』を二松堂より、七月『露国現代の思潮及文学』の改訂版を改造社より出版。

△同　十三年六月、新ロシヤ・パンフレット『赤露見たまゝの記』、『革命期の演劇と舞踊』を新潮社より出版。十月、『新ロシヤ文学の曙光期』を新潮社より

△大正十二年の項。八月十日「世界文芸全集」第十五編、十六編としてトルストイの『戦争と平和』第三巻および第四巻を新潮社から出版しているが、A、B、Cいずれにも記していない。

「ベールイの詩」、「ゴロデーツキイの詩」、「クズミンの詩」、「コニエフスコイの詩」、「ウォロシンの詩」、「イェセニンの詩」、附録「現代露国詩人重要書目」〉を『現代露国詩人傑作集』として大倉書店より出版。

△大正十二年一月**三十一日**、『労農露国の文芸及文化』を「表現叢書」の一冊として二松堂より、七月**十三日**、『露国現代の思潮及文学』の改訂増補版を改造社より、**八月十日、「世界文芸全集」第十五編及び十六編トルストイ作『戦争と平和』第三、四巻を新潮社より出版。**

△大正十三年六月**十日**、「新ロシヤ・パンフレット」の第一編『赤露見たまゝの記』を、同じく**六月十日**、その第二編『革命期の演劇と舞踊』を、十月**二十五日**、同三編『新ロシヤ文学の曙光期』をいずれも新潮社より出版。**十月五日**、「世界名著叢書」第七篇としてデ・メレジュコーフスキイ著『トルストイとドストエーフスキイ』を

出版。同月メレジコーフスキイ著『トルストイとドストエーフスキイ』を東京堂より出版。

△　同　十四年二月、『新ロシヤ美術大観』一、二冊、六月『プロレタリヤ劇と映画及音楽』を新潮社より、九月ロシヤお伽噺集『マルコとワシカ』を大倉書店より出版。

△　大正十四年の項。

A、B、Cいずれも《二月、「新ロシヤ美術大観」一、二冊》の記述になっているが、第一冊目の発行日は「二月十八日」であるが、後者は「十二月十三日」とすべきである。又、十一月十三日に「近代劇大系」第十五巻（但し、本巻は米川正夫編）「露西亜篇3」にアンドレーエフ作「我等が生活の日」、ゴーリキィ作「どん底」、ソログーブ作「死の勝利」を米川の分担とと

東京堂書店より出版。

△　大正十四年二月**十八日**、

「新ロシヤ・パンフレット」第四編『新ロシヤ美術大観』を新潮社より出版。**四月三日、文芸春秋社編の『文芸講座』第十二号に「露西亜文芸思潮概論」を、同じく四月二十五日、同十三号に「ロシヤ文芸思潮概論」を継続執筆。**六月**六日、**「新ロシヤ・パンフレット」第五編『プロレタリヤ劇と映画及音楽』を新潮社より、九月**三日、**ろしあお伽噺集『マルコとワシカ』を大倉書店より出版。**十一月十三日、『近代劇大系』第十五巻の「露西亜篇3」にアンドレーエフ作「我等が生活の日」、ゴーリキィ作「どん底」、ソログーブ作「死の勝利」を米川正夫分担のものと併出し、近代劇大系刊行会より出版。十二月十三日、**「新ロシヤ・パンフレット」第六編『第二新ロシヤ美術大観』を新潮社より出版。

もに近代劇大系刊行会から出版しているが、A、B、Cともに記載していない。

△大正十五年の項。
七月七日に「新ロシヤ・パンフレット」第七編『無産階級文学の理論と実相』を新潮社より出版しているがA、B、Cともに記載がない。また九月十五日に「世界文豪代表作全集」第十一巻にツルゲーネフ作「父と子」および「ルーヂン」を山内封介と共訳で出版しているがA、B、Cともに記載なし。更に十月十日にはアレクセイ・トルストイの『苦悩の中を行く』上編を「新興露西亜芸術叢書I」と

△大正十五年七月七日、
「新ロシヤ・パンフレット」第七編『無産階級文学の理論と実相』を新潮社より出版。九月十五日、「世界文豪代表作全集」第十一巻にツルゲーネフ作「父と子」及び「ルーヂン」を山内封介とともに訳し出版。十月十日、アレクセイ・トルストイ作『苦悩の中を行く』上編を「新興露西亜芸術叢書I」として昇曙夢監修、富永順太郎訳で文化学会出版部より刊行。

△ 昭和二年四月（西紀一九二七年）、ロマショフ作『空気饅頭』を改造社より、五月『新ロシヤ舞台美術大観』を新潮社より、九月「近代劇全集」第三十三巻『露西亜篇』（トルストイ作「闇の力」、「生ける屍」、ゴーリキイ作「どん底」）を第一書房より、十月『奄美大島と大西郷』を春陽堂より、十一月「世界文学全集」中、トルストイ作『復活』を新潮社

して昇曙夢監修、富永順太郎訳で文化学会出版部より刊行しているが、A、B、Cともに記載洩れになっている。

△ 昭和二年四月の項。
A、B、Cいずれも《ロマショフ作『空気饅頭』》としているが、正しい書名は『社会喜劇《ソヴエート》空気饅頭』と表記すべきである。

△ 昭和二年四月**二十八日**（西暦一九二七年）、ベ・ロマショーフ作『社会喜劇《ソヴエート》 空気饅頭』**（他に「新兒童劇 羽根の生えた靴」を含む）**を改造社より、五月**五日**、「新ロシヤ・パンフレット」第八編『新ロシヤ舞台美術大観』を新潮社より出版。九月十日、「近代劇全集」第三十三巻『露西亜篇』（トルストイ作「闇の力」、「生ける屍」、ゴーリキイ作「どん底」）を第一書房より、十月**十五日**、『奄美大島と大西郷』を春陽堂より、十一月**十五日**、「世界文学全集」第二十三巻中、トルストイ作『復活』を新潮社より出版。

より出版。

△同　三年三月、コーガン著『プロレタリヤ文学論』を白揚社より、四月「神話伝説大系」中『露西亜篇』を近代社より、五月『革命後のロシヤ文学』を改造社より、七月ルナチャールスキイ著『マルクス主義芸術論』を白揚社より出版。

△同　四年四月、「世界文学全集新興文学集」中、エレンブルグ作『トラストD・E』を新潮社より、同月「近代劇全集」第二十九巻『露西亜篇』(アンドレーエフ作「人の一生」、

△昭和三年の項。A、B、Cいずれもコーガン著『プロレタリア文学論』の出版日を「三月」と記しているが、「四月十六日」とすべきである。

△昭和三年**一月二十日**、**『大思想エンサイクロペデア10　文芸思想』に「現代ロシヤ文芸思潮」を執筆。四月十六日**、ペ・コーガン著『プロレタリア文学論』を白揚社より出版。五月**三十一日**、「神話伝説大系」第九巻『仏蘭西・露西亜篇』を井上勇共編として『露西亜篇』を近代社より、五月**十五日**、『革命後のロシヤ文学』を改造社より、七月**三十日**、ルナチャールスキイ著『マルクス主義芸術論』を「マルクス主義文芸理論叢書」第二編として白揚社より出版。

△昭和四年**三月十五日**、パンフレット『露西亜事情講演集』に他二氏と併載して「ソヴェ《(ママ)》ート連邦と文化施設」を露西亜通信社より発行。四月**二十日**、「世界文学全集」第三十八巻『新興文学集』にイリヤ・エレンブルグ作「トラストD・E」を新潮社より出版。**四月十日**、「近代劇全集」第二十九巻『露西亜篇』〈アンドレーエフ作「人の一生」、「我等が生活の日」、「殴られる

「我等が生活の日」、「殴られる彼奴」、ソログーブ作「死の勝利」、チリコフ作「森の秘密」）を第一書房より、五月『ソヴェート・ロシヤ漫画ポスター集』を南蛮書房より、七月レージュネフ著『マルクス主義批評論』を白揚社より、十二月ゴーリキィ全集中「フォマ・ゴルヂェーエフ」（附「かつて人間であつた人々」）を改造社より出版。

△　同　五年二月、「近代劇全集」第三十二巻『露西亜篇』（ルナチャールスキィ作「熊の結婚」、

彼奴」、ソログーブ作「死の勝利」、チリコフ作「森の秘密」〉を第一書房より、五月**一日**、『ソヴェート・ロシヤ漫画ポスター集』を南蛮書房より、七月**五日**、レージュネフ著『マルクス主義批評論』を白揚社より、**八月五日**、パンフレット「教化資料」第八十七輯として『最近ロシヤ事情』を「財団法人中央教化団体連合会」より発行。**十月十五日、『ゴーリキィ全集』第十九巻（改造社発行）に「マキシム・ゴーリキィ評伝」を執筆**。十二月**十八日**、『ゴーリキィ全集』第四巻に「フォマ・ゴルデーエフ」（附「曾て人間であつた人々」）を改造社より出版。

△　昭和五年一月二十日、「社会教育パンフレット」第九十四輯として『ロシヤ国民生活の現状』を社会教育協会より出版。二月**十日**、『近代劇全集』第三十二巻「露西亜篇」〈ルナチャールスキィ作「熊

マヤコーフスキィ作「ミステリヤ・ブッフ」、アウスレンデル・ソロドフニコフ合作「コーリカ・ストゥーピン」、エフレイノフ作「検察官」）を第一書房より、『最近のソヴェート・ロシヤ』を三省堂より、四月フリーチェ著『芸術社会学』、「世界文学講座」中の『露西亜文学篇』、五月「世界文学近代詩人集」中『現代ロシヤ詩人』を何れも新潮社より出版。九月、「近代劇全集」第三十四巻『露西亜篇』（トゥレニョフ作「リュボーフィ・ヤロワーヤ」、グローモフ作「十月革

の結婚」、マヤコーフスキィ作「ミステリヤ・ブッフ」、アウスレンデルとソロドフニコフ合作「コーリカ・ストーゥピン」、バルドーフスキィ作**「玩具騒動」**、エフレイノフ作「検察官」〉を第一書房より、**二月二十八日**、「クロモシリーズ」として『最近のソヴェート・ロシヤ』を三省堂より、四月**十二日**、ヴラヂーミル・フリーチェ著『芸術社会学』を新潮社より。**四月二十日**、「世界文学講座」第九巻の**露西亜文学篇**に**「露西亜文学概観」及び「近代写実劇の発達」**を、五月**二十日**、**「世界文学全集」**の近代詩人集中『露西亜篇』を米川正夫と共訳で〈ドミトリイ・メレジュコーフスキィ、コンスタンチン・バリモント、フレーリィ・ブリューソフ、ヒュードル・ソログーブ、ジナイダ・ギッピウス、ヴィヤチェフラフ・イワーノフ、セルゲイ・ゴロデーツキィ、イワン・ブーニン〉を担当。いずれも新潮社より出版。九月十日、『近代劇全集』第三十四巻、「露西亜篇」〈カ・トウレニョフ作**「リュボオウィ・セロワーヤ」**、ア・エム・グローモフ作「十月革命」、**レヴィーチナ女史作「宣告」**、ビリ・ベロツッェルコーフスキィ作「反響」〉を第一

命」、ゲフトマン作「劇場内の裁判」、ベロツェルコーフスキィ作「反響」）を第一書房より出版。 △同　六年一月、『ゴーリキィ全集』中「どん底」の改訂版を改造社より、六月『トルストイ』を三省堂より出版。	△同　七年十一月、
△昭和六年の項。A、B、Cともに《一月、『ゴーリキイ全集』中「どん底」の改訂版》を改造社より出版とあるが、これは「上脇進」との「共訳」であるからその旨明記すべきである。四月三十日、新潮社版の第二期「世界文学全集」第十四巻にクープリン作「決闘」及び「ヤーマ」を出版しているが、A、B、Cいずれにも記載していない。	
書房より出版。 △昭和六年一月**二十五日**、『ゴーリキイ全集』第八巻の「どん底」の改訂版を上脇進と共訳で改造社より、**四月三十日、新潮社の「世界文学全集」第十四巻にクープリン作『決闘・ヤーマ』を翻訳出版。六月十五日、**『トルストイ』（附「トルストイ年譜」）を三省堂より出版。	△昭和七年九月一日、

『トルストイ童話集』を春陽堂より出版。

△同　八年一月、『露西亜文学概論』を平凡社より出版。四月、『実用露語読本』を満蒙知識社より出版。八月、『露国現代の思潮及文学』の支那訳『俄国現代思潮及文学』（訳者許亦非）を上海四馬路現代書局より刊行。本書の前にも『革命後のロシヤ文学』、ルナチャールスキィ著『マルクス主義芸術論』、フリーチェ著『芸術社会学』の

△昭和八年の項。Cにおいて《本書の前にも「革命後のロシヤ文学」、ルナチャールスキィ著「マルクス主義芸術論」、フリーチェ著「芸術社会学」の支那訳を上海水沫書店より刊行》と記述しているが、そのうちルナチャールスキィの『マルクス主義芸術論』は魯迅重翻で一九二九年六月十五日に上海の大江書鋪から出版されている。

311「世界名作文庫」第二部にゴーリキイ作『零落者の群』を春陽堂文庫として出版。ドストエフスキイ作303 304『虐げられし人々』（未確認）を春陽堂文庫から出版。十一月**五日**、「少年文庫13」として『トルストイ童話集』を春陽堂より出版。

△昭和八年一月**二十日**、『露西亜文学概論』を平凡社より出版。同日改造文庫第一部第八十七篇、ペ・コーガン著『プロレタリア文学論』を出版。四月二十日、トルストイ作『闇の力・生ける屍』を改造文庫124篇として出版、四月、『実用露語新読本』を満蒙知識社より出版**（未確認）**。八月**（未確認）**、『露国現代の思潮及文学』の支那訳『俄国現代思潮及文学』（訳者許亦非）を上海四馬路現代書局より刊行。本書の前にも『革命後のロシヤ文学』**（未確認）**、ルナチャールスキィ著『マルクス主義芸術論』は**上海狄思威路九七三号、大江書鋪より魯迅重翻、A・V・盧那卞爾斯基著『芸術論』として一九二九年六月十五日に出版されている。**フリーチェ**著**『芸術社会学』**（未確認）**の支那訳を上海水沫書店より刊行。九月二十七日、生田長

支那訳を上海水沫書店より刊行。

△同　九年五月、訳編『ドストエーフスキィ再観』をナウカ社より、同月『ソヴェート・ロシヤの知識』、七月『ロシヤ文学の知識』をいずれも非凡閣より、九月『ゴーゴリ全集』中「検察官」をナウカ社より、十二月『露西亜縦横記』を章華社より出版。

△昭和九年の項。四月十五日に『ロシヤ語入門』を山内封介、高野槌蔵、落合文雄とともに講述出版しているが、A、B、Cいずれにも記載していない。次に五月十六日発行の訳編『ドストエーフスキィ再観』の書名には「綜合研究」の角書が抜けている。更に六月二十日に「神話伝説大系」第十一巻中、『フランス ロシヤ神話伝説集』を井上勇共編で誠文堂より出版しているが、A、B、Cともに記していない。また三者ともに『露西亜縦横記』の発行を「十二月」としている

江・森田草平・野上臼川との共著『近代文芸十二講』を新潮文庫、第六十九編として出版。

△昭和九年**四月十五日**、**『ロシヤ語入門』を山内封介、高野槌蔵、落合文雄とともに講述、白揚社より出版**。五月**十日**、「万有知識文庫」の一冊として、『ソヴェート・ロシヤの知識』を非凡閣より、五月**十二日**、訳編**『ドストエーフスキィ再観』**をナウカ社より、六月二十日、**「神話伝説大系」第十一巻『フランス ロシヤ神話伝説集』を井上勇共編で誠文堂より出版**。七月十五日、「万有知識文庫」の一冊として『ロシヤ文学の知識』を非凡閣より、八月十一日、トルストイ作『人は何によつて生くるか』を新潮文庫、第250篇として出版。九月**十六日**、『ゴオゴリ全集』第三巻「戯曲集」中「検察官」を熊沢復六共編でナウカ社より、**十一月十七日**、『露西亜縦横記』を「万有知識文庫」の一冊として章華社より出版。

△同　十年、『初等ロシヤ語講座』をナウカ社より出版。	が、「十一月十七日」の誤りである。	△昭和十年**（未確認）**、『初等ロシヤ語講座』をナウカ社より出版。十二月二十日、メレジュコーフスキイ著『トルストイとドストエーフスキイ』（その生涯と芸術）の普及版を東京堂より復刊。
△同　十一年二月、『露西亜文学概観』を新潮社より出版。五月より中央公論社発行の『世界文芸大辞典』中ロシヤ文学史「チェーホフより十月革命まで」およびロシヤ文芸事項を毎巻執筆。七月『ゴーリキィの生涯と芸術』をナウカ社より出版。	△昭和十一年の項。Cでは〈五月より中央公論社発行の『世界文芸大辞典』中ロシヤ文学史「チェーホフより十月革命まで」およびロシヤ文芸事項を毎巻執筆〉とあるが、文中括弧の部分は「チェーホフより一九一七年の革命まで」が正確である。但し、A、Bはその旨、記している。	△昭和十一年二月**二十八日**、『露西亜文学概観』を「新潮文庫」第161編として新潮社より出版。五月**一日**より中央公論社発行の『世界文芸大辞典』第七巻「ロシヤ文学史」中**「チェーホフより一九一七年の革命まで」**及びロシヤ文芸事項を毎巻執筆。七月**十七日**、**『ゴーリキィの生涯と芸術』をナウカ社より出版**。十一月十一日、『ドストエフスキイ再観』（普及版）をナウカ社より出版。十一月二十八日、『トルストイ十二講』を新潮文庫、第207編として出版。
△同　十二年二月、	△昭和十二年の項。	△昭和十二年二月**五日**、

『ツルゲーネフ全集』中「父と子」を六芸社より、十月『謎のロシア』、十二月『ソヴェート芸術の二十年』をいずれも大東出版社より刊行。

△同　十三年十月、『明暗ソ連の全貌』を育生社より出版。

△同　十四年三月、タルレ教授著『奈翁モスクワ敗退記』を育生社より出版。同月岩波書店発行の八

A、B、Cいずれも《二月、ツルゲーネフ全集中「父と子」を六芸社より》出版と記しているが、それに加えて「恋の凱歌」も記載すべきである。又、十月発行の『謎のロシア』にはサブ・タイトルとして「新旧ロシアの全貌」が添えられている。

△昭和十三年十月の項。《「明暗ソ連の全貌」》の書名になっているが割り書きで『明暗ソ連の全貌』とすべきである。

△昭和十四年の項。B、Cともに八杉先生還暦記念論文集の曙夢の論題は「ロシア文芸批評史概論」が正しい。

「ツルゲーネフ全集」第四巻に『父と子 恋の凱歌』を訳して六芸社より出版。十月**七日**、『**謎のロシア**』**〝新旧ロシアの全貌〟を、十二月十二日**、『ソヴェト芸術の二十年』をいずれも大東出版社より刊行。

△昭和十三年十月**五日**、『**明暗ソ連の全貌**』を東京育生社より出版。

△昭和十四年三月**十日**、エ・タルレ教授著『奈翁モスクワ敗退記』を育生社より出版。**三月二十五日**、岩波書店発行の八杉先生還暦記念論文集『ロシヤ文化の研究』に「ロシア文芸批評史概論」を執筆。

杉先生還暦記念論文集『ロシヤ文化の研究』中「ロシヤ文芸批評史概論」を執筆。九月、還暦記念『六人集と毒の園』(附文壇諸家感想録)を記念刊行会より発行。

△同　十七年五月、訳編『落下傘読本』を東京堂より出版。六月、南満州鉄道株式会社調査部の依頼により、ドゥブノフ著『近世猶太民族史』(全三巻)を翻

なお曙夢自身の本は『還暦記念』の割り書きがない。

△昭和十五年の項。五月五日に『ゴオゴリ全集』第三巻に「戯曲集」を熊沢復六と共訳して刊行しているが、B、Cの年譜にはない。

△昭和十七年の項。Bでは記載洩れになっているが、Cでは〈六月、南満州鉄道株式会社調査部の依頼により、ドゥブノフ著「近世猶太民族史」全三巻を翻訳出版〉と記載してい

九月**十日**、『還暦記念六人集と毒の園』(附文壇諸家感想録)昇先生還暦記念刊行会、代表山内封介によって正教時報社より出版。

△昭和十五年**五月五日**、**『ゴオゴリ全集』第三巻「戯曲集」を熊沢復六と共訳出版。**

△昭和十七年五月**十日**、**ソ連邦民間航空本部同国防飛行化学協会 編**『落下傘読本』を訳編し、東京堂書店より出版。六月**五日**、シモン・ドゥブノフ著『近世猶太民族史』全三巻を南満州鉄道株式会社調査部の委嘱により匿名で翻訳出版。**その第二巻、昭和十七年九月八日出版。第三巻未見。(但し、これより以前㊙に文書として昭和十五年八月十五日に第三巻**

訳出版。

△同　二十一年六月、チェーホフ作品集『可愛い女』（「可愛い女」、「ヴァロージャ」、「箱の中の男」、「チブス」、「曠野」等を収む）を日本社より出版。七月、ゴーリキイ作『どん底』をクラルテ社より復刊。九月翻訳集『恋の凱歌』（ツルゲーネフ作「恋の凱歌」、ドス

るが、その第二巻の発行日は「昭和十七年九月八日」であり、第三巻は不詳である。但し、㊙文書として昭和十五年八月十五日に第三巻が同調査部から発行されている。一、二巻については未確認。

が同発行所より出版されている。）

△昭和二十一年六月**（未確認）**、チェーホフ作品集『可愛い女』〈「可愛い女」、「ヴァロージャ」、「箱の中の男」、「チブス」、「曠野」等を収む〉を日本社より出版。七月一日、「マキシム・ゴーリキイ名作選集」として、ゴーリキイ作『どん底他一篇』を上脇進と共編でクラルテ社より復刊。八月二十日、メレジュコーフスキイ著『トルストイとドストエーフスキイ』を東京堂から復刊。**九月一日**、翻訳集、露西亜傑作短篇集『恋の凱歌他四篇』〈ツルゲーネフ作「恋の凱歌」、ドストエーフスキイ作「小英雄」、トルストイ作「コーカサスの捕虜」、チエーホフ作「ピストル」、ゴーリキイ作「退屈まぎれ」〉を太虚

トエーフスキイ作「小英雄」、トルストイ作「コーカサスの俘虜」、チェーホフ作「ピストル」、ゴーリキイ作「退屈まぎれ」等を収む）を大虚堂より出版。十一月、トルストイ作『復活』を大泉書店より復刊。十二月クープリン作『魔窟』（「ヤーマ」）を大虚堂より出版。

△　同　二十二年一月、随筆集『ろしや更紗』を鎌倉文庫より、同月『ゴーリキイの生涯と芸術』を社会書房より、同月トルストイ作『復活』を日本社より、四月『トルストイ童話選

△　昭和二十二年の項。Cでは一月《トルストイ作「復活」を日本社より》、更に《九月、トルストイ作「復活」上・下を日本社より》出版と記して重複している。編者は初版は未確認であるが、その再

堂書房より出版。十一月**十日**、「新選世界文学集」としてトルストイ『復活』上・下巻を大泉書房より復刊。**12月20日**、クープリン作『魔窟』（「ヤーマ」）上巻、12月25日、同下巻を太虚堂書房より出版。

△　昭和二十二年一月**二十五日**、随筆集『ろしや更紗』を鎌倉文庫より、一月**三十日**、『ゴーリキイの生涯と芸術』を社会書房より、一月**（初版未確認、但しその再版上・下巻は昭和二十三年九月十五日、「日本文庫」11・12として出版。）**トルストイ作『復活』を日本社より、四月**十五日**、『トルストイ童話選集』を文化読書組合出版部より、八月**（未確認）**ルナチャールスキィ著『マル

集』を文化読書組合出版部より、八月ルナチャールスキィ著『マルクス主義芸術論』を社会書房より、同月、ドストエーフスキィ作『小英雄』（附「正直な泥棒」）を地平社より、九月、トルストイ作『復活』（上・下）を日本社より、十月、『ロシヤ文学の鑑賞』を耀文社より、同月『ロシヤ知識階級論』を社会書房より出版。

△同　二十三年四月、『ロシヤ語講座』を社会書房より、五月、ゴーゴリ作『検察官』、トルストイ作『闇の力・生ける屍』をいずれも改造

版、上・下二冊を昭和二十三年九月十五日、「日本文庫」11・12として出版されていることを確認している。なおBの年譜ではこの項目は《同一月トルストイ作「復活」を日本社より復刊》と記している。

△昭和二十三年の項。B、Cいずれも《四月、「ロシヤ語講座」を社会書房より、五月、ゴーゴリ作「検察官」、トルストイ作「闇の力・生ける屍」をいず

クス主義芸術論』を社会書房より、八月**三十日**、ドストエーフスキイ作『小英雄』（附「正直な泥棒」）を地平社より、九月**（未見、但し、この条項は重複している。作者の誤認か、再版本は上記の如し）**トルストイ作『復活』上・下巻を日本社より、十月**一日**、『ロシヤ文学の鑑賞』を耀文社より、10月**25日**、『ロシヤ知識階級論』――その運動と役割――を社会書房より出版。

△昭和二十三年**七月一日**、トルストイ作『闇の力・生ける屍』を「改造選書」の一冊として改造社より、7月10日、ゴーゴリ作『検察官』を同じく改造社より出版。**七月三十日、新星社発行の『ロシヤ文学研究』第3集に「研究と翻訳の五十年」〈「古稀の齢を迎へて」〉を執筆。同誌上に「昇先**

社より、八月、ドストエーフスキィ作『虐げられし人々』(上・下)を日本社より復刊。九月、『ドストエーフスキィ研究』、十月『トルストイ研究』、『ロシヤ文芸思潮』をいずれも壮文社より、十一月、トルストイ作『人は何によって生くるか』を大泉書店より、十二月『ソ連新劇運動の展開』を地平社より出版。

れも改造社より》出版とあるが、これは誤りで「七月一日」にトルストイの『闇の力・生ける屍』を「改造選書」として、又「7月10日」にゴーゴリの『検察官』を改造社より出版。「8月10日」に『初等ロシヤ語講座(全)』を社会書房より発行とすべきである。この年は昇曙夢にとって特に記念の年で、十二月二十五日、岸体育館に於て、ロシヤ文学会と奄美郷党の合同共催によって古稀祝賀会が開催されている。彼の長年の功績を顕彰して、この年「七月三十日」、新星社発行の『ロシヤ文学研究』第3集に「研究と翻訳の五十

生著作年譜」が掲載される。8月10日、『初等ロシヤ語講座(全)』を社会書房より出版。八月**十日**、ドストエーフスキイ作『虐げられし人々』上巻を**十二月五日に、その下巻を「日本文庫」第31・32として日本社より復刊**。九月**十日**、『ドストエーフスキイ研究』、**十月二十五日**、『ロシヤ文芸思潮』をいずれも壮文社より出版。十一月**五日**、トルストイ作『人は何によって生くるか』を大泉書店より、十二月三十日、『ソ連新劇運動の展開』を地平社より出版。

△同　二十四年一月、トルストイ作『コーカサスの俘虜』（その他の童話を収む）	
△昭和二十四年の項。Cでは《十二月、ドストエーフスキィ作「虐げられし人々」（上・	年」（「古稀の齢を迎へて」）を執筆。併せて同誌上に「昇先生著作年譜」が掲載された。Cには記載がない。ところでCでは《八月、ドストエーフスキイ作「虐げられし人々」上・下を日本社より復刊》と記しているが、正確には「八月十日」に上巻を、下巻を「十二月五日」に「日本文庫」第31・32として日本社より復刊と記載すべきである。なお、『ロシヤ文芸思潮』（壮文社）の発行日は「十月二十五日」である。
△昭和二十四年一月**（未確認）**、トルストイ作『コーカサスの俘虜』〈その他童話を収む〉を早稲田出版社より出版。十二月**十日**、ドストエーフスキイ作『虐げられし	

を早稲田出版社より出版。十二月、ドストエーフスキィ作『虐げられし人々』(上・中・下)、ツルゲーネフ作『父と子』(上・下)をいずれも世界評論社より、同月『大奄美史』(奄美諸島民俗誌)を鹿児島市奄美社より出版。同十二月小山書店発行の「チェーホフ選集」第一巻に「草原」(「曠野」)を収む。	中・下)、ツルゲーネフ作「父と子」(上・下)をいずれも世界評論社より》出版と記しているが、ツルゲーネフの『父と子』上巻の発行日は「十月三十一日」である。下巻については不詳。Cでは《同小山書店発行の「チェーホフ選集」第一巻に「草原」(「曠野」)を収む》とあるが、これは誤りで、実際には昭和二十五年10月30日に「チェーホフ文庫」第一巻として昇曙夢他編『接吻他三篇』(曙夢訳「草原」)小山書店から出版とすべきである。	人々』上・中・下を、**十月三十一日**、ツルゲーネフ作『父と子』上巻と下巻(未確認)をいずれも世界評論社より出版。十二月**二十五日**、『大奄美史』(「奄美諸島民俗誌」)を鹿児島・奄美社より出版。
△　同　二十五年三月、東京堂発行の『世界文芸辞典』「西洋篇」	△　昭和二十五年の項。Cでは《三月東京堂発行の『世界文芸辞典』	△　昭和二十五年三月**三十一日**、東京堂発行の『世界文芸辞典　西洋篇』に「ロシア文学」を執筆。四月**三十日**、イリ

中「ロシヤ文芸思潮」を執筆。四月、エレンブルグ作『トラストD・E』を民主評論社より、五月、アファナーシェフ編ロシア童話集『熊の王子』を東京堂より、五月、アレキセイ・トルストイ作『苦悩の中を行く』第一部（「姉と妹」）を富永順太郎と共訳で民主評論社より、六月『ろしや風土誌』を日本出版協同株式会社より、十二月、アルツィバーシェフ作『サーニン』（上・下）を青木書店より出版。

△同　二十六年六月、羽田書店発行の『ロ

西洋篇中「ロシヤ文芸思潮」を執筆》と記しているが、正しくは「ロシア文学」とすべきである。次に四月三十日、民主評論社発行のイリヤ・エレンブルグ作『トラストD・E』には副題として「ヨーロッパ滅亡物語」が添えられている。更にCでは《十二月、アルツィバーシェフ作「サーニン」（上・下）を青木書店より出版》とあるが、それは正確であるがそれ以前、「11月30日」に『サーニン』（全）を「世界翻訳文学選」として同書店より発行している。

△昭和二十六年の項。8月30日に、ゴーリ

ヤ・エレンブルグ作『トラストD・E』〝ヨーロッパ滅亡物語〟を民主評論社より、五月**（未確認）**、アファナーシェフ編ロシア童話集『熊の王子』を東京堂より、五月**三十日**、アレクセイ・トルストイ作『苦悩の中を行く』第一部〈「姉妹」〉を「現代ロシヤ文学選集」の一冊として富永順太郎共訳で民主評論社より、六月**二十五日**、『ろしや風土誌』を日本出版協同株式会社より出版。七月三十一日、**蔵原惟人 神西清 編「現代世界文学講座」中、「ロシア編」（新潮社）に論文「ロシア的ということ」を執筆。**10月30日、「チェーホフ文庫」第一巻、神西清、中村白葉と共に、『接吻他三篇』〈昇曙夢「草原」担当〉を小山書店より出版。**11月30日、『サーニン（全）』を「世界翻訳文学選」として青木書店より出版。さらに同書店を完訳決定版として上・下巻に分冊し12月1日同書店より出版。**

△昭和二十六年六月**（未確認）**、羽田書店発行の『ロシヤ恋愛小説集』にドス

シヤ恋愛小説集』中にドストエーフスキィの「白夜」を収む。同月「世界文学選」中アファナーシェフ編『ロシア民話集』を小峰書店より、『ロシア童話集』（クルイロフ、ポレヴォイ、プーシキンその他）を河出書房より出版。十二月、トルストイの『芸術論』を春秋社より出版。

△同　二十七年一月、国民図書刊行会の「世界の国国」中『ソヴェート連邦』を出版。二月、「創元文庫」中アンドレーエフ作『深淵外数篇』、クープリン

キィ作『どん底他一篇』を上脇進共編でクラルテ社より出版しているがCでは記載洩れになっている。

△昭和二十七年の項。Cの《一月、国民図書刊行会の世界の国国中「ソヴェート連邦」を出版》記載中、書名の「ソヴェート連邦」は、昭和30年1月20日発行の第5版では「ソヴィ

トエーフスキイ作「白夜」を収む。同月**（未確認）**、「世界文学選」中アファナーシェフ編『ロシア民話集』を小峰書店より、『ロシア童話集』**（未確認）**〈クルイロフ、ポレヴォイ、プーシキンその他〉を河出書房より出版。**8月30日、ゴーリキイ作『どん底他一篇』を上脇進共編でクラルテ社より出版。**トルストイ作『わが懺悔』を「創元文庫」として出版。12月**30日**、トルストイ作『芸術論』を春秋社より出版。

△昭和二十七年一月**（未見、但し、昭和30年1月20日発行の第5版確認）**、国民図書刊行会による「世界の国国」中『ソヴィエート連邦』を出版。二月**二十日**、アンドレーエフ作『深淵他』、クープリン作『ヤーマ』（「魔窟」）(上)、ソログーブ作『毒の園他』〈「毒の園」、「かくれんぼ」、「白いお母様」、「白い犬」、「死の勝利」〉を創元文庫

作『ヤーマ』(上・下)、ソログーブ作『毒の園外数篇』、同じく三月、メレジコーフスキィ作『トルストイとドストエーフスキィ』(上・下)、アルツィバーシェフ作『戦慄外数篇』、クープリン作『生活の河外数篇』、クープリン作『決闘』(上)、同じく四月、『決闘』(下)、六月、フリーチェ著『芸術社会学』、七月「創元社新書」として『ロシヤ文学思潮史』をいずれも同社より出版。十一月、河出書房の「世界文学全集」「十九世紀続篇」中アルツィバーシェフ作「サー

エート連邦」になっている。但し初版未見。次に《二月、創元文庫中アンドレーエフ作「深淵外数篇」、クープリン作「ヤーマ」(上・下)、ソログーブ作「毒の園外数篇」、同じく三月、メレジコーフスキイ作「トルストイとドストエーフスキイ」上・下、アルツィバーシェフ作「戦慄外数篇」、クープリン作「決闘」上、同じく四月、「決闘」下、六月、フリーチェ著「芸術社会学」、七月、創元社新書「ロシヤ文学思潮史」をいずれも同社より出版。》の記述は誤謬が多くそれぞれを整理してみると次のようになる。二月二十日発

B第18として出版。三月**一日にクープリン作**『**ヤーマ**』(下)、同日、アルツィバーシェフ作『戦慄他』〈「妻」、「戦慄」、「夜」、「ヨセフとヤコブ」〉、同日、メレジコーフスキイ作『トルストイとドストエーフスキイ』(上)を創元文庫から出版。**三月五日**、クープリン作『生活の河他』〈「泥沼」、「閑人」、「幻覚」〉を、**三月十五日**、メレジコフスキイ作『トルストイとドストエーフスキイ』(下)を、**三月三十日**、クープリン作『決闘』(上)を、四月**三十日**にその(下)巻を出版。又、五月**三十日**にフリーチェ著『芸術社会学』をそれぞれ「創元文庫」として出版。七月**三十日**、「**創元選書**」**229**として『ロシヤ文学思潮史』を出版。十一月**二十五日**、河出書房の『世界文学全集』第十九巻中「十九世紀続篇」にアルツィバーシェフ作「**サーニン・妻・戦慄**」を出版。

ニン」を刊行。

行のアンドレーエフの書名は『深淵他』であり、クープリンの『ヤーマ』（「魔窟」）（上）の発行日は「二月二十日」、その（下）は「三月一日」である。そしてソログーブの書名は『毒の園他』が正しく、メレジュコーフスキィの『トルストイとドストエーフスキイ』上の発行日は「三月一日」で、その下巻は「三月五日」である。三月五日に出版されたアルツィバーシェフの書名は『戦慄他』であり、同日発行のクープリンの書名は『生活の河他』とすべきである。又、「六月」出版としているフリーチェの『芸術社会学』の発行

	△同　二十八年一月、河出書房の「学生版世界文学全集」中トルストイ作『復活』を刊行。九・十月、河出書房の「市民文庫」中『サーニン』（上・下）を刊行。十月、矢島書房刊行の『比較文学』中に「日本文学とロシヤ文学」を執筆。
日は誤りで「五月三十日」と訂正を要する。更に七月出版の『ロシヤ文学思潮史』は「創元選書」229である。加えて十一月二十五日出版のアルツィバーシェフの書名は『サーニン・戦慄』と改める必要がある。	△昭和二十八年の項。Cの年譜において《一月、河出書房の学生版世界文学中トルストイ作「復活」を刊行。》と記しているが、この箇所は《河出書房の「学生版世界文学全集」》と正すべきである。
	△昭和二十八年一月**二十五日**、河出書房の「学生版世界文学全集」にトルストイ作『復活』を出版。九月**三十日**、河出書房の「市民文庫」中にアルツィバーシェフ作『サーニン』上巻を、十月**五日**にその下巻を出版。十月二十日、矢島書房発行の『比較文学』中に「日本文学とロシヤ文学」を執筆。

△同　二十九年三月、河出書房の『世界文学全集』「十九世紀続篇」中ツルゲーネフ作「父と子」を米川正夫君の「処女地」と一緒に刊行。七月同書房の「市民文庫」中トルストイ作『芸術とは何か』を刊行。

△同　三十年、この春、過去十年間執筆中の『ロシヤ・ソヴェ《(ママ)》ート文学史』を完成。喜寿記念出版として、八月末河出書房より刊行。

△昭和三十年の項。Cにおいて《この春、過去十年間執筆中の「ロシヤ・ソヴェト文学史」を完成。喜寿記念出版として、八月末河出書房より刊行。》とあるが実際には「九月三十日」に出版している。

△昭和二十九年三月五日、河出書房刊行の「世界文学全集」中「十九世紀続篇」にツルゲーネフ作「父と子」を米川正夫訳の「処女地」と合せて刊行。七月**（未確認）**河出書房の「市民文庫」としてトルストイ作『芸術とは何か』を出版。

△昭和三十年（西暦一九五五年）、この春、過去十年間に亙って執筆中の『ロシヤ・ソヴェト文学史』を完成して喜寿記念出版とする。**九月三十日、河出書房より出版。**なお、本書に対して昭和三十年度、第12回、日本芸術院賞並びに第七回読売文学賞が贈呈されている。斯学最高の不朽の名著である。これを凌駕する著書はいまだに出ていない。

※以上、編者による「昇曙夢著訳書年譜」の補正作業は『ロシヤ・ソヴェト文学史』（河出書房発行、昭和三十年九月三十日、及びその普及版、

東京堂発行、昭和三十二年四月二十日、のち恒文社発行、一九七六年二月二十日第一版第一刷、但しこれには川崎浹の解説・注釈を附す。年譜には触れていない。）の「著者年譜」を基本テキストに使用し、それ以前の二種類の自伝年譜を参考にして勘案校合したものである。次にそれ以後に出版されたもの、また第二次資料により補足できるものを記載しておく。

△

昭和三十年十二月三十一日、『留守家族』を長男昇隆一と共著で文芸春秋新社より出版。

△

昭和三十一年六月二十日、ショーロホフ作『祖国のために』を角川文庫から出版。

△

昭和32年4月25日、イリヤ・エレンブルグ作『トラストD・E』を修道社より出版。十月三十一日、『ロシア文学全集』第十一巻中、アルツィバーシェフ作「サーニン」、クープリン作「生活の河」を修道社より出版。

△ 昭和三十三年二月五日、トルストイ著『国民教育論』（付録「トルストイの略伝・逸話・語録」）を玉川大学出版部より刊行。

※（昭和三十三年十一月二十二日、昇曙夢、老衰のため死去。享年八十歳。）

△ 昭和三十九年十一月五日、「ロシア・ソビエト文学全集」第24巻にアルツィバーシェフ作「サーニン」、ソログーブ作「白いお母様」、ザイツェフ作「静かな曙」、クープリン作「生活の河」を平凡社より中村融訳とともに出版。

△ 1980年九月20日、昇曙夢編「世界神話伝説大系」32『ロシアの神話伝説』を名著普及会より改訂版として刊行。

▲ 三種の自伝年譜に記載されず、編者によって未だ調査がなく第二次資料で判明するもの。

△ 大正六年二月十五日、

「トルストイ小話文庫」第一編、『蠟燭と二老人』外三篇を、同じく十月二十日に同叢書の第五篇、『人は何によつて生くるか』外二篇をいずれも新潮社より出版。

〈右記は『日本近代文学大事典』（講談社発行）第六巻の「叢書・文学全集・合著集総覧」に依拠した。〉

第二章　昇曙夢事歴

一、ロシア学の開祖

昇曙夢はわが故郷、奄美大島の偉大な先覚者であり、又、恩人であった。昇曙夢直隆は我国のロシア文学、ソビエト研究では空前絶後のすぐれた文学者であった。この分野において曙夢ほどの業績を達成した学者はいまのところ存在していない。ただし、そう断定するには少しばかりの注釈が必要であろう。なぜなら、近代日本文学史上の黎明期《れいめいき》に二葉亭四迷という驍将《ぎょうしょう》が大きく立ちはだかっているために、その後塵《こうじん》に位置する昇曙夢は翼下に隠れ、いささか不遇に処せられているのを否定することはできない。昇曙夢という懐かしい名前は現在でこそ杳《よう》として忘れさられている存在であるが、少し年輩の者なら誰しもが心の底から油然《ゆうぜん》とわきでる印象を持っているに違いない。それくらい、わが奄美の大先輩は日本の隅々まで聞こえた存在の人であったのだ。明治四十二年五月十日、インド洋上で壮絶な死を遂げた長谷川二葉亭亡きあと、日本のロシア文学並びにソビエト事情に関する紹介は、新進気鋭の曙夢に引き継がれた。当時ロシア語を自由自在に読みこなせる人物がほとんどいなかった中にあって、ロシア語（文学）を深く理解し

ていた曙夢は、あたかも彗星のごとく文壇に躍り出て、江湖の視聴を集めたのである。

本名、昇直隆は明治十一年七月十七日鹿児島県大島郡実久村字芝において生誕。明治二十七年四月大島高等小学校西校を卒業。同二十九年九月東京のニコライ正教神学校（通称ニコライ神学校）に入学し、ロシア語を学び、同三十六年七月同校を終えるやただちに同校講師に就任するという秀才であった。心理学、倫理学及び論理学を担当教授している。翌明治三十七年六月、はやくも処女著作『ゴーゴリ』を春陽堂から出版。このころからしばしば長谷川二葉亭四迷を訪問し、その機縁により明治三十八年三月から大阪朝日新聞社の嘱託となり、同紙上にロシア事情を担当執筆するという具合に、非常にめぐまれた出発をする。明治四十年十二月二十五日、論文集『露西亜文学研究』（隆文館）を刊行。続いて翌年には三省堂の『日本百科大辞典』においてロシア文学を担当。このころから「趣味」「新小説」「文芸倶楽部」「早稲田文学」「三田文学」等の文芸雑誌に翻訳を掲載し、広く声名を馳せた。当時の若い作家達、例えば、広津和郎や宇野浩二、小川未明、三上於菟吉、豊島与志雄、武者小路実篤等々がどれほど彼の翻訳を熟読玩味し、文学的情熱をわきたたせたか。いま私の手元に『還暦記念 六人集と毒の園——附文壇諸家感想録——』という書名の本がある。昭和十四年九月十日発行の本である。昇曙夢の還暦を祝って彼の知友門弟が編纂したものである。書中、上記の諸家を始めとする四十三名の歴々たるメンバーが、ありし日の感懐を吐露し、そして昇曙夢の文化的役割を口々こもごもと述懐顕彰しているのだ。ここでその内容の一端を紹介すべきであるが、次回にまわすことにしよう。ところで昇曙夢には百八十冊余にのぼる厖大《ぼうだい》な著・訳書があり、晩年の名著『ロシヤ・ソヴェト文学史』は「日本芸術院賞」並びに「読売文学賞」を獲得している不朽の名著である

ことを附言しておきたい。

二、著名な執筆人の還暦記念集

昇曙夢の還暦の祝節は昭和十三年、戊寅の年にあった。この年、先生の友人門弟が相はかり、再三記念事業を企図したのであったが、そのつど彼はこれを固く辞退し、翌年あらためて記念出版の刊行になった。『還暦記念 六人集と毒の園——附文壇諸家感想録——』の一冊がそれである。明治末期の文壇に一大センセーションを巻き起こした二つの翻訳集を一冊にまとめ、合わせて文壇知名の錚々《そうそう》たる人物が、ありし日の感激と興奮を述べ、昇曙夢の翻訳並びに文化的業績を称揚しているのである。例えば、広津和郎は「青年期の憧憬の的」のタイトルで、「私達が「奇蹟」といふ同人雑誌をやつたのは私の二十一、二の頃——どうやら三十年近い以前の事になる。その「奇蹟」同人の殆んど全部が昇さんの訳されたその時代のロシア作家を好きであつた。殊に相馬泰三などはその影響を最も受けたと云つて好いであらう。／ザイツェフの「静かな曙」、「客」、アルツィバーシェフの「妻」、ソログーブの「毒の園」、アレキセイ・トルストイの「三奇人」、これ等の作品について、私達はどんなに感激して語り合つたか解らない。私達の文学の出発の最初の憧憬はこれ等の作家にあつたと云つても過言ではない。（中略）今度昇さんの還暦のお祝ひの記念としてこの当時訳されたものを新たに一冊に纏められると聞き、私は嬉しさの余りこの一文を草した」と記している。昇曙夢の翻訳は、当時の青年たちの「文学の教科書」（谷崎精二）であった。

三、趣味と好尚

今日は昇曙夢の逸話やエピソードを交えてその人間性や趣味や好尚について少しばかり点描してみることにする。曙夢の直弟子であったロシア文学者の山内封介によると、先生は「一滴の酒も口にされない謹厳そのもの」の性格で、「酒色に関する逸話はな」かったらしい。勤勉家、力行家であった先生は「何時如何なる時でも何か熱心に考へたり読んだりして居られる。先生の有名な電車乗越しや、電車中での忘れ物、旅行中の盗難、遺失、遅刻等は大概其拠から起るのである。我我も学生の頃には先生の講義の時間にはよく待ちぼうけを食はせられたものである。先生は学問以外のことには可成り無頓着で、三万円の小切手を袂の中へねぢ込んだまゝ忘れたり、ロシア人の掏摸《すり》に大金をすられたり、色々と此の種の逸話を沢山にもつて居られる。」（山内封介「昇先生の逸話と秘芸」『還暦記念六人集と毒の園』所収）。

大正三年八月十五日発行の「文章世界」夏期臨時増刊号は恒例の銷夏《しょうか》特集で、各界諸名家六十一人に対して「趣味と好尚」の題でアンケートを行っている。昇曙夢の場合は次の通りである。

一、好きな色は？　「青と緑」。二、好きな花は？　「山吹と木蓮」。三、好きな樹木は？　「松と楓」。四、好きな季節は？　「秋」。五、一日の中の好きな時間は？　「夕暮」。六、好きな遊戯と娯楽は？　「好きな遊戯はありません。娯楽は旅行、音楽舞踏等」。七、好きな書籍は？　「文学・哲学書類」。八、好きな名前（男並に女の）は？　「ちよつと思ひ出しません」。九、好きな政治家（現在）は？　「同上」。

一〇、好きな歴史上の人物は？　「同上」。一一、好きな女の顔と性格は？　「同上」。一二、好きな時代（東西古今を通じて）は？　「神代」。一三、世界中で住みたいと思ふ所は？　「日本」。一四、外に好きな職業を選んだら？　「音楽か建築」。一五、一番幸福に思ふことは？　「分りません」。一六、一番不幸に思ふことは？　「同上」。

以上のように回答している。ただし、これは昇曙夢の三十代後半の、物の見方であり、感じ方であり、思想であり、日常生活の動静である。当時、彼はロシア十九世紀末懐疑派の文学的世界にどっぷりと浸っていた。そしてわが国のロシア文学の一大権威として一世を風靡《ふうび》していた。武者小路実篤の言う、いわゆる「曙夢時代」の絶頂期にあったのである。右の質問事項一から五において彼の温容で冷静沈着《ちんちゃく》な性格、そして静謐《せいひつ》な情趣を愛する心性がうかがえ、個人的な趣味に旅を好み、音楽と舞踏をあげている。それは故郷奄美に生を受けた彼の帰巣本能であったのであろう。前掲の文章で山内封介は「先生にはいろ〳〵と隠れた趣味がおありのやうだが、中にも音楽と舞踏には天才的な趣味を有つて居られる。興趣が湧然と起つた時の先生自身のお国風の蛇皮線と郷土舞踊は実に手に入つたもので、余り人の知らない秘芸である。曾て陸軍教授であつた頃、陸軍将校外国語学高等試験委員であつた先生は、友人から郷里の民謡のレコード三、四十枚を贈られて、一晩中それに聞き惚れたため翌日の大切な高等試験をすつかり忘れて、出席しなかつたので、当局から始末書を取られたといふ話がある。」と記している。宜《むべ》なるかな宜なるかな。

四、全生命をロシア文学に傾注する

昇曙夢は明治四十四年頃には、すでにロシア文学の第一人者であった。彼の自伝年譜によると、明治四十三年一月から翌年二月にかけて早稲田大学特殊研究科においてロシア語およびロシア文学を講義している。同五月には諸誌に発表していた翻訳小説をあつめて『露西亜現代代表的作家六人集』を易風社から刊行し、好評を博した。おなじく十月にはマクシム・ゴーリキーの『どん底』（聚精堂）を刊行。時あたかも新劇改良運動の最中にあって、小山内薫らの自由劇場で屡〻《しばしば》上演され洛陽の紙価を高めた。翌四十四年一月には文豪トルストイの死を悼み、『偉人　トルストイ伯』を春陽堂から出版するというふうに、文学界一方の雄であった彼はまさに快調の健筆を揮《ふる》い、読書子をうならせた。しかし、このような活躍にはやっかみや批判は付き物。どこの世界でも同様である。「文章世界」（明治四十四年七月号）の「文人分布系統図、九州の文人（二）」の中で「孫悟空」なる人物が次のように述べている。「薩摩から出た文人は昇曙夢がある。彼は二葉亭以後の露国文学通の第一人者となつた。露文人の消息を叩かんとする者は皆な彼に行く。とは云え露国文壇の発達も、其の来るや短きが如くにして長い。ゴーゴリ一人杜翁一人を採つて研究するにすら、猶人の一生を尽すに余りあるであらう。曙夢がゴーゴリ祭があればゴーゴリ伝を、杜翁が死すれば直ちに杜翁伝を作すなどは、此点に於て自重を欠いたものではないか。少くとも其の真摯に於て疑ひがあると思ふ。雑誌に現はるゝ彼の露の諸文豪論を読むごとに、何となく根抵の据わらず、移植の匂ひに徒らに強いも

の〻あるを感ぜざるを得ぬ」との評言がある。それとは逆に「杜の人」（前田晁）は、同誌上の「現代の重なる翻訳家」の一文において「二葉亭氏より大分後進であるが、同じく露の原文から訳する人に昇曙夢君がある。氏は余りに原文に忠実ならんとした結果、ツルゲーネフの「草場」を訳した頃の初期の文章は、生硬蕪雑、無器用で幼稚で殆ど卒読に堪へなかつた。が、ザイツェフの「静かな曙」を訳した頃から、文章にある巧妙と生気とが生じて来た。かくて六人集一巻は見違へるばかりの手腕を我々の前に提供した。蓋し其巧妙は一種の重苦しい巧妙である。そして此重苦しさが、二葉亭氏の訳文より以上に却て露国の匂ひを放たせる。氏は二葉亭氏の才気を有たぬ。凡そ読んだ物を、自己が有する日本語の素養にて吐出せる限り吐出してゐる形がある。だから文章が素直だ。読過の面白味は薄いが、素直にして質撲なる翻訳として信頼して読ませる力はある。生真面目な田舎漢が或面白い譚をホク〳〵した調子で話してゐると言つた風だ。まだるこいけれども聞いてゐて動かされる。色から言へば黒味勝ちの青である。月のない夏の野の夜景色を眺める時の心持、それが氏の訳文に対する感じである」との絶妙な批評を述べている。また、曙夢自身この当時の模様を次のように回想している。「あの頃ほど純真な気持で、全生命を打込んで仕事をした時代はちよつと思ひ出せない。それは時代から言つても、また私の生涯に於ても二度と繰返されないロマンチック時代であつた。何しろ自分の傾倒する作家の作品の気分に心から共鳴し、作中人物と共に燃焼し躍動しながら、感興の湧くがまゝ幾晩でも徹夜して、たゞもう何の目的もなく、謂はゞ翻訳のために翻訳をしたのだから、訳文はたとへ稚拙でも、私に取つては生みの子供も同様で、非常な愛着を持つてゐるのである。」（「あとがき」『還暦記念六人集と毒の園』所収）

曙夢の熱中ぶりがうかがわれよう。

五、明治四十四年「文章世界」の人気投票

前回に引きつづいて曙夢の明治末年頃の動静について書くことにする。

雑誌「文章世界」の明治四十四年五月号（五月一日発行）は、文学界の傑《すぐ》れた人物の人気を摑むアンケートを行っている。それは「文界十傑投票募集」といういかにも興趣をそそる好企画である。「現文壇の各方面に於ける代表的人物十名の選定投票をあまねく江湖に募る」との主旨のもとに1「小説家一名」、2「戯曲家一名」、3「批評家」、4「時文家」、5「史論家」、6「翻訳家」、7「紀行文家」、8「詩人」、9「歌人」、10「俳人」、それぞれ十項目、各一名の人気投票が募集されて大変好評であった。誌上応募規定と結果の発表、投票的中賞金等の説明があり、「投票点数は六月号に於いて発表す」る旨、掲載されている。

この中で昇曙夢に関する該当項は第六番目の「翻訳家」に相当することはいうまでもない。

第一回の投票発表は同誌上の六月号（五月二十日までの投票結果）に掲載され、それによると次の通りであった。「百五十七票　森鷗外」、「百一票　昇曙夢」、「八十七票　坪内逍遙」、「六十三票　相馬御風」、「四十八票　内田魯庵」、「二十七票　馬場孤蝶」、「二票　松居松葉」、「一票　黒岩涙香」の得票順位になっている。ここで少し注意される点は、森鷗外が「小説家」ではなくて、「翻訳家」に入っていること。そし

てこの企画の当初から抜群の強さを発揮していることである。そして少壮気鋭のロシア文学者である昇曙夢が、当時、文壇に嘖々《さくさく》たる名声を得ていた相馬御風や坪内逍遙、内田魯庵や馬場孤蝶を押さえて第二位を獲得していることである。

次回、七月号掲載の投票分は以下の通り。「六百七十八票　森鷗外」、「二百九十八票　昇曙夢」、「二百九票　相馬御風」、「二百七票　坪内逍遙」、「百七十八票　内田魯庵」、「九十六票　馬場孤蝶」、「二十四票　黒岩涙香」、「十一票　生田長江」の順位。これを見ると第三位の順序が入れ替わり、早稲田系の師弟の両者が人気を競っている形勢が表示され面白い。更に劇評家である松居松葉が落ち、それにかわって生田長江が登場してきている。

第三回発表の八月号掲載分は次のごとくである。「千四百二票　森鷗外」、「三百八十九票　昇曙夢」、「三百二十三票　坪内逍遙」、「二百七十一票　相馬御風」、「百九十三票　馬場孤蝶」。坪内逍遙が、弟子である御風に逆転勝ちしている。第四回は省略する。

最終回の当選発表は次の通り。当選「一万五千百九十票　森鷗外」、二位「六百九十三票　昇曙夢」、三位「三百四十六票　坪内逍遙」、四位「二百八十七票　相馬御風」、五位「二百三票　馬場孤蝶」、六位「二百一票　内田魯庵」という順位結果であった。作家でもある鷗外は別格にして、この資料からわかることは、当時の文壇の思潮及び傾向が昇曙夢の翻訳したロシア十九世紀末期の文学作品と深い関係にあり、それらが愛読されていたこと。そしてその文壇的趨勢《すうせい》の中央に位置していた人が、昇曙夢であったこと。青年翻訳家昇曙夢が、他の大家たちを押さえて悠々第二位に入っていることは、瞠目《どうもく》に価することである。

六、忙中閑話（ある日の日記から）

明治四十四年四月の巻の「早稲田文学」誌は日記の特集を組んでいる。誌面は二部に分かれていて、前半は読者の投稿による「実生活の日記」で埋められ、後半は若手の作家による「傍観者の日記」という体裁をとっている。小川未明、昇曙夢、前田晁、片上伸、秋田雨雀、前田夕暮、高村光太郎、佐藤緑葉、吉江孤雁、いき生、服部嘉香、窪田空穂、土岐哀果がそれぞれ日記を寄稿している。昇曙夢の場合は「三月はじめ」というタイトルのもとに三月五日（日曜）から三月八日（水曜）にかけての四日間の生活の記録を寄稿している。ただし、それは御多分にもれず創作的ではあるがしかし、当時の曙夢の生活と心境、宗教心や思想の一端が垣間《かいま》見られるので貴重である。それは次の通りだ。

三月七日（火曜）「露西亜文学講話」の続稿に筆を染める。四十年代の如き、種々な思潮が相錯綜して近代露文学のあらゆる要素や特質が根を張つて居る時代を僅か十二、三枚の中に縮めなければならんのが苦しい。二、三枚書初めたが、直ぐ厭になつたので中止した。三時過から帝国劇場に行く。外観は何等の奇もなかつたが、中に入ると成程帝劇だなと思つた。廊下、四層楼の観客席、洋画の背景、其他周囲の装飾、何れも明るい色と光に充ち満ちて居た。然し演ぜられた劇其物は何等の印象も感銘も与へなかつた。何れも我々とは縁遠いものばかりであつた。あんな内容の空疎な劇を見に、態々一回五拾銭を張込んで二度も足を運んだ苦行に我ながら呆れ果てざるを得なかつた。最後の「羽衣」は

流石に美しかつた。が、折角の美しい幻像も次の瞬間には宙乗りの為に悉皆《しっかい》打破されて了つた。いくら天女だからと言つて、操り釣人形にする必要はなさゝうなものだ。あれでは飄飄と天上に舞ひ上つてるやうな愉快な気持ちを起させずに、却て天から縄で釣り下げられた苦痛に七転八倒して居るやうで、重苦しくつて、窮屈で、とても見て居られなかつた。

当時鬱勃《うつぼつ》と勃興してきた新劇熱に曙夢も興味を抱いていた。自由劇場でゴーリキーの「どん底」が屡々《しばしば》上演され好評を博していたが、はじめは「夜の宿」という題名であった。それはなぜかというと最初に小山内薫が訳した時（実は和辻哲郎の主訳であった）、ドイツ語からの重訳であった為にこのような奇妙な題名になってしまったのである。ところがしばらくして曙夢の手によって原典から翻訳した際、「どん底」のタイトルを付け、それ以後一般的な呼び名になっている。面白いことは、この時、和辻哲郎は曙夢の翻訳はマズイとケチをつけ、小山内薫の訳文（実際は自分の主訳による）の方が良いと述べている点である。

三月八日（水曜）永井荷風氏から最近の創作集『すみだ川』を寄贈された。見るからに気持ちの良い装釘だ。濃艶の色と繊細の線と――おのづから著者の趣味も想ひ合されて嬉しい。近き耽読の日が楽まれる。今日は妙に物懐かしい日であった。晩方から久し振で駿河台の聖堂に出掛けた。大斎の祈禱が始まつて二日目である。ガランとして薄暗い大聖堂に、ニコライ大主教を中心として男女神学生のコーラスがズラリと左右に並んで居る。細い蠟燭の火が幽かにイコノスタスの数ある聖像の輪郭だけを照して、深い沈黙とミスチカルな空気とが堂内隈なく行き渡つて居る其中に、ぽつ然と一人離れて隅の方に身を置いた時、余は今迄にない妙な感に打たれた。やがて大主教の朗々たる読経の声に続い

て、左右のコーラスが金須氏の指揮の下に『神や我を憐れみ、我を憐れみ給へ』と、交る交る歌つた厳そかな四調音の和讃――それを聞いた時、余は半生の遊子が長い放浪の果に懐かしき故郷に立帰つた時のやうに、自分の空虚な心が急に充塡されるのを覚えた。（中略）やがて祈りが終つて、ドヤ〱と押出されるやうに聖堂を出て、夜の冷たい外気の中に突立つた時は、最早元の現実の我に立返つて居た。長く祈禱の心持を持続し得ない我を熟々不幸だと思つた。帰る途すがら二重生活の可能及び得失と云ふやうなことを考へた。

昇曙夢の真卒な心情と、宗教観の滲みでている文章である。

七、曙夢の翻訳文学と芥川文学の関連性

話題を少しばかりかえて、私ごとをまじえながら、昇曙夢にふれることにしよう。

昭和五十七年度の日本近代文学会の秋季大会がさる十月二十三日、二十四日の両日、東京目白の日本女子大学を会場にして開催された。そこで私は八人の発表者とともに、次の題目で研究発表を行った。題は「芥川龍之介「羅生門」材源考――アンドレーエフ作昇曙夢訳「地下室」との関連において――」というものであった。私の番は二日目の十月二十四日（日曜）の午前十一時半から三十分間をあてられた。そのあと十分間位の質疑応答があり、筑波大学の平岡敏夫氏をはじめ三人の質問者が発言した。それについては末尾で簡単にふれることにしよう。

さて、当日の参加者はおよそ百五十人程度であったと思われる。というのは、私は八枚つづりの参考資料を百五十部、それに付録として同じ内容の論文の抜き刷りを百五十冊持参した（大阪からわざわざ手の切れる思いで運んだ）のであるが、それがすべてはけていたからである。

ところで、大会発表者の論の主旨は、すでに九月の段階でレジュメが小冊子となって全会員（約千名）に配布され、ポスターなどの広告も各研究機関に送付ずみであったので、発言内容は事前にある程度予測できるようになっていた。

今回、私がテーマにした問題は、近代日本文学史上屈指の人気作家である鬼才芥川龍之介の短編小説「羅生門」の制作事情、つまり「羅生門」を作者である芥川がどのような方法で創作したかというきわめて重大な、また根本的な問題の提起であった。端的に言えば、「羅生門」の種本の検討である。これまで学界の通説では、我国の古典の『今昔物語』（作者自身『今昔物語』がこの小説の材源であることを告白している）と、比較文学者の小堀桂一郎氏が提出した森鷗外訳、フレデリック・ブウテェ原作「橋の下」が素材であるといわれてきたが、私はこの小堀氏の見解を否定するとともに、それにかえてロシア十九世紀末期の神秘的作家であるレオニード・アンドレーエフ（一八七一―一九一九）原作の「地下室」からその材源を得ているという問題提起である。

我国の古典である『今昔物語』の影響関係に関しては、吉田精一博士、安田保雄氏、長野嘗一氏らにくわしい研究があり、一般的な考え方になっている。したがって、この方面からの比較検討は論じつくされた感が深い。ところが、この有名な小説は一般的に歴史小説と呼ばれているのであるが、確かに歴史を借

景に用いてはいるもののいわゆる昔の再現、つまり、森鷗外流にいうならば「歴史其侭」の小説ではない。バックグラウンドに平安朝の「昔」を借用しながらも、その内容は下人の心理を通して個人のエゴイズムをあばく、近代人の懐疑的世界観を剔抉《てっけつ》した物語である。西洋の近代小説の特徴である心理描写の手法をたくみにいかして、一つの暗黒の世界を絵のように印象的に描いた作品である。それは物語作家としての芥川の特性をいかんなく発揮した佳作であるといえよう。

この作品は、芥川龍之介二十四歳、東京帝国大学英文科の三年生時代の執筆である。大正四年九月に制作され（私見では大正四年の「九月下旬」である旨発言した。）、同年十一月号の「帝国文学」に掲載された。この若い才能の作家がどのようにしてこの小説を制作したのであるか。それは「校註国文叢書」本収録の『今昔物語』とロシア十九世紀末の代表的作家であるアンドレーエフの「地下室」の一篇とを合成して創作した作品なのである。

「地下室」は昇曙夢の翻訳によって明治四十五年四月号の「早稲田文学」に載り、のち翻訳集『露国新作家集 毒の園』（新潮社、明治四十五年六月二十五日）に収録されている。この時点で芥川が、これを読んでいたのか、また英文で読んでいたのか、それはいまのところはっきりと断定できないのであるが、しかし芥川が大正六年四月と七月に「中央公論」誌上に連載した「偸盗」の作品はあきらかに昇曙夢訳「地下室」の模倣であるといえるし、また、大正四年の時点までに「地下室」の翻訳文献は他に見当たらないのであるから、昇曙夢訳を資料として活用したと断定してもよいのではないだろうか。

質問に立った平岡氏ならびに二松学舎大学の剣持武彦氏二者ともに、基本的に私の見解に賛成である旨

を述べた。私のこの拙《つたな》い見解が今後、学界で徐々に浸透していくものと思う。これによって新しい芥川像が展開されていくはずである。

第三章　芥川初期作品の比較文学的考察 I

第一節　芥川龍之介「羅生門」材源考

――アンドレーエフ作昇曙夢訳「地下室」との関連において――

一

芥川の作家としての開眼は大正四年、彼の大学三年生の時期にあった。初出稿「羅生門」が制作された同年九月には、何をどのように書くかという基本的な執筆理念と方法を完全に獲得している。それまでの「老年」（大正三年四月十四日制作）、「青年と死」（大正三年八月十四日制作）、「ひよつとこ」（大正三年十二月制作）等の作品群はそれはそれで青年らしからぬ文体と一種の風格をそなえていて、遺棄するには惜しい作品であるが、所詮、それらはそれまでの先輩作家達が精進してきたところの平面描写の枠の中にあって芥川独自の光彩を放射するまでには至っていない。それらの作品群は多彩豊饒な語彙の氾濫と形式美を備え、当時の若手作家の間では一頭地を抜いているのは確かである。だがこれらの作品は、潤いのある芸術性に乏しく、芥川本来の資質と可能性の予兆はあるものの、いまだ芸術の真骨頂に参入していない憾がある。

ところが大正四年に入ると俄然変化をきたす。この変化についていろいろな角度からの検討がなされてきている。曰く「羅生門」論(1)であり、「歴史小説」論(2)であり、或いは初期作品論(3)などである。

芥川龍之介の文学的開眼、いわば芸術的達成の内部要因はいったい何であるか。それはどこからきているのかという問題。例の吉田弥生との失恋問題を視座に、また別の角度から彼の〝芸術上の開眼〟を措定する視点、もっとも、私の瞥見するところでは、いささか紛糾錯綜して捉まえにくいこと甚だしい。微力な私の読解力では問題の核心に迫ることは困難であるが、それはさておいて、彼の次の書簡の持つ意味は大きい。大正四年四月二十三日付（推定）の山本喜誉司宛書簡には「私は多くの大いなる先輩が私よりも幾十倍の苦痛を経て捉へ得た熾烈なこれらの実感を軽々に看過した事を呪ひます（同時に又現に看過しつゝある軽薄なる文芸愛好者を悪みます）（中略）私は二十年をあげて軽薄な生活に没頭してゐた事を恥かしく思ひます　さうしてひとり芸術に対してのみならず生活に対しても不真面目な態度をとつてゐた自分を大馬鹿だと思ひます　はじめて私には芸術と云ふ事が如何に偉大な如何に厳粛な事業だかわかりましたそして如何にそれが生活と密接に連絡してしかも生活と対立して大きな目標を示してゐるかわかりました」という注目すべき発言が残っており、さらに同年六月十二日付の井川恭宛書簡には「早く自由にいろんな事がしたい　僕にはする事しなくてはならない事が沢山ある」という積極的姿勢が示される。そして、同年九月二十一日付の井川恭宛書簡に見られるミケルアンジエロ（ママ）讃美に到達し、本質的な真の創作活動に入るのである。

大正四年に入って芥川が最初に手懸けた小説は「仙人」であった。この一篇は発表時期こそ「羅生門」

や「鼻」(「鼻」は大正五年二月創刊の第四次「新思潮」に掲載、直に漱石の賞讃をうけ、その機縁により鈴木三重吉の知るところとなり彼の推薦で「新小説」の同年九月号には「芋粥」が掲載された)よりも遅れるけれども、執筆時期は例の吉田弥生との「失恋事件」直後に書かれたものである。作品の巻尾に脱稿の日付けを記していて、大正四年七月二十三日となっている。「失恋事件」が一応決着した時点での制作である。仮りに多くの評家が述べるように(一般的通説になっているのであるが)「羅生門」執筆に関してこの「失恋事件」が重大な意味を持つとすれば、この「仙人」制作の場合はどうなるか、大正四年二月頃にはこの恋愛問題は破局したと言われる。だが芥川の心は治まらず、同年六月頃まで悶々とした憂鬱な日々が続いているようである。この渦中での「仙人」執筆である。不思議な事である。もし失恋問題が小説の制作に何らかの形で影響を与えたとするならば、この「仙人」の作品にこそ深刻に投影されているはずである。それとも「仙人」の制作時期が失恋問題よりも早かったのだろうか。そうではあるまい。それは著名な「羅生門」にだけ焦点を絞って論を進め、加えて次の芥川の言説に囚われて、或いはまどわされて現段階の把握の仕方になっているものと考えられる。どんどん論が膨脹し、結局、収拾がつかない状態に陥ったと思われる。そこで問題になるのが芥川の自伝的体裁をおびる未定稿「あの頃の自分の事」の文章の一節である。

自分は半年ばかり前から悪くこだはつた恋愛問題の影響で、独りになると気が沈んだから、その反対になる可く現状と懸け離れた、なる可く愉快な小説が書きたかつた。そこでとりあへず先、今昔物語から材料を取つて、この二つの短篇を書いた。書いたと云つても発表したのは「羅生門」だけで、

「鼻」の方はまだ中途で止つたきり、暫くは片がつかなかつた。

大正八年一月号の「中央公論」に発表された完成稿「あの頃の自分の事」の序文で、「四五年前の自分とその周囲とを、出来る丈こだはらずに、ありのまま書いて見た。」、「序ながらありのままと云つても、事実の配列は必しもありのままではない。唯事実そのものだけが、大抵ありのままだと云ふ事をつけ加へて置く。」と断っているが、何故未定稿の部分は切り捨てられたのであろうか。この部分に芥川の韜晦した姿がちらりとのぞいているのではないだろうか。「悪くこだはつた恋愛問題」とは先述の吉田弥生との一件であるが、「現状と懸け離れた」作品は「羅生門」を指し示している、と、とる方が極めて自然な読み方なのであるが、吉田精一氏(4)を始めとするあらゆる研究家が「現状と懸け離れた、なる可く愉快な小説」の一フレーズを二つの作品にひっくるめて解釈してきた。この一文には「、」がある。従って、この部分の読み方は「なる可く現状と懸け離れた」小説、つまり、それは「羅生門」のこと。そして「なる可く愉快な小説」、即ち「鼻」の一篇と理解する方が適切な読み方ではないだろうか。勿論、後者は上の文脈にも当てはまる。

次に芥川は「羅生門」と「鼻」の作品が、『今昔物語』に依拠していることを告白している。が、この一見さりげない自注こそ曲者なのだ。この二つの作品は作者が正直に告白しているように『今昔物語』だけに材源を仰いでいるのであろうか。そうではないのである。

すでに指摘されているように「鼻」はゴーゴリの同名の作品からヒントを得、イメージを膨らませている（但し、この件は本書第四章「第二節　芥川龍之介作「鼻」論への序説㈠」で述べるように現在では

誤りと考えている)。それでは「羅生門」の場合はどうであるか。これもまた、同じロシアの作家、十九世紀末期のモダニズムの作家であるレオニード・アンドレーエフの「地下室」に材源を求めているのである。但し、この件に関しては小堀桂一郎氏が「芥川龍之介の出発──『羅生門』恣考──」(5)において、森鷗外訳、フレデリック・ブウテェ原作の「橋の下」が素材となっているとの説をたてている。この小堀桂一郎氏の見解は佐藤泰正氏(6)や海老井英次氏(7)その他の人々の追認するところとなり、いまではこの「恣考」は市民権を得ているのであるが、はたしてどうであろうか。私は疑問を感じざるをえない。これから紹介するアンドレーエフの「地下室」の一篇こそ、芥川が「羅生門」を執筆する際に、おおいに利用した『今昔物語』巻二十九「羅城門登上層見死人盗人語第十八」並びに同巻三十一「太刀帯陣売魚媼語第三十一」とともに素材として活用したのではないであろうか。小堀桂一郎氏が材源とみてあげているフレデリック・ブウテェ原作の掌篇「橋の下」は明るく簡潔で、白く乾いた雰囲気の文体であり、その理想主義的なテーマも芥川の「羅生門」の持つ情緒とは一線を画するものである。「羅生門」の放射する文体、憂鬱さを揺曳した一種のものういトーンとは明らかに表裏の性格を持つものである。第一、ブウテェの「橋の下」の核心部分は本文そのままを整理してみると次の如くである。

「ぬすつと」で「乞食」である「痩せ衰へた爺さん」は、冬の夜中、「かつゑ死ななくてはならない」身でありながら、遠い昔に「ふいと盗んだ」「何百万と云ふ」「宝物」、つまり、「世界に二つと無い正真正銘の青金剛石」を後生大事に持ち歩いて自分を「ミリオネル」だと思っている。それを「磨り切れた」「長靴」の「踵に塡めて」秘匿し、大切にしまっている。そこへこの小説の主人公であるこれも乞食の小心な

男が、爺さんに向かって、この世界に類の無い宝物を「小さく切」って売ったならば「二人で生涯どんな暮らしでも出来るのだ」と唆《そそのか》し、強奪しようとする。この教唆的詐謀にひっかからず敢然と目を光らせて、「なに、己の宝石を切るのだと。そんな事が出来るものか。それは誰にも出来ぬ。第一己が不承知だ。こんな美しい物を。これは己の物だ。誰にも指もさゝせぬ。己が大事にしてゐる。側に寄るな、寄るとあぶないぞ。」と峻拒し、「そして手早く、宝石を靴の中に入れて、靴を穿いた。それから一言も言はずに」「鼠色の影のやうに」「深い雪を踏み」ながら「其場を立ち去つた。」というストーリーである。つまり堕落した盗人の老爺のいじらしい夢。はかないあわれな行動と心情がテーマである。人間であるならば誰にだってありうる普通の心、人生の断面の魂の奥底に宿る小さなロマンのようなもの、これがこの「橋の下」の中心思想である。はたしてこのような主題が、芥川の「羅生門」の内部モチーフと緊密な関係を有するものであるのか。小堀氏は「『羅生門』という短篇が、その内面的構成を深く『橋の下』に負うている事情は明らかに看取できよう。(8)」と極めつけの断定を下しているが、いかがなものであろうか。しかしながら、小堀氏の提起したブウテェ作「橋の下」は「羅生門」のすぐ直前に執筆している「仙人」とはある程度関連性があるように思われる。特に「仙人」の後半部、その中、下段において、主人公である李小二が商売からの帰途、小さな廟で雨宿りをしているところへ、突然、廟の中の紙銭の中から一人の乞丐《こつかい》らしい老道士が出現する描写があって、以下主人公の李小二と道士との交渉が始まるが、この場面での二人の会話、動静、状況設定は「橋の下」の内容と酷似している。むしろ、小堀氏はこの件にこそ着目し、自己の仮説をたてるべきではなかったか。論理を展開すべきではなかったか。勿論、私は芥川が一つの作品

を成立せしめるにあたって他の幾つかの資料から組み立てていることを忘れているわけではない。又、彼が一つの作品を形象して更に他の作品へ数珠繋ぎに展開させていることを知らぬわけではない。だが、どうみてもブウテェの原作「橋の下」が、よしんば芥川龍之介が好んで読んだという森鷗外の訳本であるにしろ、「羅生門」の内容の主要部分に影響を与えたとは考えられないのである。

二

「彼は遂に彼個有の傑作をもたなかつた。——彼のいかなる傑作の中にも前世紀の傑作の影が落ちてゐる」（「芥川龍之介論」）と堀辰雄は指摘する。「芥川文学が学才の所産だといふのは定説に近い。このやうな作家の場合には、その材源を洗い、どの程度に芸術化をなしとげてゐるかを知ることは、他の作家の場合以上に意味があるであらう。」とは吉田精一氏の言であるが、芥川文学の研究の場合、この吉田氏の指摘は至言であると思われる。吉田氏はこの件に関して、屡々《しばしば》触れるところがあって、比較的最近の「芥川文学の材源」[9]においても、このことを特に強調してやまない。それだけ、芥川の文学的営為を検証する際には、このことが必須の条件であるからであろう。前掲の引用部分に接続して吉田精一氏は「現在知られる限りの材源と見るべきものを」六十三篇列挙しているが、この種の事例の発掘は今後とも多くの人によってなされるであろう。私も先学の貴重な研究の驥尾に付して、いままで知られることのなかった材源を発掘し論証することにしよう。

ここで紹介する文献はロシア十九世紀末期の天才的作家、レオニード・ニコラーエヴィチ・アンドレーエフ（一八七一―一九一九）の短篇小説「地下室」である。訳者は昇曙夢。ロシア文学を美的に鑑賞批評する域から脱して、初めて学問的研究の水準に引き上げ、学的対象の領域に位置づけた功労者。彼の名は今でこそ知る人も少なく、杳《よう》として忘れさられているが、知る人ぞ知る、明治末期から、大正、昭和の戦中戦後にわたってこの分野においては並ぶもののない一大権威であった。殊更二葉亭四迷歿後のロシア文学の翻訳と紹介、並びにロシア事情の伝達は曙夢の独壇場であった。それはあたかも英文学における上田敏の功績に匹敵し、或いは併称され、否それ以上の文壇的影響を与えたものと私には考えられる。もっとも彼は出身学校がニコライ正教神学校（通称ニコライ神学校）という特殊な学校の出であったから、ややもすれば異端視され、疎外されがちであったが、学閥的な寄合い所帯に馴染むことなく、又党派的な政略的言動に走ることなく、生涯不偏不党の良き精神を堅持し、文学（学問）に精進することができた。彼の自伝年譜を一瞥して見ると、百八十冊余にのぼる厖大な著・訳書、編著、監修等の刊本があり、なかでも彼が晩年に刊行した『ロシア文学の鑑賞』や畢生《ひっせい》の大著『ロシヤ・ソヴェト文学史』等は積年の蘊蓄を傾けた学識の深さと、他書の追随を許さない博洽《はっこう》広汎な叙述によって他書を圧し去り、顔色なからしめている。後人がこれを凌駕《りょうが》することは至難の業であろう。

さて、ここで必要なことは、そのような昇曙夢の功績を顕彰することではない。曙夢の若い時代、即ち、彼の三十代半ばに翻訳した数々の名篇が、当時の文壇で華々しく読者層を持ったこと。そして甚大な影響をわが文壇に与えたこと。本論のテーマである芥川龍之介も読み、執筆する際に参考にし、彼の文学の思

想となり、血肉となっていること。そのことを少しばかり考証論述したいからに他ならぬ。あわせて出来得ることならば明治二十年代に誕生し、明治末期から大正初頭に文学的活動を開始した若い、新しい作家達との関連性を明瞭にしたい欲望にかられるからである。例えば広津和郎や葛西善蔵等が所属した奇蹟派グループのほとんどが昇曙夢の翻訳文学との関連性なしには語ることができないこと。また宇野浩二や豊島与志雄、三上於菟吉等の文学的立場や思想傾向も曙夢の訳した翻訳世界と緊密な関係にある。いまここでは多くを語る余裕がないから他日稿を改めて論証することにするが、ただ、次の資料だけは明治・大正の文学を詳細に討究する際、逸してはならない基本的な必読文献であると考えられる（但し今まではあまり知られていない文献であった。従ってこの文献を活用した論文も一、二を数えるばかりである）のでここに紹介しておくことにする。何故か。そうすることによって自然主義の文学を含めて大正時代の文学史がより鮮明になるし、芥川の文学もより一層内実に近い捉え方ができると思うからである。

　昇曙夢の還暦の祝節は昭和十三年、戊寅の年にあった。この年、彼の知友門弟等が相はかり、再三記念の事業を企図したのであったが、その都度謹厳実直な性格の彼はこれを固く辞退したので方法を変えて記念出版に切り換えたという[10]。それは明治末期の文壇に不滅の印象を残した二つの翻訳集『露西亜現代代表的作家六人集』と『露国新作家集毒の園』とを一冊に纏め、合せて、文壇四十三名の筆になる感想録を集めたものである。『還暦記念六人集と毒の園――附文壇諸家感想録――』の一冊がそれである。書中、文学界知名の錚々《そうそう》たるメンバーが、ありし日の文学的体験を披瀝し、曙夢翻訳の歴史的成果と功業を称え、時代の雰囲気を感激を込めて語っているので読んでいて興趣がつきない。この「感想録」は明治末、大正初年頃の文芸思潮、時代

思潮を伝える第一級の貴重な資料である。その中からここでは文学に関係のある項目だけを選りすぐって掲載することにしよう。

「昇曙夢氏の翻訳文学礼讃」（吉江喬松）、「最初の感激と興奮」（中村武羅夫）、「昇先生への感謝」（加藤武雄）、「青年期の憧憬の的」（広津和郎）、「永遠に新しい『六人集』と『毒の園』」（宇野浩二）、「僕達を文学者にした二つの集」（三上於菟吉）、「文学の教科書」（谷崎精二）、「思ひ出深い愛読書」（豊島与志雄）、「昇さんの仕事（曙夢時代の好記念）」（武者小路実篤）、「懐しき作家群」（里見弴）、「新時代への贈物」（米川正夫）、「永久に残る香り高い名訳」（原久一郎）、「意味深いお企て」（相馬御風）、「懐しい早稲田時代の思ひ出」（吉田絃二郎）、「芳烈なる新鮮味」（山崎斌）、「二葉亭を嗣ぐ者」（中村星湖）、「昇曙夢と上田敏」（楠山正雄）、「懐しい思ひ出の標識」（前田晁）、「古典を新たに翫賞する気持」（正宗白鳥）、「旧知にめぐり合ふ懐かしさ」（中村吉蔵）、「傑れた歴史的存在」（土岐善麿）、「唯一無類の業績」（本間久雄）、「ロシア文学を日本人の常食にした恩人」（木村毅）、「両翻訳集の古典的意義」（中村白葉）、「ロシヤ近代古典の再吟味」（秋田雨雀）、「再刊『六人集』の魅力」（川路柳虹）、「胸の血の熱するを覚ゆ」（小川未明）、「露西亜文化紹介の恩人」（八杉貞利）、「わが新興文学への貢献」（長谷川誠也）、「多大なる功労の再認識」（馬場孤蝶）、「ロシヤ文学の大元老」（相馬黒光）、「先生に蒙つた恩」（湯浅芳子）、「あの頃の面影」（嵯峨の家老翁）等、これらの豪華絢爛たる文章に出会う時、それが、ただ単に表層的なタイトルと筆者の羅列にすぎないものであったとしても、ここには象徴的な一種の熱っぽい興奮の渦巻と劇的な歴史の実在の証明が残存している。月並な貧血性の記念文集的「感想」録では決してない。芳烈な香気が漂う文学界の曙の海だ。寄稿者のほとんどが明治末、大正初頭

に自己のレーゾン・デートルを見出し、執筆活動を開始し、文壇に歩武を進めた作家達であり、本論のテーマである芥川龍之介と同年輩の文学者達であった。この中から二、三ピックアップして当時の青年達の好尚と時代的思潮の動向を窺うことにしよう。

まず最初に広津和郎は次のように述べている。

私達が「奇蹟」といふ同人雑誌をやつたのは私の二十一二の頃――どうやら三十年近い以前の事になる。その「奇蹟」同人の殆んど全部が昇さんの訳されたその時代のロシア作家を好きであつた。殊に相馬泰三などはその影響を最も受けたと云つて好いであらう。

ザイツェフの「静かな曙」、「客」、アルツイバーシェフの「妻」、ソログーブの「毒の園」、アレキセイ・トルストイの「三奇人」、これ等の作品について、私達はどんなに感激して語り合つたか解らない。私達の文学の出発の最初の憧憬はこれ等の作家にあつたと云つても過言ではない。

葛西善蔵は「三奇人」の人物に自己との近似を感じたやうであつた。酒を飲むとそれを云つてゐた。そしてアレキセイ・トルストイのあの簡潔な、きびきびとした力強い描写は、葛西ばかりでなく、他の連中をも驚嘆させたものであつた。

ザイツェフの「静かな曙」の人気は圧倒的であつた。谷崎精二、光用穆などはこの作者に最も惚込んでゐたと思ふ。いや、それは「奇蹟」の同人ばかりではない。豊島与志雄氏の初期の作品なども、多分このザイツェフに余程心を動かされたに違ひない痕跡がある。

アンドレーエフは私達の間では割に人気がなかつた。「霧」など相当の力作であり、確かに誰やら

の云つたやうに新しい恐怖、新しい戦慄の創造ではあつたが、併しその余りの作為が私達の気に入らなかつたのであらう。（後略）

（「青年期の憧憬の的」所掲）

と語り、そして又芥川龍之介の東大での先輩であり、第三次「新思潮」の主要同人でもあった豊島与志雄は前掲の「思ひ出深い愛読書」の中で、

若い頃読んだ書物のうちで印象の深かつたのは何々か、と問はれたら、私はその中に、「六人集」と「毒の園」とを、躊躇することなく挙げるだらう。当時私は高等学校の頃、ロシア文学に心惹かれてゐたが、日本語訳は甚だ少なく、雑誌などを漁つたり、時には仏語訳や英語訳のものを求めたりして、僅に渇をいやしてる際で、昇曙夢氏訳の右の二書が相次で出たことは何よりも嬉しく、繰返し愛読したものである。今でもこの二書はなつかしく、その感銘は脳裡に深い。固より当時の私の読み方は、深い鑑賞や批判に達したものではなく、自分の青年期の夢に甘へた感傷を多分に含んでゐたらうが、然しこの種の感傷はそのまゝ萎むこと少く、肌身につく情感を育てる養液ともなるものである。私の初期の作品には、また其後の作品にも、例へばザイツェフの「静かな曙」や「死」や、ソログーブの「かくれんぼ」や「毒の園」や、アルツイバーシェフの「妻」や、アンドレーエフの「霧」などゝ、相通ずるものがあるとの批評もあつた。私ばかりではなく、この二冊の中のいろいろな作品に、強い魅力を感じた者も多かろう。そしてこの小さいが然し強い魅力は、やがてロシア文学の魅惑の大深淵を開いてくれる端緒となつたとも、云ひ得られないことはない。（後略）

また三上於菟吉は「僕達を文学者にした二つの集」の中で、

（前略）『六人集』その他が刊行されることになつた（中略）この作中、どれを指さして見ても、記憶があるどころか、つひ昨日読んだばかりのやうに覚えてゐるのだ。例のザイツェフの「静かな曙」、アルツイバーシェフの「妻」、ソログーブの「毒の園」、アレキセイ・トルストイの「三奇人」、それにクープリンの「生活の河」といふものは、今日只今の作としても結構なものとして受取ることが出来る。

多分宇野浩二なども覚えてゐてくれるであらうが、この二つの集などは、二十一二の僕たちをして、あんなに感激せしめたものはないやうだ。僕は、あの当時の昇先生のものは、すべて読んだつもりでゐるが、僕たちを、いはば文学者といふものにした点で随分功績があつたものだ。さて、僕たちを文士にしたといふことが、意味があつたかなかつたかは知らないが——

と回顧する。そして谷崎精二の「文学の教科書」の一文は次の如くである。

廿余年前僕と一緒に文学に志した仲間である広津和郎、葛西善蔵、宇野浩二、相馬泰三などは、葛西を除くと皆早稲田の英文科の出身なのだが、英文学の書物などは殆ど読まず、ロシアの小説ばかり耽読してゐた。昇氏の『六人集』や『毒の園』が発行された時、我々は早速買つて貪る様に読んだ。広津や葛西はアルツイバーシェフが好きだつた様に思ふが、僕は当時アンドレーエフが好きだつた。ツルゲーネフや、チェーホフは英訳で読んだが、当時の新しいロシア作家の作品は英訳がなかつたので、凡て昇氏の翻訳で読んだ次第である。

ロシア文学の紹介者として昇氏の名は、二葉亭と並んで永く日本文壇で記憶さるべきものである。

最後に武者小路実篤の一文を引用することにしよう。

僕達が文学の仕事をやり出した時、ロシヤ文学が日本に紹介されたことは大したものだつた。バリモントとか、クープリンとか、ザイツェフ、ソログーブ等々の名は僕達には親しみのある、なつかしい名であつた。トルストイ、ドストエフスキーなぞとはちがつて、もつと近い感じのする名だつた。尊敬したり、崇拝したりする気持よりも、もつと先輩と言ふ感じのする名であつた。一作紹介されるたびに人々は争そつて読み、その度に新鮮な感じを受けたもので、ロシヤ文学なぞと言ふ雑誌も出た。

ロシヤ文学を日本に紹介した大先輩は二葉亭であるが、それより新しいものを紹介した点で昇曙夢はロシヤ文学とは放すことの出来ない存在であつた。ロシヤ文学が最も日本に影響を与へた時代の初期に於て、昇曙夢の時代があつたと言つてい丶位ゐに昇曙夢は活躍した。『六人集』、『毒の園』なぞはその時代のよき記念で、我等は懐かしい思ひ出を持つ。昇さんももう六十二になられたと聞くと、それ等の時代は相当昔で、今の若い人達には一寸想像がつかないやうに思ふ。

昇さんの仕事は日本文学に影響を与へた点でも、もつと人々から認められ、表彰されてい丶ものと思ふ。今度記念出版として二つの本が択ばれたことはその表彰としては少しもの足りない気がする位ゐだが、之が機会になつて昇さんの仕事を顧みることが出来れば嬉しく思ふ。僕も愛読者だつた一人として、このさい御礼を言はしてもらいたく思ふ。

（「昇さんの仕事（曙夢時代の好記念）」所掲）

以上五名の文章で曙夢の翻訳文学が広く読まれ、自然主義、特に、自然主義末期以後のわが国の文壇に新しい空気を注入していることが明らかになるであろう。それにしても二葉亭四迷や森鷗外、上田敏等の

訳業に較べて、何故か曙夢の翻訳は研究されることが少なかった。

ところで芥川龍之介はロシア文学についてどのように見、考えていたのであろうか。彼の作品がロシアに紹介された時に書いた「露訳短篇集の序」を見ると、

わたしの作品がロシア語に翻訳されると云ふことは勿論甚だ愉快です。近代の外国文芸中、ロシア文芸ほど日本の作家に、――と云ふよりも寧ろ日本の読書階級に影響を与へたものはありません。日本の古典を知らない青年さへトルストイやドストエフスキイやトゥルゲネフやチェホフの作品は知つてゐるのです。我々日本人がロシアに親しいことはこれだけでも明らかになることでせう。（中略）近代の日本文芸が近代ロシア文芸から影響を受けることが多かつたのは勿論近代の世界文芸が近代のロシア文芸から影響を受けることが多かつたのにも原因があるのに違ひありません。しかしそれよりも根本的な問題は何かロシア人には日本人に近い性質がある為かと思ひます。我々近代の日本人は大きいロシアの現実主義者たちの作品を通して（durch, through）兎に角ロシアを理解しました。（後略）

と記し、又座談会「日露芸術家の会談記」の「後記」においては、

ロシアの小説や戯曲は英訳により、クウプリン位まで読んでゐるのに過ぎないから、実は話に加つても仕かたはないのである。ピリニヤアクの短篇も二三読んで見たが、僕には肌の合はないものだつた。（中略）最後にちよつとつけ加へたいのはフランス文学を日本に紹介した諸大家はレジヨンドオノオルなどを貰つてゐる。ロシアもロシアの小説や演劇を日本に紹介した諸大家には何か報いるのも悪いことでなからう。（後略）

と述べている。ここで注意を要することは、その真偽のほどは兎も角として芥川はロシア文学を英訳で読んでいるということ。そして読破した作家はクープリンまでと告白していることである。だが、クープリンの何を読んでいたのかは今のところわからない。次に注目すべきことは彼が「日露芸術家の会談記」の末尾において「ロシアもロシアの小説や演劇を日本に紹介した諸大家には何か報いるのも悪いことではなからう」と言及していることである。言うまでもなく、「諸大家」の最右翼に挙げられるのが昇曙夢であることは誰にも異論のないことであろう。しかもクープリンの作品は勿論昇曙夢のおはこであった。ロシア写実派の代表的作家であるクープリンは現実生活の平凡な事象を精細に描写することで定評があるが、彼の一大雄篇「決闘」（一九〇五年作）は例の博文館創業二十五周年記念事業の一環として企画されたいわゆる七大叢書の一つ、「近代西洋文芸叢書」の第一冊として大正元年十二月一日に曙夢の手によって『決闘・生活の河』の書名で翻訳出版され、忽ちのうちに数十刷を刊行するというまさに驚異的な売れ行きを示したベストセラーであった。当時第一高等学校の学生であった芥川は東西古今の文献を異常なほど貪欲に摂取していたことであるから、アレクサンドル・クープリンの「決闘」を知らないわけはなかったと考えられるのである。

三

ロシア世紀末文学の代表的作家であるレオニード・アンドレーエフの「地下室」の一篇は、昇曙夢の翻

訳によって明治四十五年四月号の「早稲田文学」誌上に掲載され、のち翻訳集『毒の園』に収録された。この時点で芥川がこれを読んでいたのか、それともまだ読んでいなくて大正四年の「羅生門」執筆時に精読したものか、又は曙夢の翻訳では読まずに彼自身英文で読んだだけなのか、それがいずれであるかは確実な証拠となる資料はない。しかし、その当時の時代状況、文芸思潮を念頭に置き、或いは芥川自身が残している手帳にあるメモや全集の所々に散見できるロシアの作家たちを考慮にいれ、あわせて現段階の研究状況を踏まえて考えてみると、曙夢の翻訳文学に靠《もた》れかかっていると推測する方が一番妥当と考えられる。もっともそのことにあまりこだわる必要はないのかもしれない。要は芥川龍之介が「羅生門」を創作した時、アンドレーエフの「地下室」の一篇をどのように受容摂取したのであるかという点が問題なのであるから。

さて、「羅生門」のおおまかな主題と骨組みは『今昔物語』から材料を得ている。そのことは芥川自身の記述にもあることだし、加えて長野嘗一[11]氏、安田保雄[12]両氏の卓抜な研究論考が存在するので駄弁はいらぬ。とはいうものの「羅生門」の内包する近代的性格、つまり、視覚的印象の強調と主観的な表現、内面的気分の描写や憂鬱なものういトーン、或いは情緒的な雰囲気描写等はいったいどこからきているのか。たしかに基幹のテーマやモチーフは日本の古典に材源をえているのであるが、ただそれだけでは片のつかない問題がある。平岡敏夫氏の指摘した次の点[13]である。

歴史物の第一作「羅生門」（大正4・9）のテーマが、「下人の心理の推移を主題とし、あわせて生きんが為に各人各様に持たざるを得ぬエゴイズムをあばいてゐるものである」（吉田精一）ことは一般に

みとめられている。加えていうならば、この作品においては、そうしたエゴの解剖の成立に向っての み集中的に形象が行われているのではなく、作品は一つの雰囲気の世界としてひろがっている点もあるのではないか。私は「羅生門」をよみ返すとき、「老婆はつぶやくやうな、うめくやうな声を立てながら、まだ燃えてゐる火の光をたよりに、梯子の口まで這つて行つた。さうして、そこから、短い白髪を倒《さかさま》にして、門の下を覗きこんだ。外には、唯、黒洞々たる夜があるばかりである。下人の行方は誰も知らない。」という結末がかもし出す雰囲気に深くとらわれた。このうち、最後の部分がのちにこのように改められたものであるにしても問題はかわるまい。ここに「人間に対する絶望感」（『近代文学注釈大系芥川龍之介』吉田精一解題、昭38・5）をみることができるにしても、それはやはり情緒的なものである。暗闇の羅生門の楼にうごめく「檜皮色の着物を着た、背の低い、痩せた、白髪頭の猿のやうな老婆」が死人の長い髪を抜きとっている。そのたいまつのあかり。こうした異常な物が雰囲気となってひろがっている。老婆にたたみかける五つの修飾語を見れば、その雰囲気の形象に力を集中し、結局うっとりとなっている作者をそこに見出すことができる。芥川が人物、性格のみを問題としない情緒の作家であったとすれば、テーマを発見すること、テーマの意義をみることだけでは芥川の思想批判となるだけでおわり、その文学自体はとり残される。我々はこの芥川の情緒の世界の質こそ、そのテーマとあわせて検討すべきではなかったのか。

との動かすことのできない読解は、小説「羅生門」全体を的確に捉えた一見識であると思われる。平岡敏夫氏が述べる「雰囲気の形象」、「情緒の世界の質」の変質こそ実に芥川を芥川たらしめた最も主要な問題

である。芥川の文学的開眼の端緒に他ならなかった問題である。この芸術的革命の内部要因は、それではどこからきているのか。何によって齎《もた》らされたのであるか、それが問題である。私は冒頭の第一節において、芥川から山本喜誉司に宛た大正四年四月二十三日付（推定）の書簡を引用しつつ芥川の変容に注目する必要があると書いたのであるが、その書簡中「私は多くの大いなる先輩が私よりも幾十倍の苦痛を経て捉へ得た熾烈なこれらの実感を軽々に看過した事を呪ひます」、「私は二十年をあげて軽薄な生活に没頭してゐた事を恥かしく思ひます」という嘆息まじりの自己凝視のなかに、真にめざめた文学的自己発見の表明がなされている。私はこの芥川の内面的変化を殊更に重要視したいと思う。なぜならこのような自己省察によってのみ文学が文学として存立し、作家自身の創造的契機を促すと思われるからである。殊に芥川の如き非凡な才能の持主の場合、なお一層貴重な発言であったと思われる。彼はこの時点までに何篇かの好短篇を制作し、発表しているが、それらのどれもが捨て難い完成度を持ち、安定した技量を示しているので余計にこの言葉の持つ意味は大きいといえる。

ここにおいて芥川は彼本来の資質と方向性を充分に認識し、創作上の根本の核心を探りあてたと考えられる。それは次のような言葉に敷衍できるのではないだろうか。「或るテエマを捉へて」、「いかに芸術的に」「力強く」（「澄江堂雑記」）人生の真を表現することができるか。また、人間存在の意義を描写することができるか。どのようにすれば自己を囲繞する自然界の一切事物の真実を深く表現することができるのか、という具体的で、実際的な執筆上の理念の再発見であり確認であったに違いない。後年、芥川が「澄江堂雑記」や「私と創作」（「煙草と悪魔」の序に代ふ）で披瀝した創作上の秘密はこの頃に見つけだしたもので

あろう。このような制作上の方法原理の発見といろいろな私生活上の懊悩の結果として熟成された一篇が、つまり「羅生門」であった。芥川の文学的開眼、乃至芸術的革命の内部要因はいったい何であったか。それはまたどこに起因し、どこにその根拠を求めるべきなのか。芥川龍之介は「羅生門」のモチーフをどのようにして獲得していったのか、との問題は現在までに多くの研究家、評家によってしばしば論点となり、さまざまに考察され、論に論を累積してきた。だが、いまひとつ明確な解釈は得ることができなかった。心から納得できる論を見いだすことができなかった。率直に言えば、極めて恣意的な独善の論調に走りがちであった。私見ではこの作品はそれほど論理の破綻もなく、そうかといって深甚な内容や思想を含んでいるというわけでもない。せいぜい原稿用紙にして十五、六枚程度の作品にこれほど重畳と錯綜した読解が必要であるのかどうか。それにストーリーの大体の骨子は作者自ら『今昔物語』に依拠していると弁明しているのだ。そこで考えられるのはただ一つ。芥川の後年の注釈「所謂歴史小説とはどんな意味に於ても「昔」の再現を目的《エンド》にしてゐないと云ふ点」（「澄江堂雑記」）に意を尽して、いわゆる「歴史其儘」でない点の近代的性格やスタイルに焦点を絞って論理を展開すればいいわけである。ここで再度吉田精一氏の次の解説を援用して論を進めることにしよう。

彼の作品が世を驚かせた一つの理由は、今までにない多種多様な題材と、変化に富むストーリイと、そして一作ごとにといってもよいほど趣きをことにした様式、手法によってであった。それらは、自然主義や、白樺の一派の、多くは直接の人生経験を材料とした単純な自己告白的作風と、まさに対蹠するものであった。ということは、彼の作品が、東西古今の文献から、「タネ」を得ているというこ

とでもあった。彼はその生涯の大半を通じて、「人生を知る為に街頭の行人を眺めなかつた。寧ろ行人を眺める為に本の中の人生を知ろうとした」（「大導寺信輔の半生」）態度をとりつづけた。（中略）芥川文学はそのような意味で、学才の所産でもあった。このような作家の場合には、その材源を洗い、どの程度に芸術化をなしとげているかを知ること、つまり「タネ」をしらべることが、他の作家以上に意味があり、又彼の才能をはかる方法ともなる。[14]

私もまた吉田氏の提言に乗って、あくまでもタネ明かしに終始したい。そのような方法で芥川文学の内容を明らかにしたいと思う。

四

レオニード・アンドレーエフはその個人の気質として憂鬱性を持ち、生涯に三度自殺を企て失敗に終っている。彼の作品がミステリアスな雰囲気を描写して、人間惨苦の悲哀と凄惨な世界の描写に秀でていることもよく言われることである。彼は好んで心理を表現するが、特に好んで狂人の心理を題材としている。アンドレーエフについて、昇曙夢は次のように解説をほどこしている。

　ロシヤ近代作家中最も独創性に富んだ天才的作家を求めるならば、誰でもレオニード・アンドレーエフ（一八七一―一九一九）を真先に挙げるに躊躇しないであらう。その題材の選択に於て、その取扱ひ方に於て、その異色ある独創的な表現に於て、その人生観に於て、彼は全く他の作家と異つてゐる。

例へばチエーホフが現実の世相や実生活の断片を取扱つて真珠の如き芸術品を作つてゐるのに対して、アンドレーエフは或る時代に於ける或る特定の社会や人間には更に興味を持たない。彼は全く時代方処の関係を超越して一般人類的問題に精神を傾倒してゐる。個々の社会的事象は彼が解決せんとする問題や疑問の本質を動かすことが出来ない。彼が興味を懐いてゐる点は全く普通の人間の考へ及ばない方面で、我々の目に触れない人生である。然し我々と無関係のものでなく昔から人間の個性を圧迫し、個人の自由を支配してゐる人生の根本問題である。トルストイは曾て天才の定義を下して、真の天才とは平凡なる日常生活の中に美と悲劇とを発見し得る人であると言つたことがあるが、アンドレーエフは即ちこの人生の根柢に横つてゐる悲劇に着目してゐるのである。殊に好んで彼は、無智と恐怖と暗黒と虚無との縺れ合つた人生の悪夢を、彼独特の手法で、印象的に象徴的に又は写実的に描いてゐる。それも主として気分の表現に重きを置いてゐるので、事件は陰に隠れて、表面には唯心理と気分だけが強く鋭く濃厚に出てゐる。人物は現実性を失つて映像のやうに空中を浮動し、その性格や経歴や苗字すら分らないのが多い。凡ては抽象的類型的象徴的なものの躍動である。

（「あとがき」[15]『近代劇全集』第二十九巻露西亜篇所載）

この解説を読み、ひるがえって芥川の文学を考える際、このロシア十九世紀末期（芥川龍之介はことのほか西欧十九世紀末の文学を嗜好している）の作家アンドレーエフと芥川、気質的にも又、文学そのものも良く似た両者の関係を比較検討するのはあながち無意味とばかりは言えないであろう。引用文のすべてとは言わないけれども、仮りに二、三の字句を修正し、改変置換すれば両者の作家像はオーバーラップす

るはずである。両者の類縁性及び影響関係は無縁ではない。試みに芥川龍之介全集のどれか一つを取って参照してみるがいい。そこにはアンドレーエフの名を数箇所指摘できるはずである。事実大正二年八月十二日付の浅野三千三宛書簡の中には次の如く出ている。「Tolstoi, Turgenief, Gorky, Andreiv などのロシアものの英訳多く且大抵やさしく候へば一週に二三冊づゝよめる可く候」とこの後輩に読書案内をしている。アンドレーエフの作品を読破していることがわかる。だが、現在のところ柳富子氏の調査報告(16)によると「芥川龍之介旧蔵書」中にはアンドレーエフ関係のものは見当たらないようである。

ロシア文学が明治三十七、八年の戦争を境にして非常な勢いで加速度的にわが国に紹介され、移植されている事実は文学史の常識であるが、アンドレーエフもまたその時代思潮に乗って明治三十九年頃から上田敏、二葉亭四迷、森鷗外、昇曙夢、中村春雨、相馬御風等によって数多く翻訳、紹介され、しばしば論壇を賑わしている。明治末・大正初期、つまり芥川の知的教養の摂取時代には盛んに話題になった流行作家のひとりであった。特にここで注意を喚起しておきたいことは秋田雨雀の次のような発言である。

> 世界大戦前に於けるロシヤ文学の懐疑的低迷時代の影響も決して少い物ではないと思ひます。アンドレイエフ、クープリン、バリモント、ボリス・ザイツェフ、乃至アルツイ(ママ)・バーセフの作物なぞは断片的であり、組織的ではなかつたけれども、当時のロシヤ文学の紹介者たちによつて絶えず紹介されてゐたし、殊にアンドレイエフ及びアルツイ(ママ)・バーセフは当時の日本青年の二つの性格を形成させてゐたとまでいはれたものです。

これは雨雀の「わが国青年に与へたロシヤ文学の影響について(文学通信)」(17)という文章の一節であるが、

引用文の末尾で、秋田雨雀が述べている「当時の日本青年の二つの性格」とは何であったのか、それが「アンドレイエフ及びアルツイ・バー《(ママ)》セフ」の文学に負うているという指摘はいささか傾聴すべき言葉ではないだろうか。「当時の日本青年」という「当時」とは何時頃を指すのか。また具体的にどういう人々に影響を与えたものであったのか。それがどのような形でわが国の近代文学に反映し、投影したものであったのか。そしてこのことが拙稿のテーマと深く関連し、明治、大正文学の間隙を埋める接点となり、性急にいえば大正文学の基底を貫通するところの一条の線、即ち、〝もの憂い気分の実体〟の根源につきあたると考えられる。しかも、芥川文学そのものが包含している思想、内容もこれらに関連してくる問題と思われる。いままでほとんど顧みられなかったロシア十九世紀末期の神秘的象徴的作家とわが国の特異な作家である芥川龍之介の作品を具体的に比較検証することによって芥川文学は勿論のこと、彼をとりまく大正の文学史が一つの新たな地平へと展開するのではないだろうか。そこでさらにその影響関係を追尋することにしよう。

五

レオニード・アンドレーエフの短篇小説「地下室」は昇曙夢の翻訳で明治四十五年四月号の「早稲田文学」に掲載され、ただちに彼の翻訳集『露国新作家集 毒の園』に収録された。この翻訳集は武者小路実篤が語っているように「ロシヤ文学が最も日本に影響を与へた時代の初期に於て、昇曙夢の時代」[18]があったその好記

念の出版物であったばかりでなく、わが国近代日本文学史上忘れることのできない名訳本となっている。曙夢の翻訳集『露国新作家集 毒の園』（なぜ「翻訳集」と断るのかといえばこの訳本は露西亜十九世紀末期のモダニズム派に属する代表的作家八人八篇の集成だからである。その中のソログープの小説「毒の園」が表題になっている）や『露西亜現代代表的作家 六人集』、マクシム・ゴーリキーの『どん底』（聚精堂、明治四十三年十月十六日）や、例の博文館創業二十五周年記念事業の一環として企画された、いわゆる七大叢書の一つ「近代西洋文芸叢書」の第一冊として刊行されたクープリンの『決闘・生活の河』（博文館、大正元年十二月一日）或いは大正三年三月に出版されたドストエフスキーの『虐げられし人々』上・下（「近代名著文庫」第六編、新潮社）等々、長谷川二葉亭歿後の曙夢の目を見張るような活躍は近代日本文学史上特記に価しよう。当時の新聞や雑誌、辞典やその他の刊本、或いは諸種の講座類、講義録の類いに目を向けるとロシア文学やロシア関係の項目は曙夢の手に委ねられているのが自ら判然とする。昇曙夢の数々の秀れた翻訳文学がわが国の文学界にどれ位の潤沢を齎《もたら》したか測り知れないものがある。

　芥川龍之介の初期の短篇小説「羅生門」をテーマに、その制作意図や内容、或いは作品成立上の基本的な発想基盤を尋ね、考察の対象とする際、明治末期から大正初頭にかけてのわが国の文芸思潮及び評論界、翻訳界の動向に注目しないわけにはいかない。

　ところで武者小路実篤が述べるところの「昇曙夢の時代」に、第一高等学校の学生であった芥川は、東西古今の書物を異常なほど貪欲に読破していたことは、周知の通りである。曙夢の翻訳集『毒の園』所収の「地下室」の一篇を彼は翻訳されたその時点で読んでいたのか、それとも大正二年八月十二日付浅野三

千三宛書簡中の時点で彼自身英文で読んでいたのか、全く読んでいなかったのか、それともそれ以後になって読んだのか、いまのところ正確なところは確定できない。だが、大正四年の八月から九月にかけての「羅生門」制作時には確実に「地下室」を読んでいて、それを土台にして、合わせてわが国の古典である『今昔物語』（典拠となった『今昔物語』が「校註国文叢書」本であることは安田保雄氏の卓抜な論文[19]によって厳密精細に実証されている）とを絡み合せて創作している。多分芥川は早い時期にアンドレーエフの「地下室」を読んでいたことであろう。さきに触れた大正二年八月の書簡に、「Tolstoi, Turgenief, Gorky, Andreiv」の「短篇」を読んだと語っているので、おそらくその中に「地下室」の一篇も入っていたことであろう。ついでに言えば同時代の批評家である相馬御風や本間久雄、田中純等はアンドレーエフの作品を英文で読んでいた形跡がみえる。

六

「羅生門」関係の論文でしばしば触れられ言及される問題が、例の「吉田弥生」との失恋事件のことである。そしてその件に絡み合せて芥川が友人恒藤恭に送った大正四年三月九日付の書簡の文面である。この文章に含まれている内容が「羅生門」成立上の重要なモメントとなり、小説制作上のモチーフになっていると見られていろいろな解釈を生みだしてきた。かつて三好行雄氏はこの問題について次のように述べている。[20]「これらの書簡につくされている芥川の感慨がそのまま「羅生門」の発想や主題になにほどかの

かかわりをもつものであった。」と前置きしながら、続いて、

しかし懐疑とか厭世とかいう点でいえば、恋愛事件で傷つくはるか以前から、芥川がおそらく資質と環境のうながしゆえに、世紀末の青ざめた思想の影響をうけ、懐疑主義にとらわれた青年であったことは「羅生門」に先立つ習作の「老年」「ひよつとこ」などに徴しても明らかである。失恋の痛手が彼のスケプティズムをより決定的なものとし、いわば感傷を思想に変える契機であったとしても「羅生門」の成立を失恋事件の影響だけで解こうとするのは早計である。

とのほぼ妥当と思われる解釈を早い時点で下している。そして近年の氏の文章「小説家の誕生——「羅生門」まで[21]」——においても文意に変動はない。一方、森本修氏は「羅生門[22]」の一文で「別稿・あの頃の自分の事」と関連させながら次のように述べる。

芥川はこの恋愛問題を通じて、人間のエゴイズムの醜さと、醜いものではあるが生きていくためにはそれはどうしようともすることのできないものであることを知った。そして、しばらくは「唯、かぎりなくさびしい」（大四・二・二十八付、恒藤恭宛）、「毎日不愉快な事が必起《ママ》る　人と喧嘩しさうでいけない　当分は誰ともうつかり話せない　そのくせさびしくつて仕方がない　馬鹿馬鹿しい程センチメンタルになる事もある　どこかへ旅行でもしやうかと思ふ　何だか皆とあへなくなりそうな気もする　大へんさびしい」（大四・三・九付、恒藤恭宛）という憂鬱な日々が続いたようである。そこで、「なる可く現状と懸け離れた」世界に眼を向けて、「なる可く愉快な小説」を書こうとして筆を執ったのが「羅生門」であり、「鼻」（第四次『新思潮』大五・二、『新小説』大五・五に再掲《ママ》）であった。

はたして森本修氏をはじめとする多くの評家が述べるように失恋の傷心の鬱情がそれから約半年後に書かれている（但し、われわれはその間に小説「仙人」が執筆されていることを銘記しておく必要がある）「羅生門」制作上の重要な内部要因に結び着くのであろうか、それがたとえ「別稿・あの頃の自分の事」の文脈に関係があるにしても。いささか疑問である。大正四年三月九日付の恒藤宛の書簡を注意して読んでみると、一見して暗示的で象徴的な文体であることがわかる。いかにも芥川らしい思わせぶりな含みのある文脈であり、しかも亀裂のある文辞の粉飾、短絡的な観念の飛躍を容易に見出すことができるはずである。それでは問題の文面を全部提示してみる。

イゴイズムをはなれた愛があるかどうか　イゴイズムのある愛には人と人との間の障壁をわたる事は出来ない　人の上に落ちてくる生存苦の寂莫を癒す事は出来ない　イゴイズムのない愛がないとすれば人の一生程苦しいものはない

周囲は醜い　自己も醜い　そしてそれを目のあたりに見て生きるのは苦しい　しかも人はそのまゝに生きる事を強ひられる　一切を神の仕業とすれば神の仕業は悪むべき嘲弄だ

僕はイゴイズムをはなれた愛の存在を疑ふ（僕自身にも）僕は時々やりきれないと思ふ事がある　何故こんなにして迄も生存をつゞける必要があるのだらうと思ふ事がある　そして最後に神に対する復讐は自己の生存を失ふ事だと思ふ事がある

僕はどうすればいゝのだかわからない

君はおちついて画をかいてゐるかもしれない　そして僕の云ふ事を浅墓な誇張だと思ふかも知れない

（さう思はれても仕方がないが）しかし僕にはこのまゝ回避せずにすゝむべく強ひるものがある　そのものは僕に周囲と自己とのすべての醜さを見よと命ずる　僕は勿論亡びる事を恐れる　しかも僕は亡びると云ふ予感をもちながらも此のものの声に耳をかたむけずにはゐられない

毎日不愉快な事が必起る《（ママ）》　人と喧嘩しさうでいけない　当分は誰ともうつかり話せない　そのくせさびしくつて仕方がない　馬鹿馬鹿しい程センチメンタルになる事もある　どこかへ旅行でもしやうかと思ふ　何だか皆とあへなくなりさうな気もする　大へんさびしい

三月九日　　　　　　　　　　　　　　　　　　　龍

この文面は特異な文面だ。のっけから個人的な我執にみちた心情を吐露表白していて受信人である恒藤恭にとっては途惑いを感じたであろうが、それが青春というものであり、又友情というものであろう。それにしても一方的な我執にみちた書簡である。ここには青年芥川の生の孤独と不安の観念がぎくしゃくとした文脈で語られている。それは借り物の衣装を着て歩いているような不安定感が付き纏い熟していない。文末に「吉田弥生」との失恋による傷心の淋しさが率直に表白されているが、それを失恋による淋しさとだけ読みとるのは失当であろう。青年期特有の生命の不安感がもたらす孤独や鬱情の現れであり、三好行雄氏の言う「世紀末の青ざめた思想」に「影響」された「懐疑」の思念や「厭世」の思想であると捉えることができる。ここの読み方を「失恋」事件という私生活上の告白だけに帰するのは誤りではないか。それよりも彼がそれまでに培ってきたところの「本の中」の人生の一端と見る方がより一層適切ではあるまいか。しかも書簡の内容は懐疑的思念の悲観主義や厭世的人生観を表現しているだけではなくて、それに

加えて当時の思想界を席巻した人生肯定の生命の欲求、即ち、創造本位の生の欲求が暗に示されていると考えられるのである。いずれにしてもいささか文章の流れとして不徹底であり、未熟であるが。

ところで、芥川龍之介の文体の特徴は対立概念の並列的構成という手法である。それは駒尺喜美氏が名著『芥川龍之介の世界』(23)所中の「認識者として」の章で釈義した、「矛盾の同時的存在物たる人間」或いは「善と悪との矛盾体である人間」把握を展開する観念と大体同一の思考法に連なるものであるが、反対の意味内容を示す言葉と言葉の展開、その葛藤が発する劇的効果や象徴的世界の創造、結局このことが芥川文学の中核を形成する思考方法であり、彼の創作態度になっている。このような文章作法の流儀は芥川龍之介が文学的世界に入った初期の頃からすでに身に着けていた衣装であった（もっともこの流儀はレオニード・アンドレーエフの文学が持っている顕著な世界であって例えば彼の戯曲「人の一生」を読めばそのことは判然とする）。芥川文学読解の鍵は直截的に言えばこれらの二律背反の語句設定や意味内容を把握することにある。

さて友人恒藤恭に宛てた手紙の内容は前述の如く芥川の青年らしい生の孤独と不安にかられた懊悩の表明であり、人間と人間が接触していくうえでの「愛」の不在を意味している。だが、私はこの書簡の文面にも借りものの匂いのするのを禁じることができない。三好行雄氏もこの点に注目して「確かに、観念の飛躍と短絡にみちた人間認識は、龍之介もみずからあやぶむように〈浅薄な誇張〉と見えなくもない。(24)」と留意しながらも「しかし、誇張でしか救えぬ傷心もある。あおくさい感傷の行間に、傷ついた龍之介の本音を読みとることは可能であろう。」との読み方をする。三好氏は更に続けて「我執を超えた愛の不在

という、このこと自体はさして独創的な発見でもない。重要なのはエゴイズムの愛憎をひとつの体験としてくぐりぬけたとき、芥川龍之介の想念が〈何故、こんなにして迄も生存をつゞける必要があるのだらう〉という問いを生む地底にまで、ひたすら下降していった事実、というより、その性急な短絡をうながすニヒリズムを、龍之介が早くからかかえこんでいた事実である。」と解釈し、芥川が「人の上に落ちてくる生存苦の寂寞」を「失恋に傷つくはるか以前から、人間が存在することの明証として」抱持していたと述べ、その要因を「実母の発狂という」宿命論で結論づけている。私自身この線上を肯定しながらも、芥川の「生存苦の寂寞」や「ニヒリズム」を「実母の発狂」という宿命論で処理してしまったことを遺憾に思うのである。芥川の前掲の文面に現れている「観念の飛躍と短絡にみちた人間認識」という着眼点をもう一歩進めてその究明に意を尽すべきではなかったかと考えるのである。

七

翻訳集『毒の園』所収の「地下室」の巻頭にはレオニード・アンドレーエフの次のようなアフォリズムが挿入されている。これらの言葉は当時の若い新しい人々に親しまれ、論壇でもしきりに援用された文章である。

(a)　○　私は人生の真を目指してゐる。私は存在の意義を求めてゐる。私を囲繞する自然界に於ける一切事物の真を求めてゐる。

(b)　○理性には理性の権利がある。若し人が理性で考へられないことを考へるべく余儀なくされた時、彼は甲又は乙の理性を問ふの暇がない。直ちに全人類の理性を危ふし、自分自身に刃向ひ、存在の意義を滅却し、不可知の者に対して嘲弄的に反抗する。

(c)　○あらゆるものを否定することによつて、人は象徴を信ずるやうになる。生活の全体を斥くることによつて、人はおのずからその弁護者となる。私は厭世主義の父ショーペン・ハ《（ママ）》ウエルを読んだ時と同じく今日に至るも人生に何等信ずるところがない。私は自から言ふ、こゝに一個の人あり、自から考ふるまゝに考へつゝ而も尚ほ生活する一個の人ありと。かくて私は結論する。生活は偉大なり、生活は無敵なりと。

(d)　○私は人物描写の際何時も其人物の形而下の方面を描いて、それから精神的方面を結合して行く。さうして其人物の細目までも之を描いて誤ることがない。予め描出する人物に就いて何んな些細な点までも残らず観察するからである。

このアンドレーエフの重厚で深遠な思想と秀れた作家精神の発露に当時の若く新しい青年たちがどれほど魅了され、しかも曰く言いあらわし難い痛棒を受けたことであろう。この珠玉のような言葉の上につけた(a)から(d)の記号は便宜上私が付したものである。

引用の(a)のアフォリズムは暫く措く。(b)のわれわれの肺腑を抉る文章は、人としての、一個の人間存在の条理、不条理のぎりぎりの一線に位置する言葉であり、人間の思考判断、否、実践行為の不断の意識をその極点にまで押し拡げ論理化した言葉で衝撃的である。まさに芥川晩年の自裁を予告するかの如く因縁

めいた言葉である。私は前掲の芥川の恒藤恭宛書簡の文脈上の乱調はこのアンドレーエフの衝撃的な文辞に凭《もた》れ掛かったが故の破綻ではないかと考える。「何故、こんなにして迄も生存をつゞける必要があるのだらうと思ふ事がある。そして最後に神に対する復讐は、自己の生存を失ふ事だと思ふ事がある。」（傍線著者）。傍線部の一節はアンドレーエフの次の言葉「自分自身に刃向ひ、存在の意義を滅却し、不可知の者に対して嘲弄的に反抗する」を意識的に自家薬籠化した断章ではなかったか。それはまたその直前に芥川が書いている「一切を神の仕業とすれば、神の仕業は悪むべき嘲弄だ。」に符節する言葉ではないか。

次に(c)の一文はアンドレーエフの作家精神の発現である。大正初年代において新進の批評家であった田中純は「早稲田文学」の大正四年二月号に評論「新らしき幻影の要求」を書き、その中で、

アンドレーエフが其「劇場印象記」の中に記して居る「人はあらゆることを否定することに依て、直ちに象徴に達することが出来る。人生を拒否することに依て、人は自ら其弁護者となる。私は厭世主義の父シヨウペンハウエルを読んで居た時程に、人生を信じて居た時を知らない。結局は、人生は力であり勝利であつた」と云ふ言葉は、吾々に取つてはもはや個の反語でもなくパラドツクスでもなくなつた。吾々は今一度吾等の現実を批評し、分解し、否定しなければならない。此の批評と分解と否定とのみが一人吾々の新しき幻影を生むのである。吾々の求める新しき幻影はかくの如き冷静なる批評そのものから湧き上るイルージヨンでなくてはならない。吾々の求める力の芸術は、かくの如き現在の痛感に依て、新しき冒険の第一歩をふみ出す意欲とイルージヨンとを強要する力そのものゝ芸術に外ならないのである。

批評の芸術、脱却の芸術――吾々はそこから再び吾々のリアリズムを進めて行つて、吾々自らの新しき幻影を創造せねばならない。

まだ駈け出しの批評家であった田中純により敷衍された当時の思想界の中心問題は、いわゆる「生命の問題」であり、「創造本位の生の要求」であり、そして「自我の権威」の問題であり、「生みの力」の問題であった。大正三、四年頃から文壇において少しずつ新しい傾向が若手作家の中から芽生えつゝあったが、それは即ち後年文学史家により「新現実主義」と呼称され概念化され規定される内容を包含する問題なのだが、誰もそのことに言い及ばない。「新現実主義」の文学用語の意味する内容はこのあたりに根帯《こんたい》を有しているのである。世のあらゆる研究者がこの言葉の意味する内容に苦慮し、さまざまな解説を施しているが当を得ていないように思われる。それは自然主義衰退後の文芸思潮、特に大正期前半の新しい若い作家達の思想傾向や精神意識がどのようなものであったかが究明されていないからである。当面の問題は「新現実主義」という言葉の由来の発生源を尋ね、それがどのような経緯で成立し通用するに至ったか、個々の作品を視座にすえながら当時の文芸思潮及び評論活動を調査しなければならないであろう。その際、前に掲げた田中純が述べている「今一度吾等の現実を批評し、分解し、否定し」、その上にたって「新しき幻影を生む」「力」という言葉もなんらかの手掛かりにはなるであろう。それは又、この考え方の基底にアンドレーエフの「人はあらゆることを否定することに依て、直ちに象徴に達することが出来る。人生を拒否することに依て、人は自ら其弁護者となる。私は厭世主義の父シヨウペンハウエルを読んで居た時程に、人生を信じて居た時を知らない。結局は、人生は力であり勝利であつた」という思想を抜きにして

は語ることができないであろう。後年秋田雨雀が往時を偲んで「わが国青年に与へたロシヤ文学の影響について（文学通信）[25]」文中で述懐している次の言葉「殊にアンドレイエフ及びアルツイ・バ《ママ》ーセフは当時の日本青年の二つの性格を形成させてゐたとまでいはれたものです。」もこの時代に共通する青年達の意識を述べたものと思われる。このような時代の雰囲気のもとで芥川龍之介も作家として出発する。それではアンドレーエフの(c)の文章が芥川とどのように関係しているのであるか、ここで誰もが即座に想起するのは彼の自伝的文章といわれる「大導寺信輔の半生」別稿（これも不思議なことに本文には入っていない）の「厭世主義」の箇所であろう。「信輔は既に厭世主義者だつた。厭世主義の哲学をまだ一頁も読まぬ前に、——いや、彼の厭世主義は厭世主義の哲学とは縁の遠いものに違ひなかった。」及び「信輔は勿論厭世主義の哲学に、——殊にショオペンハウェルのアフォリズムに彼の厭世主義を弁護する無数の武器を発見してゐた。」との断片を読んでみるとアンドレーエフとの関連性は抜き難いものであろう。芥川が前掲の書簡の一節で「周囲は醜い　自己も醜い　そしてそれを目のあたりに見て生きるのは苦しい　しかも人はそのまゝに生きる事を強ひられる」、「僕にはこのまゝ回避せずにすゝむべく強ひるものがある　そのものは僕に周囲と自己とのすべての醜さを見よと命ずる　僕は勿論亡びる事を恐れる　しかも僕は亡びると云ふ予感をもちながらも此のものの声に耳をかたむけずにはゐられない」という認識はアンドレーエフの思想と共通するものである。青臭いほどにひたむきに語られている心情の告白は確かに吉田弥生との「失恋事件」の余波も多分に含まれているのであろうけれども、芥川の青年期特有の生の不安と孤独の表明であると捉える方がよいであろう。しかも「観念の飛躍と短絡的な人間認識」が他者への依存の強い、芥川

自身思わず本音を洩らす〈浅薄な誇張〉で叙述されているにしても、彼は真剣に彼なりに生存の意味を尋ねていた。世の中のあらゆるものを否定した後の人生肯定という観念を本の中から、時代思潮から、又私生活上の生活体験や懊悩から学び、徐々に人格形成を行っているのであった。

八

慥かに「羅生門」の外観の骨組みは『今昔物語』から素材を得ている。しかし、内面の主題と作品成立の構想はアンドレーエフの短篇「地下室」を借用している。そのことについて述べることにしよう。始めに現在ではほとんど目にすることのできない「地下室」の内容を昇曙夢の翻訳で紹介することにしよう。といっても訳文全体を完全な形で覆刻し提示することは困難であるから、私の拙い整理の仕方で物語のだいたいの粗筋を伝えることができれば幸いである。原文（訳文）の香り高い芸術的達成と陰影濃やかな情緒と沈痛深刻な内容を保持しつつ、なおかつ私の言わんとする論の主旨を明確に伝えることができるならばこれに過ぎることはない。如上の意図から文章の移動、語彙、語句の多少の改変をあえて恣意的に施した箇所がある。諒とされたい。

㈠

彼は酒に溺れて職業も友人も失ひ、最後に残つたものまでも酒に潰した揚句の果は、泥棒や売春婦と一緒に地下室に住む身となつた。

病み衰へて血の気も無いその体は仕事に疲れ、苦痛とウォーツカに苛《さいな》まれて、またと此世の労に堪へないものとなつた。

小説の発端は主人公ヒジニヤコフの以上のような境遇の叙述から始められる。続いて死の幻影が描写され、更に異常な夢の描出に移り、夢から覚め朝を迎える表現になっている。それでは前半部の概略をつづることにしよう。

主人公のヒジニヤコフはいまでは病み衰へて血の気のない体を四六時中襤褸屑の積み重なつた寝床で、身じろぎもせず、又物考へもせずにじつと寝ころんでいる。以前には妻があり、兄弟姉妹も居た。それればかりではなく彼が母と呼んでいたある曖昧な美しい女も居たのであつたが、これ等の人々はみんな死んでしまつた。彼もまもなく死ぬであらう。——彼は自分でこの事を悟つてゐる。酒に溺れて職業も友人も失ひ、最後に残つたものまでも食ひつくして、今は泥棒や売春婦と一緒にある大きな街のアパートの地下の一室で死の影に怯え苛まれつゝ横たはつている。たまには彼はとても勝利の望みはないと知りながらも尚ほ生活の戦を開始するために早く起きなければならないと思う。そんな時にはふと「生きなければならぬ」と考える。だが、それはほんの一瞬のできごとで、たちまち明るい方へ背を向けて僅かな光線も眼に入らぬやうに、蒲団をスポリと被り、小さな団塊か何かのやうに円く縮まつたまゝ身動きひとつしない。彼は日が明けるのを極度に怖れ、夜が続くことを願ひ、いつそのこと、誰かピストルを後頭にあてゝ一撃ちに撃ち貫いてくれればよいと、そんなことを願つたこともある。しかし現実には死が到来するまでは兎に角生きていなければならぬと思ふ。絶望に囚はれた彼

のような金も健康も意志も失くなつた人間に取つてはこれが最大の恐るべき問題だと考えている。

やがて、このうす汚れた地下室に濁々とした制し難い朝、力強く人を生活に呼んでいる日がやつてきた。地下室ではまずこの地下室の主人であるマトリョナ婆さんが最初に目を覚し、それから二時間ばかりたつて同宿者である売春婦のドゥニヤーシヤとマトリョナ婆さんの情夫になつている若い勇敢な泥棒のアブラム・ペトローヰチが目を覚した。ヒジニヤコフは彼等の目覚めを少なからず恐れた。それは彼を日常の生活に誘いこみ、そして彼を支配するからである。彼はある時、何かの機会にこの悪しい汚ならしい、嫌な匂ひのする売春婦のドゥニヤーシヤと約婚した。また彼はこの地下室の主人である老婆の情夫になつて住みついている若い泥棒のアブラム・ペトローヰチと三日ばかり前に酒を飲んで互ひに接吻し合ひ、「君」、「僕」の心易い仲になつて永久の友誼を契つたのであつた。

アブラム・ペトローヰチの生々した大きな声とその速い歩調とが入口のあたりに響いた時、ヒジニヤコフは一種の恐怖と予期とに体中が凍つたやうに思ひ、堪《たま》らなくなつて大きな声で吁《う》鳴《な》つた。今、死が隅の方にじつと控へているという場合、そして生きるとか、働くとか、闘ふとか、求めるとか、さういふ必要を持つた日が四方八方から襲撃してきた今の場合においては、それが何より苦しく、名状し難い程、今の彼にとつては恐ろしく思はれるのであつた。

「旦那！　まだお寝《やす》みですか」と、アブラム・ペトローヰチが入口で声をかけるが、それには答えやうとしない。それでそのまゝペトローヰチはその場を立去る。次にドゥニヤーシヤが叫びながら戸を敲く、ヒジニヤコフは震へ蹌《よ》踉《ろ》めきながら戸を開ける。ドゥニヤーシヤが入つて来て以前ここに住

んでいた友達のカーチャ・ネチャーエワが昨日死んだことを彼に告げるのだつた。
だいたいにおいて以上のような叙述で前半は締め括られる。後半第二章はカーチャ・ネチャーエワの乳姉妹、ナタリヤ・ウラヂミロウナの出現によって新たな局面を作りだし、静から動へ、言い換えれば漸層的に死のイメージから生のイメージへうねるように圧するように高まり、末尾八、九分めになって最高潮に達し、生まれたばかりの赤ん坊を巡って地下室全体が、泥棒も、売春婦も、亡びゆく孤独の人も我知らず不可思議な生の歓喜に咽び、深い喜悦にひたる。ところが最後は急転回して、痛ましく打砕かれた孤独な人の生涯には暗澹たる死の影がはいより、幔幕《とばり》が遠く際限なく広がるというふうに、短篇小説の特徴を遺憾無く発揮している。その後半の部分は次の如く始まる。

この日は土曜日であつたが、酷い寒さで、中学生は学校にもいかなかつた。馬に風でも引かしては大変だと云ふので、競馬も翌日に延ばされた位だつた。ナタリヤ・ウラヂミロウナが分娩所から出た時、屋方《そと》はもう日暮方であつた。河岸通には人影一つ見えなかつた。生れて六日経つばかりの赤ん坊を抱いた娘は誰にも遇はなかつた。それがせめてもの喜びであつた。が、彼女の頭にはこんなことが浮かんだ。――自分が家の閾を跨ぐか跨がないうちに、人々は寄つて集《た》かつてやんやと騒いだり嘯《うそぶ》いたりして自分を迎へるに違ひない。その群の中には中気を病んで、涎ばかり垂らして居る盲目同様の自分の父も交つて居よう。また馴染の大学生も将校も令嬢も居よう。そして彼等はみな自分に後ろ指を差してこんなことを叫ぶだらう。これが高等女学校の六学年も卒つて、良家の悧巧な大学生にも知合の多い娘だ。人からちよつと気恥かしい言葉を掛けられても直ぐに顔を赤らめた娘だ。そして六日

前に他の堕落した女共と一緒に分娩所で赤ん坊を産み落したんだと。

　だが、河岸通は淋しかつた。その通りに沿うて氷のやうな風が、大寒の為に粉になつた雪の雲を捲揚げながらこの世界を我物顔に吹き捲《ま》くつて、途中で出逢ふ限りの物は、生きた物でも、死んだ物でも残らず一色に蔽ひ尽した。かうして断えず吹去り吹来る風の余勢は所々軽い吁鳴りを立てゝ、格子に嵌つた小さな鉄柱の周囲《まはり》を吹廻つた。すると鉄柱は磨き出されたやうにピカ〳〵光つて何となく冷たく、寂しく、それを見るのも苦しい程であつた。娘は自分は矢張り人間と実生活から捥ぎ離された同じ冷たいものだと思つた。彼女は短い表衣《うはぎ》を着て居たが、それは平日《ふだん》彼女が氷滑りをする時に用ひたものであつた。分娩前の痛みを感じながら家を出る時に急いで羽織つたのもそれであつた。風が彼女を襲うて、薄い着物を足の周囲《まはり》に巻き附けたり頭に冷たく当つたりした時、彼女は凍え死ぬるやうな苦しさを感じた。同時に人々に対する恐怖も消えて、世界は見果てぬ氷の砂漠のやうに展《ひろ》がつて、その中には人間も光も温みもなかつた。二滴の熱い〳〵涙がほろりと眼の表面に迸《ほとばし》つて、直ぐに冷たくなつた。彼女は頭を俯向けて手に持つて居たボロ〳〵の布片《きれ》で涙を拭取つて、また大急ぎで歩き出した。彼女には今自分の身や赤ん坊を勦《いた》はつてやる余裕などはなかつた。二人の生命は今の彼女に取つては寧ろ無用なやうに思はれた。だが、彼女を前へ〳〵と押し出すやうな、強い魅力のある言葉が、彼女の頭から離れたやうに先へ立つて彼女を呼んで居る。

「ニェムチノフ町の角から二軒目、ニェムチノフ町の角から二軒目。」

　この言葉を彼女は六日の間産褥に横はつて赤ん坊を養ひながら繰返したのだ。どうあつてもニェム

チノフ町に行かなければならぬ。其所には彼女の乳姉妹《ちきやうだい》――売春婦――が住んでいる。やっとの思いで辿り着いた地下室であったが、そこには彼女が訪ね、身を寄せるべきカーチャ・ネチャーエワは既に亡く、死んでしまったことを知り呆然として立ちつくし、ワッと声を張り上げて泣くのだった。一方、地下室の一室では終日寝床に横たわっている人物がいた。それは主人公のヒジニヤコフである。

温かい外套――彼の手に残つた最後の所有物《もの》――を眼の上まですぽりと引つ被つた。室の中は冷たかつた。隅ではバリ〳〵と氷の張る音がした。だが、彼は羊毛製の襟の中で呼吸して居る所為《せゐ》か、体がぽか〳〵と温《ぬく》もつて来てゆつたりした気持になつた。明日は仕事を捜しに行かう、何所かに行つて何か願つて見よう――かう言ひながら彼は一日中自己を欺いてゐた。が、今は宛《さ》も幸福らしく何にも考へなかつた。たゞ壁の向ふでだん〳〵と高まつて行く話声や氷に閉さるゝ戸の音を聞いて時々慄然《ぞつと》するだけであつた。――かうして長い間安静に寝臥《ねころ》んで居ると、やがて玄関の所で調子外れの音が聞こえた。これが悸々《おづ〳〵》した、宛《さ》も狼狙《うろた》へて居るやうな、そして手の甲でゞも敲いてゐるやうな鋭い音である。ヒジニヤコフの部屋は玄関に近かつたので、彼は頭を振向けて、声を聳堅《そばだ》てゝ、玄関の傍で何事の起つてゐるかを判断してゐた。と、マトリヨナ婆さんが出て来て、玄関の戸を開けたが、誰か入つたかと思ふとまた閉めた。待ち遠しい沈黙が来た。

「お前さん、誰をお訪ねだい?」マトリヨナ婆さんが嗄声《しやがれごえ》で不愛想に訊いた。

と、静かな、圧潰《おしつぶ》されたやうな、見知らぬ女の声ががつかりしたやうな調子で答へた。

「私、カーチャ・ネチャーエワを訪ねて参つたんですが、こちらに居りますでせうか。」

「居たこともあるよ。お前さん何か彼女《あれ》に用でもあるのか。」「はい、是非逢はなければならん用事がご座いますので。では、もうこちらには居ないのでせうか。」と言つた声には恐怖が響いてゐた。「では、まだご存知ないんだね。カーチャはもう亡《な》くなつたんだよ……亡くなつたつてことさ。病院で。」

こののち、ストーリーはしばらくの間、女主人とナタリヤ・ウラヂミロウナとの応対やそれを別室で聞いているヒジニヤコフに焦点が絞られて進展し嵐の前の静けさを保つ。が、やがて、「見知らぬ女」はがつかりして手にさげていたものを「何卒引取つて下さい」、「私はもうお暇致します」と身勝手に懇願するが「そりゃ何だね？」と詰問され、長い沈黙の後、女は死ぬるやうな疲労と、一点の光明も留めない暗い絶望感におそわれて静かにすすり泣く。そこでマトリョナ婆さんは「まァ、お前さんよく赤ん坊を縊殺さなかつたねえ！」と荒々しく詰《なじ》るように語気を荒らげて叫ぶ。叫びながらも世路に長《た》けた年嵩《としたか》女、いかにも世の荒波を掻潜《かいくぐ》ってきた女の如く言葉はきつく、だが、温情深く「誰だつて赤ん坊の出来るつもりでお嫁入りするんぢやないの。誰が生れたばかりの赤ん坊をこんな風に包む者がある！　第一、こんなことが出来るもんぢやない。さァこちらへおいで！　宜いだらう、さァ一緒に跟《つ》いておいで！　おいでつてことよ。こんなことが一体出来るもんかね。」と女を奥へ引き入れた。

二人の話し声を壁の向こうで聞いていたヒジニヤコフは、女が「自分の所へ来たのでもなければ、自分に用があつて来たのでもないと云ふことが分つて、まァ宜かつたと喜びながらもまた横になつた。そして今の話のうちにどんな秘密が潜んで居るか強いて穿鑿《せんさく》しようともしなかつた。彼はもう夜の近づいたこと

を感じ始めた。」「彼がそろそろ体を縮め、手足を引っ込めようとした時、其所へドゥニヤーシヤが入つて来た。」

　いままで死者と敗残者の巣窟の如き観を呈していたこの陰気な地下室が、この母子の突然の闖入《ちんにゅう》によって俄然別世界のように光明に満ち溢れ、過去の醜汚《しゅうお》と堕落、沈滞と頽廃が嘘のようにかき消え、笑いとどよめきに変わる。泥棒も売春婦も又亡びゆく孤独の人も、地下室に居住している総ての人々が一斉に幸福の微笑に包まれる。

　そして小説の流れは次のように展開する。主人公ヒジニヤコフの愛人、ドゥニヤーシヤが彼の部屋に入ってきて、今「赤ん坊を連れた女」の到来を告げ、向こうでは「赤ん坊のお湯の準備」や何やらで大騒ぎ、「マトリヨナがサモワルを仕度する」やら「アブラム・ペトローヰチは長靴を逆さにしてぽっぽと火を起こす」という具合、「赤ん坊」は「赤ん坊」で「間断《ひっきり》なしにおぎやあ〳〵喚いている」。興奮の状態は熱湯のように沸き立ち、まさに坩堝《るつぼ》と化した地下室の様子が活写される。ドゥニヤーシヤがヒジニヤコフを誘いだす。今や台所は「煖爐とサモワルと人蒸《ひといき》れ」で充満し、ひごろ「むつつりした不愛想なマトリヨナ婆さん」が「盥の中で赤ん坊にお湯を遣はせて居る」、その情景の描写は、

　「赤ちゃんや！　おい赤ちゃんや！　清楚《さつぱり》しますよ、色白になりますよ。」

　かう言ひながら、痘痕《あばた》のある手で赤ん坊にお湯をかけた。

　台所は明るく賑やかであつた所為《せゐ》か、それともお湯を遣はせたり撫愛《あや》したりした所為《せゐ》か、赤ん坊は黙つて了つて嚏《くさめ》でもしようとするかのやうに赤い小さな顔を顰《しか》めた。ドゥニヤーシヤはマトリヨナ婆

さんの肩越に盥《たらひ》を覗いて隙を狙つて居たが、急に三本の指を延ばして赤ん坊に触つた。

「あつちへ退《ど》いて居なさい！」と威嚇《おど》すやうに老婆は叫んだ。「何処へ這ひ登らうとするんだ？　お前さんが居なくたつて、お湯を遣はせる位は解つてるよ。子供を持つた例《ためし》もあるんだからね。」

「本当だ、邪魔をしちや可けねえ」と、アブラム・ペトローキチは老婆の言葉を確かめるやうに言つた、「赤ん坊は軟《や》つこいから、余つ程工合が六ケ敷いんだ。誰んでも出来ると云ふ訳ぢやねえ。」

かう言つて、彼は卓《テーブル》の上に温順《おとな》しく坐つて、小さな薔薇色の体を満足さうに眺めた。赤ん坊は細い指を動かした。ドゥニヤーシヤは酷《ひど》く嬉しがつて、頭を掉《ふ》りながらキヤツ〳〵笑つた。

「本当にお巡査《まはり》さんのやうだわ。」

「だが、お前は盥に入つて居るお巡査《まわり》さんを見たことがあるのか。」

みんなどつと笑ひ出した。ヒジニヤコフも微笑んだ。が、直ぐに彼は驚いたやうに顔からその微笑を捥ぎ取つて、赤ん坊の母に眼を移した。彼女は仰向になつたまゝぐつたりと檯の上に坐つてゐた。病ひと苦しさとに大きく見張つた彼女の黒い眼は穏やかな光を放つて居たが、その蒼白い唇には母らしい鷹揚な微笑が漂うてゐた。それを見るとヒジニヤコフは、

「ヒ、ヒ、ヒー」と、間の抜けたやうな淋しい笑ひ声をして、矢張鷹揚に周囲を見廻した。マトリヨナ婆さんは盥から赤ん坊を取上げてシーツに括《くる》んだ。赤ん坊は破鐘《われがね》のやうな声で鳴き喚いたが、直ぐに泣き止んだ。婆さんはシーツを辷らして、含耻《はにか》むやうに微笑んで、

「まア、なんて軟つこい体だらう、まるで天鵞絨《びろうど》のやうだわ。」と言つた。

「さう？　ちょいと触らしてね！」ドゥニヤーシヤは願ふやうに言つた。

「また何をするんだ？」

ドゥニヤーシヤは俄かに総身を震はした。そして一度触つて見たいと云ふ熱望から気でも違つたやうに、足をどたばたさせたり、息を喘《はづ》ませたりしながら、誰も聞いたことのないやうな高い声でぢれつたさうに叫んだ。

「さあ！……　さあよ！　さあ！……」

「何卒、あの人に触らせて下さいな！」ナタリヤ・ウラヂミロウナは驚いてかう願つた。と、直ぐにドゥニヤーシヤも落着いてにつこりしながら二本の指を注意深く赤ん坊の肩に触れた。そのあとからアブラム・ペトローヰチも慇懃に眼を顰めながら、赤らんで居る小さな肩に手を延ばして、「本当だ、赤ん坊は軟《や》つこいもんだ。」と、彼は自分を弁護するやうに言つた。

仕舞にヒジニヤコフも試みた。その刹那、彼の指は天鵞絨のやうな、ふわ〳〵した、或る生きたものに触れたやうな感じがした。それは自分の指が自分のものでなく、まるで別な優しい指に変つたやうな、軟らかい、弱々しい感触であつた。――かうしてみんなは首を延ばして我知らず不可思議な幸福の微笑に輝きながら立つて居た。泥棒も、売春婦も、亡びた孤独の人も。そして、あの小さな弱々しい生命は広野の中の火影のやうに、微かではあるが彼等を何処か別な世界へ誘つて行つた。そして或る美しい晴々とした不滅の何物かを約束した。幸福な母は誇りがに彼等を眺めた。だが、低い天井から上の方には重い石造の大伽藍《だいがらん》のやうな家が高く突立つて、その高い室の中では退屈な金持の人々

が彷徨《うろつ》いてゐた。

夜が来た。いつもと同じやうな暗い、意地悪い夜が来た。そして暗い帳幕《とばり》のやうに遠く際限《はてし》ない雪の曠野に拡がつた。最初に朝日を迎へようとする寂しい樹の枝も今は恐怖に閉籠められた。人々は燭台に弱い微かな火を点じて夜と闘つた。だが、強い意地悪い夜はうら寂しい燈火に無窮の輪を懸けて、人の心に闇を満たし、亡び行く微かな心の中の火花を打消して了つた。

ヒジニヤコフは眠らなかつた。彼は寒さと暗闇から隠れて、小さな団塊《かたまり》か何かのやうに、軟らかな艦褸屑《ぼろくず》の中に円く縮こまつてさめぐ〳〵と泣いた――何等の努力も苦痛も戦慄もなく、丁度子供のやうな、心に一点の曇りもない無邪気な人が泣いてゐるやうに。彼は小さな団塊《かたまり》のやうに縮こまつて居る我と我身を勦《いた》はつた。同時に彼は凡ての人間と人生とを勦《いた》はつてゐるやうな思ひがした。かうした思ひのうちには秘密な深い喜悦があつた。彼は生れたばかりの赤ん坊を見た。そしてこの赤ん坊は新らしい生活のためにひとりでに生れ出たものだと思つた。赤ん坊は長く生きて、その生涯は何時までも美しく、晴やかであるだらうと思つた。彼は此のあたらしい生命を可愛がりもし、勦《いた》はりもした。これが彼に取つてはどんなに嬉しかつたか、彼は思はず笑ひだして、被つて居た艦褸屑を推し除けて、自から問うた位である。

「どうして俺は泣いてるんだらう？」

直ぐには考へ付かなかつたが、やがてかう答へた。

「さうだ！」

この短かい言葉のうちにはどんな深い意味が含まれて居たか、あれ程に惨《いた》ましい孤独な生涯を送つた人の打砕かれた胸の中には、またしても熱い涙が潮のやうに漲ぎつた。だが、枕元にはもう猛々しい死が音もなく寂然《ひつそり》と坐り込んで、凝《ぢ》つと落着き払つて辛抱強く彼を待つてゐた。

九

以上見てきたように「地下室」の一篇は、レオニード・アンドレーエフの文学の特性をものの見事に表した作品である。物語の構成は型通りの発端があり、それを漸層的に展開、後半以後急激にクライマックスを迎えて、最後は急転回して大団円で終わるという短篇小説の手法を見事に達成した申し分のない作品である。限定された場面と少ない登場人物、破綻のない文脈上の相互関係、言葉と言葉の緊密な関連性、対立する事柄や諸事物の縺《もつ》れ捩《ねじ》れ合う構成、弁証法的思考法、これらすべての要因が収斂《しゅうれん》する。その結果、彼の芸術の基本理念である「私は人生の真を目指してゐる。私は存在の意義を求めてゐる。私を囲繞する自然界に於ける一切事物の真を求めてゐる。」「私は人物描写の際何時も其人物の形而下の方面を描いて、それから精神的方面を結合して行く。さうして其人物の細目までも之を描いて誤ることがない。予め描出する人物に就いて何んな些細な点までも残らず観察するからである。」という並はずれた芸術家魂をまざまざと見せつけられて身振いし、真の独創性ある作家とはこのようなものであるかと驚嘆し、かつ言いようのない痛棒を受けるのである。現代に生きる私が感動するように、明治末年から大正初年代の若く

新しい青年達もこの作品をはじめ、昇曙夢の翻訳による数々の珠玉のロシア文学を競い合って読み、魅了され、精神形成の糧としたことであるに違いない。ある批評家は次の様に述べている。

露国現代の新作家ソログーブ、アンドレーエフ、アルツィバーセフ、カアメンスキー、トルストイ、バリモント、クープリン、ザイツェフ八氏の短篇を各々一つ宛訳し集めたもので、世界に於て最も進歩したる芸術の見本帳とも云ふべき観がある。いづれの作に於ても、一種沈痛深刻なる人生の味が味はれる。而してかくの如き深刻なる芸術の人心に与ふる刺撃《（ママ）》はもはや従来考へられたる所謂芸術味などの域を遥に脱して居る事は疑ふべからざる事実である。

（「新刊書一覧」「早稲田文学」明治四十五年八月号）

この批評紹介の一文は勿論アンドレーエフの「地下室」を採りあげて言及されたのではないが、「地下室」一篇にもあてはまることは言うまでもない。それに加えて当時新進の批評家であった本間久雄はいち早くこの作品を俎上《そじょう》にのせながら以下の如く当時の文壇的情勢を分析している。（「新潮」大正元年十月号所載「断片語」からの引用）

芸術を以て実生活を支配しやうとする所謂生活の芸術化的傾向は最近における最も意味深き一つのムーブメントであることは云ふ迄もないことである。而も、漠然と芸術を以て実生活を支配するといふ中にも、これには二通りの色分けがある。一つは実生活を主として芸術を客とし、その客体たる芸術を、主体たる実生活をして模倣せしめやうとする傾向で、すなはちかのオスカア・ワイルドなどの英国唯美派の運動がこれである。今一つは寧ろ芸術を主体として実生活を客としてその客体たる実生

活を直ちに主体たる芸術の世界に結びつけやうとする傾向で最近の露西亜文学に於ける一つのムーブメントの如きがそれである。前者は実生活と芸術との間に離れた或る距離を置くが故にその求める新しい人生即ち所謂生活の芸術化も所謂二元的のものたるを免れない。換言すれば、いかに実生活を芸術化しやうとしても、芸術と生活とは飽く迄も融合することなき平行線上のものである。これに反して後者は芸術を主としてこれに生活を嵌め込まうとするが故に、従つてその芸術は芸術としてよりも寧ろ生活としての芸術となり、この二者の間には毫末の間隙をも許さなくなる。この意味で、前者が生活の芸術化ならば後者は、これを転換して芸術の生活化と云ひ得る。要するに芸術の生活化は生活の芸術化といふ境地の更に徹底した、切迫した境地に外ならぬ。後者が前者に比してより多き深刻味を齎らすのは当然のことである。

と述べ、そのいわゆる「芸術の生活化」の絶好の見本帳として曙夢の翻訳集『露国新作家集毒の園』を採りあげ、それが「さまざまな意味で現在の吾等に共鳴を感じさせる」ものであり、現在の最も顕著な文学思潮であることを説明し、具体的に『毒の園』所中のカアメンスキーの「白夜」とアンドレーエフの「地下室」を引用して次のように解説する。

前に挙げたカアメンスキーの「白夜」と相並んで、「毒の園」の中に於て、最もよく人生肯定的の思想を現はしてゐるものはアンドレーエフの「地下室」である。この作の中の主人公ヒジニヤコフが、あのやうに人生のどん底に沈みながら而も恐ろしい死の影が彼らの自辺を襲ひつゝある時に於て、彼れは生れたばかりの赤ん坊を見て「この赤ん坊は新しい生活のためにひとりでに生れ出たものだ」と

考へ、「この赤ん坊は長く長く生きて、その生涯は何時迄も美しく晴やかであるだらう」と考へて、彼れは、この新しい生命を勦はり愛しつゝその勦はり慈しむ心の中に「秘密な深い喜悦」をつくづくと味ったと云ふあのヒジニヤコフは、いかにも人生否定のどん底に沈んで、而して始めてよく生命の喜びを感得したものではなからうか。アンドレーエフ自らが云うた「あらゆるものを否定することに依つて人は象徴を信ずるやうになる。生活の全体を斥くることによつて、人はおのづからその弁護者となる」と云ふ真の意味は「地下室」の一篇に依つて具体化されたものとも見られる。真の意味の人生肯定は真の意味の人生否定後に於て、始めて有意義なものとなるのである。

またこの文章が発表されてからしばらくたって同じく「新潮」誌上（大正二年四月号）に匿名の筆者になる「文壇の地下室」というアンドレーエフの「地下室」をパロディ化した小品もあり、そこには当時の日本の若い作家予備軍の生態が精彩に活写されている。いかに読まれていたかの証左であろう。前掲の本間久雄の一文は明治末期から大正時代にかけてのわが国の文学現象を照射する好個の資料として十分価値のあるものといえるであろう。われわれが現時点で文学史的に「芸術と実生活」の問題を考える時、或いは、「私小説」の淵源を解明しようとする時、またそれと対比して「耽美派」の文学的傾向を述べる時、さらに「新現実主義」の概念の問題を追求する時にはぜひ一度、この本間の臨場の発言を考慮に入れなければならないのではないかと思う、今なお色あせぬ証言であろう。

さて、私は前掲の文章において秋田雨雀の「わが国青年に与へたロシヤ文学の影響について（文学通信）」を引用し、そのなかで「アンドレイエフ及びアルツイ《ママ》・バーセフは当時の日本青年の二つの性格を

形成させてゐたとまでいはれたものです。」とのいささか傾聴に価する回想談に着目して、彼等の文学と思想が「明治・大正文学の間隙を埋める接点となり、性急にいえば大正文学の基底を貫通するところの一条の線、即ち〝もの憂い気分の実体〟の根源につきあたる」[26]一つの要因を形成させていたのではないかと考え、しかもそのことは「芥川文学そのものが包含している思想、内容もこれらに関連してくる問題と思われる。」との卑見を述べたのであったが、彼等（アンドレーエフと芥川）の文学の根柢に深く沈澱し、揺曳している人間惨苦の悲哀はいったい何を意味するのか、彼等の生涯に終生付きまとっている悲劇的結末をどのように考えればよいのか、両者の作品の基調に連綿と流れている憂鬱性やペーソス、或いは虚無的な気分や陰影の多い心理的解剖の文体、その印象的象徴的表現の類似は芥川の文学を考える際には決して看過することのできない重要な問題を孕んでいると思われると述べた。かつて吉田精一氏は芥川の歴史小説の作風の特徴について次の如く解説している。

形式からも内容からも、鷗外のもっていない、又ねらおうとしなかったある微妙な精神風景、心の内にひそむある戦慄といったものをとらえようとする努力は見逃し得ないものである。その微妙な「うちふるへるもの」の追求は、たとえば菊池寛の小説のようなブッキラ棒な、直截簡明なテーマまる出しのスタイルでは不可能である。少くとも不可能と芥川は感じたのであろう。[27]

この剴切《がいせつ》な見解は芥川文学の本質を洞察した鋭い発言であろう。特に「心の内にひそむ戦慄」や「微妙」な「うちふるへるあるもの」の追求は芥川の文学的世界の特質をよく理解したものと考えられる。このような表現こそ実に芥川龍之介が自己の資質を十二分に発揮しえた面であり、他の作家と質を異にした

領域であった。鬼才アンドレーエフの文学的世界を咀嚼《そしやく》し自らの作品に血肉化して、終生変わらず持ち続けた彼の創作理念であり、態度であった。

さて、「地下室」の主人公ヒジニヤコフの救い難い人生に対する絶望感は小説全体を満遍なく覆っているが、芥川の「羅生門」の中においてもまた人間の本質に根ざす非道な一面や生きる苦しみが剔抉《てつけつ》され、人間存在への深甚なる絶望感が描かれていることはいうまでもない。下人が老婆の所有物を一切合財剝奪して「黒洞々たる」闇の世界へ堕ちていく光景は人間存在への激しい絶望でなくてなんであろう。小説の主題は単純にしてかつ明確である。人間が人間として自己の生存を維持せんがためのエゴイズムの悲劇を表現したものである。その他の何物でもないのだ。人間が飢餓の状況にあってしかも生死の境にさ迷う時、どのような心持ちになり、どのように行動するのかというぎりぎりの問題を若い浪人と老婆との角逐《かくちく》によって赤裸々に直截的に形象化した作品である。内容は一面的であり、非常に反倫理的である。作者はこのような視点でもって人間存在の真の姿を捉え、いわば肉体の存続、生命の維持、そして人間存在の根源的な生存の意味を一篇の完成した短篇小説として制作したかったのである。だが、作者の意図に反して成功したとは受け取り難い。

アンドレーエフの「地下室」の一篇が打ち拉《ひし》がれた敗残者、生活停止者の心理を描いて逆に生命の尊厳を鮮やかに浮上させ、人間存在の真の意味を完璧に形象化しているのとは対照的に芥川の「羅生門」はそれほど完璧な作品ではない。確かに巧くまとまってはいるものの作者の創造力の不足ゆえか、それとも他者への安易な依存に靠《もた》れかかった故か、或いは道具立てと素材に縛られたのであろうか、作品全体にみな

ぎる生の燃焼力が不足しているのである。沈痛深刻な人間の生態を描きながらそれほど読者に訴える力がないのは何故であろうか（そのことが結局、この作品に対して成瀬正一を始めとする「新思潮」同人たちがあまり評価しなかった理由であり、「世評未だ一言をも加へず」という後年の回想になると私は考える）。従ってこの作品に対して後代の文学史家が「傑作」と折り紙を付けるのはあまりにも過褒にすぎはしまいか。

　ところで芥川龍之介は「羅生門」という場面の構想をどうして思いついたのであろうか。勿論それが『今昔物語』巻二十九「羅城門登上層見死人盗人語第十八」を借用していることはいうまでもないことであるが、それではこの元の語《ことば》を選定するまでの発想基盤そのものはどこに求められるのだろうか、それは芥川の創造力即ち独創力の賜物であろうか、私はこれ自体もまた他所からの借り物であると考える。例えばアンドレーエフの「地下室」の中に次のような一節が存在する。「低い天井から上の方には重い石造の大伽藍のやうな家が高く突立つて」いるとの描写があるが、この「大伽藍」のイメージが投影されているのではあるまいか、芥川はアンドレーエフの「地下室」を読み、感動し、そこに包蔵されている「生」の生きざまに手酷い衝撃を受けそのことが脳裡深く焼きついていたが、そのものズバリの「地下室」ではわが国の都市構造、建築構造にはそぐわない。そこでそれに代わる「大伽藍」に着目し、その言葉の意味の「大寺」から、たまたま発刊されていた「校註国文叢書」所収の『今昔物語』を読み、その巻二十九第十八話に触発されて焦点を絞ったのではないだろうか。それがさらに発酵して「羅生門」の用語に落ち着いたのではあるまいか、と推測できる。この一見奇抜とも独断ともみえる私の考えには毫末も根拠がないので

あるかというとそうでもない。芥川は「羅生門」の後日譚として大正六年四月と七月に「偸盗」の作品を「中央公論」誌上に発表しているが、その第八節の部分は後に寺田透が「初期の諸作品のうちに、幸福感がもっとずっと充実した伸びやかな姿で、肉の匂いを放ちつつ現れた」、「いい文章である」[28]と推奨した部分であるが、それが実はアンドレーエフの「地下室」の第二段、ナタリヤ・ウラヂミロウナが赤ん坊を抱きかかえてきた時、地下室全体が別世界の如く沸き立つ描写。それのまるっきりの剽窃《ひょうせつ》、盗用なのである。このように見てくると両者の関係は抜き去り難く緊密な関連性があるのである。

平岡敏夫氏が芥川文学の特質に着目して「日暮れからはじまる物語——芥川試論、『密柑』と『杜子春』その他[29]——」という清新な表題の文章を発表しているが、氏の説く日暮れ意識は確かに芥川文学の根底を流れる重要な通奏低音であるが、その佗しい薄暮の光景は「羅生門」の冒頭部分において次のように描写されている。「或日の暮方の事である。一人の下人が、羅生門の下で雨やみを待つてゐた。広い門の下には、この男の外に誰もゐない。」と。ところがこの描写は「地下室」の第二段の初めに「屋外はもう日暮れ方であつた。河岸通には人影一つ見えなかつた。」とそっくりそのままの形で表現されているのである。それにこれは「羅生門」の中でも特に注意をひく箇所であるが、「下人は、何を措いても差当り明日の暮しをどうにかしようとして——云はゞどうにもならない事を、どうにかしようとして、とりとめもない考へをたどりながら、さつきから朱雀大路にふる雨の音を、聞くともなく聞いてゐたのである。」という下人の飢餓の描写が実は「地下室」に「明日は仕事を捜しに行かう、何所かに行つて何か願つて見よう——かう言ひながら彼は一日中自己を欺いてゐた。が、今は宛《さ》も幸福らしく何にも考へなかつた。」と全く同一

の内容を示す表現がある。

「羅生門」の主人公、下人の心の陰影は「地下室」の主人公ヒジニヤコフの懶惰《らんだ》な物思い、この人間社会から剝離したところの打ちひしがれた心情の投影に他ならない。従って「羅生門」の下人の形象は今まで典拠とみなされて解釈されてきた『今昔物語』の盗人の形姿でもあるには違いないのであるが、「主人」から「四五日前に暇を出された」という浪人の人物設定はアンドレーエフの「地下室」に登場する主人公ヒジニヤコフや彼の友人である勇敢な若い泥棒アブラハム・ペトローヰチの転化であるといえよう。即ち「地下室」の冒頭部分は次のように書かれている。「彼は酒に溺れて職業も友人も失ひ、最後に残つたものまでも酒に潰した揚句の果は、泥棒や売春婦と一緒に地下室に住む身となつた。」堕落と頽廃、醜汚と沈滞のどん底に喘ぐ痛ましい孤独な人物像が少々改変されて若い泥棒の下人に投影されていると考えられる。罪深い暗黒の世界である。

以上大雑把に二つの作品の関連性を追求してきた通り、両篇の類縁関係は切っても切れない位に濃密である。これらの他にも小説の状況説明や比喩表現、老婆や下人の形容に共通の語句表現が所々に見え、二つの作品の関連性と芥川サイドからの受容関係は誰が見ても明瞭であろう。芥川龍之介はロシア十九世紀末の鬼才、レオニード・アンドレーエフの文学に甚大な影響を受けて彼の世界を形成しているのである。

注

（1）菊地弘「羅生門」（『国文学　解釈と教材の研究』学燈社、昭和四十七年十二月二十五日）

海老井英次「「羅生門」—その成立の時期」（「国文学　解釈と教材の研究」学燈社、昭和四十五年十一月二十日）
吉田精一「作品解題「羅生門」」（『近代文学注釈大系　芥川龍之介』有精堂出版、昭和三十八年五月三十日）
吉田精一「羅生門」（『芥川龍之介Ⅰ』吉田精一著作集第一巻、桜楓社、昭和五十四年十一月十二日）
三好行雄「「羅生門」鑑賞」（『鑑賞と研究』現代日本文学講座　小説5、三省堂、昭和三十七年四月二十日）
長野甞一「羅生門」（『古典と近代作家—芥川龍之介—』有朋堂、昭和四十二年四月二十五日）
和田繁二郎「龍之介の作品羅生門」（『芥川龍之介』創元社、昭和三十一年三月二十五日）
森本修「「羅生門」成立に関する覚書」（「国文学」関西大学国文学会、昭和四十年七月二十日）のち改訂増補「羅生門」（駒尺喜美編『芥川龍之介作品研究』八木書店、昭和四十四年五月一日）
長谷川泉「羅生門」（『新編近代名作鑑賞』至文堂、昭和四十三年六月十五日）
清水康次「「羅生門」試論」（「女子大文学」国文篇、第三十一号、昭和五十五年三月三十日）
（2）石割透「芥川龍之介「歴史小説」の誕生—実生活との関連において—」（「日本文学」昭和四十九年三月）未見のち「芥川龍之介の「歴史小説」—実生活との関連において—」として（『芥川龍之介Ⅱ』日本文学研究資料叢書、有精堂出版、昭和五十二年九月十日）
稲垣達郎「歴史小説家としての芥川龍之介」（大正文学研究会編『芥川龍之介研究』河出書房、昭和十七年七月五日）のち（『芥川龍之介全集　別巻』筑摩書房、昭和四十六年十一月五日）
塩田良平「芥川の歴史物について」（「国文学　解釈と教材の研究」学燈社、昭和三十二年二月二十日）
竹盛天雄「芥川龍之介における歴史小説の方法」（「国文学　解釈と教材の研究」学燈社、昭和四十七年十二月二十五日）
（3）三好行雄「小説家の誕生—「羅生門」まで」及び「無明の闇—「羅生門」の世界」（『芥川龍之介論』筑摩書房、昭和五十一年九月三十日）
越智治雄、菊地弘、平岡敏夫、三好行雄、シンポジウム「芥川龍之介の志向したもの—初期の作品をめぐって—」（「国文学　解釈と教材の研究」学燈社、昭和五十年二月二十日）

関口安義「羅生門・芋粥」（『批評と研究　芥川龍之介』芳賀書店、昭和四十七年十一月十五日）
小堀桂一郎「芥川龍之介の出発―『羅生門』恣考―」（『芥川龍之介』日本文学研究資料叢書、有精堂出版、昭和四十五年十月二十日）
（4）吉田精一『芥川龍之介』（三省堂、昭和十七年十二月二十日）
（5）小堀桂一郎（前掲注（3））
（6）佐藤泰正編『芥川文学作品論事典』「羅生門」解題」（三好行雄編「別冊国文学」No.279冬季号、「芥川龍之介必携」学燈社、昭和五十四年二月十日）
（7）海老井英次「羅生門」（『鑑賞日本現代文学⑪　芥川龍之介』角川書店、昭和五十六年七月三十一日）
（8）小堀桂一郎（前掲注（3））
（9）吉田精一「芥川文学の材源」（吉田精一・福田陸太郎監修、富田仁編集『比較文学研究〔I〕芥川龍之介』朝日出版社、昭和五十三年十一月二十日）
（10）山内封介（前掲27頁注（10））
（11）長野嘗一（前掲158頁注（1））
（12）a　安田保雄「芥川龍之介『羅生門』」（「明治大正文学研究」第五号、東京堂、昭和二十六年四月三十日）
b　安田保雄「芥川龍之介の『今昔物語』―「校註国文叢書」本について―」（『比較文学論考』続篇、学友社、昭和四十九年四月六日）
（13）平岡敏夫「芥川における歴史物から現代物へ―「抒情」の変革―」（大東文化大学「日本文学研究」第三号、昭和三十八年十一月）のち（『芥川龍之介』日本文学研究資料叢書、有精堂出版、昭和四十五年十月二十日）
（14）吉田精一「解説」（『芥川龍之介全集』第一巻、筑摩書房、昭和四十五年四月二十五日六版）
（15）昇曙夢「あとがき」（『近代劇全集』第二十九巻露西亜篇、第一書房、昭和四年四月十日）
（16）柳富子「芥川龍之介旧蔵書」（「日本近代文学館」第二号、昭和四十六年七月十五日）
（17）秋田雨雀（前掲44頁注（2））

※注追補

近刊の『一冊の講座　芥川龍之介』（日本の近代文学②、有精堂出版、昭和五十七年七月十日）において渡部芳紀氏が「羅生門」を論じている。その「三」において氏は小堀桂一郎氏の提出しているフレデリック・ブウテエの「橋の下」（鷗外訳）の影響関係について「疑問である」として否定的見解を述べている。

(18) 武者小路実篤「昇さんの仕事（曙夢時代の好記念）」（前掲7頁注(1)カッコ内）
(19) 安田保雄（前掲注(12)b）
(20) 三好行雄（前掲注(1)）
(21) 三好行雄（前掲注(3)）
(22) 森本修「羅生門」（駒尺喜美編著『芥川龍之介作品研究』八木書店、昭和四十四年五月一日）
(23) 駒尺喜美「認識者として」（『芥川龍之介の世界』教育選書18、法政大学出版局、一九七二年十一月一日、新装版第一刷）
(24) 三好行雄（前掲注(3)）
(25) 秋田雨雀（前掲44頁注(2)）
(26) 拙稿（前掲27頁注(12)a）
(27) 吉田精一「芥川の作風の展開」（『国文学　解釈と教材の研究』学燈社、昭和三十二年二月二十日）
(28) 寺田透「芥川龍之介の文体」（『芥川龍之介』日本近代文学研究資料叢書、有精堂出版、昭和五十年二月十日四版）
(29) 平岡敏夫（「香川大学国文研究」昭和五十年九月）のち改題「日暮れからはじまる物語―「密柑」・「杜子春」を中心に―」（『芥川龍之介』大修館書店、昭和五十七年十一月二十五日）

第二節　芥川龍之介「羅生門」材源考再説

――アンドレーエフ作昇曙夢訳「地下室」との関連において――

一

芥川龍之介は大正九年三月の「一つの作が出来上るまで――「枯野抄」――「奉教人の死」――」のなかで次のように述べている。

　或る一つの作品を書かうと思つて、それが色々の径路を辿つてから出来上る場合と、直ぐ初めの計画通りに書き上る場合とがある。例へば最初は土瓶を書かうと思つてゐて、それが何時の間にか鉄瓶に出来上ることもあり、又初めから土瓶を書かうと思ふと土瓶がそのまま出来上ることもある。その土瓶にしても蔓を籐にしようと思つてゐたのが竹になつたりすることもある。私の作品の名を上げて言へば「羅生門」などはその前者であり、今こゝに話さうと思ふ「枯野抄」「奉教人の死」などはその後者である。

この文章から、いま私がここで論じようとするテーマにみあう部分を要約してみると、

一、「羅生門」は完成するまでに色々な径路を辿ってできあがっている作品であること。

二、作者は「羅生門」を創作していく最初の段階ではこの作品に対してそれほど期待を持っていなかっ

たが執筆しているうちに自信のあるものになったということ。

以上、ふたつの点に絞ることができる。ここに要約したふたつの点は、実は現状の芥川研究の問題点をクローズアップすることになるであろう。即ち、第一の「径路」の件は敷衍すれば次のようになる。芥川龍之介がこの作品を書きあげるのに必要とした材源や出典の問題に密接にかかわり、作品の制作意図や内容、あるいは作品成立上の基本的な発想の基盤を検証するということであり、さらに主題の考察と相俟って相関的に作品の成立時期の問題を検討することにもなる。従って、これらの件は次の第二の点、芥川がこの作品について記している自作自注や自己評価。初出発表の時点での友人たちの示した反応や不評、あるいは文壇の完全な黙殺など、このような周囲の受け取り方とは対照的に、芥川がこの作品に対して並々ならぬ愛着と自信を持っていたことについての、現段階における享受する側の評定や鑑賞など、「羅生門」を研究するための多くの論点を提示することができる。「羅生門」は芥川文学の原点であるとともに彼の個性的資質を十分に開花させるに至った実験的・野心的作品としてわれわれの研究意欲をいまなお掻立てるものがある。

二

芥川龍之介は「羅生門」の原イメージを、いつ、どんな契機で、どのような形をかりて着想し、形成していったのであろうか。さきの引用文でこの作品が「色々の径路を辿つてから出来上が」っていると記し

ているので、当然そこには諸種の要因が伏在し、複合的に制作されていることは明らかであるが、それらのひとつひとつの核がいったい何であるのか、また核（素材）がどのように変化していったのか、いまのところ鮮明には浮かびあがってきていない。換言すれば芥川龍之介がこの作品を創作するにあたり、何を取りあげ、何を切り捨てたのかという細部にわたっての思考径路がいまひとつ明確に論証されていない憾みがある。もっとも作者自身が明記している一方の側面、即ち『今昔物語』の二つの挿話は「校註国文叢書」第十七冊『今昔物語下巻 古今著聞集全』（池辺義象編、博文館、大正四年八月二十八日）所中から取材され、また『方丈記』の養和の飢饉の出所も同シリーズ本に依拠していることは、夙《つと》に安田保雄氏の厳密詳細な論考によって実証されている。[1] そしてこの安田氏の論文によって、初出稿「羅生門」の成立時期をほぼ再確認できた。（もっとも芥川自身脱稿の日付を「大正四年九月」と明記しているので後代の文学史家が殊更に穿鑿《せんさく》する必要はなかったのである）。安田氏の厳正緻密な論旨をより一層徹底し確定した意見に竹盛天雄氏のシャープな「「羅生門」」論[2]がある。論中、竹盛氏はこの作品の成立時期を「一九一五（大正四）年九月半ばから月末一杯ぐらいまでの間に仕上がった」ものと推定している。私も氏の見解に同感するが、但し、そのように推定するに至った思考経緯は全く違う、したがってそのように結論づける論証過程での細部の読み方も自ずから相違する。私は別個の角度から「羅生門」の成立の契機と時期とを考え、「大正四年九月下旬作」であることを昭和五十七年度の「日本近代文学会秋季大会」の席上で口頭発表した。[3] その根拠は『今昔物語』の出典「校註国文叢書」本の発行年月日と親友恒藤恭宛に送った「詩四篇　井川君に献ず」。さらに「羅生門」創作前夜におけるアンドレーエフ体験、特に「地下室」の受容体験が「羅生門」執筆にあ

たって決定的な役割を果たしていることを突き止めたからである。(4)

ところで学界の一部に「羅生門」の成立を「大正三年末」とする見解が流布していることは周知のことであろう。しかもこの説は意外にも健在で、市場価値を獲得しているのである。この「大正三年末」成立説を強固に主張するのは海老井英次氏である。近年海老井氏は「「老年」から「羅生門」へ――大正三年秋の〈精神的な革命〉による飛翔――」(「国文学　解釈と鑑賞」至文堂、昭和五十八年三月号)を発表し、その中で要約すれば次のように述べている(もっとも氏の説は「「羅生門」―その成立の時期」「国文学解釈と教材の研究」学燈社、昭和四十五年十一月号所載の論を墨守したものである)。即ち「芥川の内的変化」、「作家としての成長の実体を」「芥川の自我の覚醒」と捉え「大正三年秋における芸術観上の〈精神的な革命〉と」、「〈初恋の破綻〉とを前者に重きを置く形で考え」るとの立場から「「羅生門」の初稿は大正三年の十二月には遅くとも成立していたはず」と想定し、結論として次の如く断定する。「大正三年十二月初稿「羅生門」脱稿(発表に至らず)」と。ものの見事に決ったこのすばらしい卓説。喫驚《きっきょう》して瞠目したのは浅学にして寡聞の私ひとりであろうか。海老井氏はこのように十数年来の苦汁にみちた思索の迸る極めつけの論定に突っ走るのであるが、この大願成就とも受けとれる「大正三年十二月初稿「羅生門」脱稿(発表に至らず)」の説は客観的に(学問的に)信憑性のあるものであろうか。ほんとうに海老井氏が力説するようにこの世の中に「羅生門」の「初稿」なるものが存在するのであろうか。もちろん、いうまでもないが、海老井氏の想定する「初稿」は「初出稿」や「草稿ノオト」とは全然異型のものであるはず、だとすれば、現在までに誰かが、どこかに一言半句でも言及していると考えるのは誰しもが思う

ところである。だが、どこにもそのような痕跡は存在していない。海老井氏が芥川研究の当初から「大正三年末」説を固守し、主張を繰り返していることはよく知られているが、このように決然と言い張るのには何か確定するに足る証拠があるはず、また、当然そうでなければ論外である。海老井氏は断言する「初稿」、「羅生門」、「発表に至らず」と。私は多くの芥川研究者とともに心底から希う。「大正三年十二月」制作の「初稿」(「本」か、「冊子」なのか、それとも「原稿用紙」のままの体裁であるのか) なるものの実体を開帳して向後の研究の資に供して欲しいと、如何。

　さて、芥川龍之介が博文館創業二十五周年記念事業の一環として企画された、いわゆる七大叢書の一つ「校註国文叢書」本の『今昔物語』の二つの挿話を素材として用いるに至るまでの作者の心意と創作意識はどのように変化していったのか、つまり、初出稿「羅生門」の受胎のドラマ、処女作創出前夜の揺籃期に焦点を当てて現状の研究を分析整理しつつ鋭利なメス捌《さば》きで着実に展望をみせたのは前出の竹盛天雄氏の一篇(5)であった。そして、「仙人」との関連継続性を追求したものに石割透氏、(6)清水康次氏の好論(7)があり、それらを総合する形で詳細な読み込みを成しているものに平岡敏夫氏の論文(8)がある。それぞれの個性を活かして示唆するところが多く、私の当面の関心もそこら辺にあるのであるが、いまは全然異質な材料を使っての新しい視点からの導入立論であるからそれはそれとしてしばらく据えおき、持論の駒を進めたい。

三

先の論文において芥川が「羅生門」を制作するうえでロシア十九世紀末期の鬼才、レオニード・アンドレーエフの文学、殊に短篇小説「地下室」の影響を受けて構想し、物語全体の筋の展開や設定及び文章の細部にわたっての具体的な修辞的用法並びに類縁類似のイメージを喚起する語句の共通の性質を二つの作品に指摘することができると述べたのであったが、それが概説に留まり、多分に簡略に過ぎたのでここで再びその件について縷説《るせつ》することにしよう。その件に入る前にもう一点だけ補足しておきたいことがある。それは他でもない。「羅生門」の成立上の重要なモメントになり、小説制作のモチーフになったといわれる例の失恋事件以後の書簡に関してである。われわれはしばしば芥川の未定稿「あの頃の自分の事」の文脈から推してこの作品の執筆動機を考えがちである。そして単純に直結して例の吉田弥生との失恋事件に結びつける。なお短絡的に直結して例の大正四年三月九日付の恒藤恭宛書簡の意味について思いをめぐらす。そしてその結果、次の解釈に到達する。「芥川はこの恋愛問題を通じて、人間のエゴイズムの醜さと醜いものではあるが生きていくためにはそれはどうしようともすることのできないものであることを知った。」(9)と。また「エゴイズムを離れた愛は存在しない。だから、人間の孤独も苦悩もついに癒されることは不可能である。しかし、滅びを予感しながら、人間の原風景を見つづけねばならぬというのが、「羅生門」を起稿する直前、吉田弥生との愛の破綻の心的体験から、芥川龍之介の選びとった決意もしくは感

傷である。(10)」と結論づける。

さて、芥川に次の書簡がある。大正四年三月十二日付の恒藤恭宛のものである。前述の手紙からなか二日おいて同人に宛てて投函したものである。

僕は今静に周囲と自分とをながめてゐる　外面的な事件は何事もなく平穏に完つてしまつた。僕とその人とは恐らく永久に行路の人となるのであらう　機会がさうでないやうにするとしても僕は出来得る限りさうする事につとめる事であらう　唯恐れるのは或一つの機会である　しかしそれは唯運命に任せるより外はない

僕は霧をひらいて新しいものを見たやうな気がする　しかし不幸にしてその新しい国には醜い物ばかりであつた

僕はその醜い物を祝福する　その醜さの故に僕は僕の持つてゐる　そして人の持つてゐる美しい物を更によく知る事が出来たからである　しかも又僕の持つてゐる　そして人の持つてゐる醜い物を更にまたよく知る事が出来たからである

僕はありのまゝに大きくなりたい　ありのまゝに強くなりたい　僕を苦しませるヴアニチーと性慾とイゴイズムとを僕のヂヤスチフアイし得べきものに向上させたい　そして愛する事によつて愛せらるゝ事なくとも生存苦をなぐさめたい（中略）

僕は僕を愛し僕を憎むすべてのＳＴＲＡＮＧＥＲＳと共に大学を出て飯を食ふ口をさがしてそして死んでしまふ　しかしそれはかなしくもうれしくもない　しかし死ぬまでゆめをみてゐてはたまらな

い　そして又人間らしい火をもやす事がなくては猶たまらない　たゞあく迄もＨＵＭＡＮな大きさを持ちたい

かいた事は大へんきれぎれだ　此頃僕は僕自身の上に明な変化を認める事が出来る　そして偏狭な心の一角が愈 sharp になつてゆくのを感じる　毎日学校へゆくのも砂漠へゆくやうな気がしてさびしい　さびしいけれど僕はまだ中々傲慢である　　龍

大正四年にはいってからの芥川の書簡は、特に失恋以後の書簡はそれまでのものとは形式が変わっていて、通常の意味のいわゆる書簡体を逸脱した形で自己の心象風景を点綴している。いわば私小説的発想の文面になっている。だから時に三好行雄氏も指摘するように(11)「観念の飛躍」や「短絡にみちた人間認識」に陥り、「みずからあやぶむ」ていの「〈浅薄な誇張〉」やきれぎれの文脈がめだち論理的に把捉するのにはなかなか困難である。この私小説ともみまがう亀裂のある文面を、相手である恒藤や山本らが肝胆《かんたん》相照らす仲であったとはいえ、正直、どこまで正確にまた十全に芥川の心意を理解しえたかは少々疑問のあるところである。確かに表面上は恋愛の破綻の失意や寂寥感を訴えているようにみえるけれども、いったん書簡の内容を仔細に読んでみるとそこには私生活上の告白というだけではすますことのできないものが存在する。一種独特の文章構造になっているのだ。むしろ私はこの点に注目したい。現実場裡の生《なま》の体験に絡ませて自己の血肉と化した「本の中」の人生の一端を象徴的に表現する筆致は当座の人々にしかわからない暗黙の共通了解事項であったと思われるのであるが、はたして筆者の意図的発言がそのまま受け取られていたかは定かではない。例えば、識者は前掲の三月十二日付の文面に出てくる次の一節をどのように

把握し解釈するのであろうか。

僕は霧をひらいて新しいものを見たやうな気がする　しかし不幸にしてその新しい国には醜い物ばかりであつた
僕はその醜い物を祝福する　その醜さの故に僕は僕の持つてゐる　そして人の持つてゐる美しい物を更によく知る事が出来たからである　しかも又僕の持つてゐる　そして人の持つてゐる醜い物を更にまたよく知る事が出来たからである

「僕は霧をひらいて新しいものを見たやうな気がする」と記す芥川の認識は恋愛の破綻によって生じたひとつの心的体験に違いなかったが、そしてその意味するところはいままで見えていなかったものが見えてきたという自意識の確認であったろうが、それにしても「霧をひらいて」という表現は一見して奇異で唐突な感じを与えずにはおかない。普通われわれはこういう場合、「霧」が「晴れる」と表現する。つまり「霧が晴れて新しいものを見たやうな気がする」で文章として成り立つ。むしろその方が一般的な構文であろう。だが、彼はそうは書かない。「僕は霧をひらいて新しいものを見た」と書く。殊更に主語を冠せ、そして「霧」を「ひら」くと述べる。ここに芥川の作為（もっとも筆者自身は自然体と考えていたかもしれない）、もしくは瑕瑾《かきん》を指摘するのは私ひとりの僻目であるか、しかし、芥川が故意に意図的にこのような表現を用いたとすれば、ことはそう簡単ではない。何か芥川の底意に秘密めいた謎が伏在していて、否、芥川自身には自然な発露であったが、われわれ読者の側にそれを見透す力に欠けるものがあって、現在に至るまで誰も気付きもしないし、また不審にも考えず気楽なままに素通りしてきたとすれば、それ

こそ短絡的な皮相的、一面的な文学読解の実体ではないか。私は芥川の書簡の中の「霧をひら」くという言葉や「新しいもの」つまり「新しい国」の表現語句は現在までに研究し釈義されているような失恋事件がもたらした後遺症的内容の発現形態ではないと考える。私は芥川の文学的思想、否、人間観、芸術行為への真摯な態度や自己開拓の精神から湧出したところの表徴的な表現形態ではなかったかと考える。したがってこれらの語句は、謎の語であると思う。その謎語を謎語のままにして皮相に表層的に理解し解釈を下してきたとすればことは重大だ。そう単純ではないのだ。彼が「霧をひらいて新しいものを見た、その新しいもの（国）には醜いものばかりであったが、醜いものの認識によって自己をも他人をも含めて美しいものを更によく知る事が出来た」と語る時、芥川龍之介には自然界における一切事物の「真」を求めずにはおかない精神の欲求があって、その切実で熾烈な生活の実感があのような形で露骨に顕現し、対立的概念の相関的認識に行きついたと思われる。美や醜という相反する概念の「醜」の方を殊更に取り上げる論理的構造の下降意識は、駒尺喜美氏が釈義したように「認識者として」[12]の彼が二十四歳時における私生活上の煩雑な人間関係の体験や十九世紀末文学の顕著な世界である底の社会に眼を向けた「本の中」から影響された偽らざる実感であったに違いない。その結果「矛盾の同時的存在物たる人間」理解の方法となり、「善と悪との矛盾体である人間」認識に到達したものと考える。ヒューマンなものを希求し、人間尊重を至善と考え、人間とは何か、生きるとはどういうことかを生涯問いつづけた龍之介であったが、彼の人格形成の生活と思想を物語るにふさわしい資料に彼の多くの端正な書簡がある。作家誕生のその前夜における文学への憧憬と芸術的開眼の形姿が明瞭にわれわれの眼前に彷彿とするのは親友山本喜誉司に宛て

た大正四年四月二十三日付（推定）である。この書簡は彼の内面生活の変化を端的に表しているので少々長いが次に引用する。

私は今心から謙遜に愛を求めてゐます　さうしてすべてのアーテイフイシアルなものを離れた純粋な素朴なしかも最恒久なるべき力を含んだ芸術を求めてゐます　私は随分苦しい目にあつて来ました　又現にあひつゝあります　如何に血族の関族《ママ》が稀薄なものであるか　如何にイゴイズムを離れた愛が存在しないか　如何に相互の理解が不可能であるか　如何に「真」を見る事の苦しいか　さうして又如何に「真」を他人に見せしめんとする事が悲劇を齎すか――かう云ふ事は皆この短い時の間にまざまざと私の心に刻まれてしまひました　言語はあらゆる実感をも平凡化するものです　かうならべて書いた各々の事も文字の上では何度となく私が出合つた事のある思想です　しかし何時でもそれは単に所謂「思想」として何の痕跡も与へずに私の心の上を滑つて行つてしまひました　私は多くの大いなる先輩が私よりも幾十倍の苦痛を経て捉へ得た熾烈なこれらの実感を軽々に看過した事を呪ひます（同時に又現に看過しつゝある軽薄なる文芸愛好者を悪みます）さうして一足をそれらの大なる先輩の人格に面接する道に投じた事を祝福したいと思ひます　しかしそれは曙でも「寂しい曙」でした　山脈と云ふ連鎖なくして孤立してゐる峰々はとりもなほさず私たちの個性です　成程日の上る時にそれらの峰の頂は同じやうに輝くでせう　しかしそれは峰の相互に何等の連絡のある事をも示しては居ないのです　美に対し善に対し真に対しひとしく惝怳の心があるにしても個人は畢境《ママ》個人なのと同じやうに

私は二十年をあげて軽薄な生活に没頭してゐた事を恥かしく思ひます　さうしてひとり芸術に対してのみならず生活に対しても不真面目な態度をとつてゐた自分を大馬鹿だと思ひます　はじめて私には芸術と云ふ事が如何に偉大な如何に厳粛な事業だかわかりました　そして如何にそれが生活と密接に連絡してしかも生活と対立して大きな目標を示してゐるかわかりました　私にどれだけの創作が出来るか私がどれだけ「人間らしく」生きられるかそれは全くわかりません　唯今の私には酔生夢死しさうな心細い気がするだけです　願くはこの心細さが来るべき力に先立つものであつてくれる事を来るべき希望に先立つものであつてくれる事を（後略）

私は前記の論文(13)においてこの書簡を引用しつつ芥川の変容に注目する必要があると述べた。その中で、「「私は多くの大いなる先輩が私よりも幾十倍の苦痛を経て捉へ得た熾烈なこれらの実感を軽々に看過してきたと反省し、「私は二十年をあげて軽薄な生活に没頭してゐた事を恥かしく思ひます」という真摯な嘆息まじりの自己凝視こそ、真にめざめた文学的自己発見ではなかったか」、と述べた。私はこの芥川の内面的変化を殊更に重要視したいと考える。彼はこの時点までに何篇かの好短篇を制作し、発表しているが、それらのどれもが捨て難い完成度を持ち、安定した技量を示しているので余計にこの言葉の持つ意味は大きいのである。ここにおいて芥川は彼本来の資質と方向性を充分に自覚し、創作上の主要な理念を探りあてたと考えられる。それは次のような言葉に置きかえてもよいのではないだろうか、「或るテエマを捉へて」、いかにして「そのテエマを芸術的に最も力強く表現」（「澄江堂雑記」）するか。そして人生の真を表現することができるのか。また、人間存在の意義を描写することができるか、どのようにすれば自己を

囲繞する自然界の一切事物の真実を深く表現することができるかの具体的で、実際的な執筆上の理念の再発見であり確認であったに違いない。後年、芥川が「澄江堂雑記」や「私と創作」(「煙草と悪魔」の序に代ふ)で披瀝した創作上の秘密はこの頃に見つけだしたものであろう。このような制作上の方法原理の発見といろいろな私生活上の懊悩が熟成されて出来た一篇が、「羅生門」であったと考えられる。芥川龍之介の文学的開眼、芸術的革命の内部要因は何であったのか、それはいったい、なにに起因し、どこにその根拠を求めるべきなのか。はたして彼は「羅生門」のモチーフをどのように獲得していったのか、もう一歩突っこんで考えてみよう。

四

翻訳集『露国新作家集毒の園』[14]所収の「地下室」の巻頭にはレオニード・アンドレーエフの次のようなアフォリズムが挿入されている。これらの言葉は当時の若い新しい人々に親しまれ、論壇でもしきりに援用されたものである。

○　私は人生の真を目指してゐる。私は存在の意義を求めてゐる。私を囲繞する自然界に於ける一切事物の真を求めてゐる。

○　理性には理性の権利がある。若し人が理性で考へられないことを考へるべく余儀なくされた時、彼は甲又は乙の理性を問ふの暇がない。直ちに全人類の理性を危ふし、自分自身に刃向ひ、存在の意義

を滅却し、不可知の者に対して嘲弄的に反抗する。

○　あらゆるものを否定することによつて、人は象徴を信ずるやうになる。生活の全体を斥くることによつて、人はおのづからその弁護者となる。私は厭世主義の父ショーペン・ハ《（ママ）》ウエルを読んだ時と同じく今日に至るも人生に何等信ずるところがない。私は自から言ふ、こゝに一個の人あり、自から考ふるまゝに考へつゝ而かも尚ほ生活する一個の人ありと。かくて私は結論する。生活は偉大なり、生活は無敵なりと。

○　私は人物描写の際何時も其人物の形而下の方面を描いて、それから精神的方面を結合して行く。さうして其人物の細目までも之を描いて誤ることがない。予め描出する人物に就いて何んな些細な点までも残らず観察するからである。

このアンドレーエフの重厚で深遠な思想と秀れた作家精神の発現に当時の若く新しい青年たちがどれほど感嘆し、魅了され、勇気づけられ、しかも曰く言いあらわし難い痛棒を受けたかは計りしれないものがある。その明らかな証左に芥川龍之介の場合がある。大正四年三月九日付の恒藤宛書簡の一節はアンドレーエフの文辞に凭《もた》れかかり、よりかかった文脈になっている。例えばこうである。「イゴイズムをはなれた愛があるかどうか　イゴイズムのある愛には人と人との間の障壁をわたる事は出来ない　人の上に落ちてくる生存苦の寂莫を癒す事は出来ない　イゴイズムのない愛がないとすれば人の一生程苦しいものはない／周囲は醜い　自己も醜い　そしてそれを目のあたりに見て生きるのは苦しい　しかも人はそのまゝに生きる事を強ひられる　一切を神の仕業とすれば神の仕業は悪むべき嘲弄だ／僕はイゴイズムをはなれた

愛の存在を疑ふ（僕自身にも）僕は時々やりきれないと思ふ事がある　何故こんなにして迄も生存をつゞける必要があるのだらうと思ふ事がある　そして最後に神に対する復讐は、自己の生存を失ふ事だと思ふ事がある」（傍線著者）の中の特に傍線の部分、「何故こんなにして迄も生存をつゞける必要があるのだらうと思ふ事がある　そして最後に神に対する復讐は自己の生存を失ふ事だと思ふ事がある」の一節はアンドレーエフの次の言葉「理性には理性の権利がある。若し人が理性で考へられないことを考へるべく余儀なくされた時、彼は甲又は乙の理性を問ふの暇がない。直ちに全人類の理性を危ふし、自分自身に刃向ひ、存在の意義を滅却し、不可知の者に対して嘲弄的に反抗する。」を意識的に換骨奪胎したものではなかったか、それはまたその直前に芥川が書いている「一切を神の仕業とすれば神の仕業は悪むべき嘲弄だ」に符節する言葉ではあるまいか。われわれの肺腑を抉るようなアンドレーエフのこの言葉は、人としての、一個の人間存在の条理、不条理のぎりぎりの一線に位置する言葉であり、生と死との断崖に位置する最後の一線の言葉であり、人間の思考判断、否、実践行為の不断の意識をその極点にまで押し拡げ論理化していてまさに衝撃的である。穎才《えいさい》、芥川もこの珠玉のような言葉を読んで畏怖し、戦慄し、厳粛な気持ちでこれを受けとめたであろうことはまず間違いない。大正四年四月二十三日付（推定）の山本喜誉司宛書簡にはそれを裏書きするかのように彼の心境が語られている。またアンドレーエフの有名な次の言葉も芥川の精神に投影している。「あらゆるものを否定することによつて、人は象徴を信ずるやうになる。生活の全体を斥くることによつて、人はおのづからその弁護者となる。私は厭世主義の父ショーペン（ママ）・ハウエルを読んだ時と同じく今日に至るも人生に何等信ずるところがない。私は自から言ふ、こゝに一個の人あり、

自から考ふるまゝに考へつゝ而かも尚ほ生活する一個の人ありと。かくて私は結論する。生活は偉大なり、生活は無敵なりと。」が、「大導寺信輔の半生」別稿の「厭世主義」に関連するであろうことは誰しもが首肯するところであろう。「信輔は既に厭世主義者だつた。厭世主義の哲学をまだ一頁も読まぬ前に、――いや、彼の厭世主義は厭世主義の哲学とは縁の遠いものに違ひなかつた。」及び「信輔は勿論厭世主義の哲学に、――殊にショオペンハウェルのアフォリズムに彼の厭世主義を弁護する無数の武器を発見してゐた。」との章句を読んでみれば両者の関連性は歴然としていて切っても切れない位に濃密である。アンドレーエフの影響は芥川の文学的生活の根本の思想に深く突刺さっていたものと思われる。「大導寺信輔の半生」が芥川の自伝的文章であるとすれば別稿の「厭世主義」の内容がショオペンハウェルの哲学を頭に描いているとはいえ、それを導き出すための論理的操作はロシア十九世紀末期の代表的作家であるレオニード・アンドレーエフの思想に依存しているのは疑う余地がない。レオニード・アンドレーエフがその個人の気質として憂欝性を持ち、生涯に三度自殺を企て失敗に終わっていることは周知のとおりである。また彼の作品がミステリアスな雰囲気を描写して、人間惨苦の悲哀と凄惨な世界の描写に巧みであることもよく言われることである。彼は好んで心理を表現するが、特に好んで狂人の心理を題材としている。両者の作品の基調に連綿と流れている憂欝性とペーソス、或いは虚無的な気分や陰影の多い心理的解剖の文体、その印象的象徴的表現の類似は芥川の文学を考える際には決して看過することのできない重要な問題を孕んでいるものと思われる。

五

　ところで話題を再度大正四年三月十二日付の恒藤恭宛書簡にもどしたいと思う。失恋後の心境を語りながら文中に突然脈絡の理解しにくい箇所があって、相手である恒藤恭や山本喜誉司もはたして文意を充分にのみこめたであろうかと危惧の念を持ったのであるが、その件について考えてみよう。「僕は霧をひらいて新しいものを見たやうな気がする　しかし不幸にしてその新しい国には醜い物ばかりであつた／僕はその醜い物を祝福する　その醜さの故に僕は僕の持つてゐる、そして人の持つてゐる美しい物を更によく知る事が出来たからである」と述べている部分は現在あらゆる評家が芥川の恋愛の破綻によってひきおこされた「イゴイズム」の観念や「醜い」人間の生態として解釈してきた。私はそのことを充分承知したうえで、だが、それだけではこの文脈は十分に理解できていないと考えるものである。それでは、なぜ、そのように固執するのか、というと、こう考えるからである。

　この「霧」という用語はアンドレーエフの有名な小説の題名である。したがって文章の意味は《僕は「霧」の作品をひらいて（読んで）新しいもの（新しい世界）を見たやうな気がする　しかし不幸にしてその新しい国（小説の世界）には醜い物ばかりであつた》とこう読解したのである。このように解釈してみると文章の流れは少しも停滞することなく筆者（芥川）の意のままに通じる。第三章の第二節で述べたように私生活上の告白とだけではすますことのできない彼のイメージがあり、一種独特の文章構造になっ

ていることに特に注目したい。現実場裡の生《なま》の体験に絡ませて自己の血肉と化した「本の中」の人生の一端を象徴的に表現する筆致は、当座の人々にしか分からない暗黙の共通了解事項であったと推測される。さらに大正四年四月二十三日（推定）の山本喜誉司に宛てた文面には「私は多くの大いなる先輩が私よりも幾十倍の苦痛を経て捉へ得た熾烈なこれらの実感を軽々に看過した事を呪ひます（同時に又現に看過しつゝある軽薄なる文芸愛好者を悪みます）　さうして一足をそれらの大なる先輩の人格に面接する道に投じた事を祝福したいと思ひます　しかしそれは曙でも「寂しい曙」でした」とある。引用の末尾で記されている「曙でも「寂しい曙」」の語句はさきの「霧」の用語と同一の意味内容を指すといっていいであろう。従って「曙」、「寂しい曙」の言葉は三木露風の詩集名である類似の『寂しき曙』[15]を暗示するのではなく、ロシア十九世紀末の作家ボリス・ザイツェフの『静かな曙』を指し示していると受け取る方がよいであろう。ザイツェフの「静かな曙」もアンドレーエフの「霧」の一篇とともに昇曙夢の翻訳集『露西亜現代代表的作家六人集』に収録されていて当時の青年達の「愛読書」[16]（豊島与志雄）であり、また第一等の「文学の教科書」[17]（谷崎精二）であったことは『還暦記念六人集と毒の園――附文壇諸家感想録――』を一瞥すれば納得できることである。例えば吉江喬松は次のように回想している。[18]

昇曙夢氏の訳品、ザイツェフの「静かな曙」なぞは、今でもそれを読んだ時の印象が鮮かに残つてゐるほどな、深い感動を与へられたものである。あゝした作品こそは真に散文詩とも云ふべきものではなからうかと、その当時深く愛読したものであるが、それが今度更に氏にとつての記念の出版となつて、版を改めて接し得るといふのは、まことに幸ひであるといはねばならぬ。冷たくて、清らかで、

そして静寂で、あゝした気品のものは容易に接し得らるゝものではない。

アンドレーエフの「霧」もまた我々の記憶に永久消すことの出来ぬ幻影を刻んだ作品である。まことにロシヤの世紀末的な、そして象徴的な傾向を代表するとしてはこの作家くらゐ神経的な作風を示めす人は他に求められまい。この作家の神経描写は日本の作家にも多少の影響を及ぼしてゐるでもあらう（後略）

又、中村武羅夫は次のように語っている。[19]

「六人集」や、「毒の園」が出版されて、逸早くそれを手にした時の感激と興奮とは、今でもアリ〳〵と覚えてゐる。（中略）内容に至つては、全くの驚異だつた。バリモントの「夜の叫び」とか、ザイツェフの「静かな曙」とか、アンドレーエフの「霧」などゝ、一作々々を読みすゝんで行くに従つて、異常な感動に圧倒されて、息詰まるやうな気がしたものだ。初めてロシヤの近代文学に接して、僕などはちやうどその時期でもあつたのか、人生にたいし、文学にたいして、急に眼を開かれたやうな気がした。（後略）

最後に山崎斌はその「芳烈なる新鮮味[20]」の題下に、

六人集—その思ひ出は鮮（ママ）らしい。胸ときめくものがあります。此書を私共にもたらしたのは福永挽歌で、（彼は当時「習作」といふすぐれた散文詩集を出しました）若山牧水も、私もこれに全く魅了されました。

私共は、これを手から手にうつして、「第一等の本」といひました。殊に、「静かな曙」に傾倒して

私共はこれを暗《そら》んじた程です。ザイツェフ、クープリン、バリモント、ソログープの新鮮なる名を認識しました。私共には、当に、却つて「はげしい曙」でさへありました。（後略）

と披瀝している。これら二、三の回顧文によっても明治末から大正初年代にかけての若く新しい青年達の文学的嗜好や当時の文芸思潮の動向が手に取る様に分かるのであるが、同時代人である芥川龍之介もやや遅れ馳せながらもロシア十九世紀末の頽廃的、厭世的な文学的世界に浸っていく、そしてしだいしだいにのめり込み焦燥煩悶の結果あわただしく最後の一線を踏み越える結末となるのであった。

六

アンドレーエフの「霧」は昇曙夢の翻訳によって明治四十三年四月号の「趣味」に掲載され、ただちに翻訳集『露西亜現代代表的作家六人集』に収録された。この小説はロシア本国においても喧々ごうごうの反響を巻き起し、ある批評家は「醜悪の最後の限界を求める苦しい渇望[21]」の作品であると評した。我国の文壇でも多大の反響を呼んだことは前掲の回顧文によっても判然とするが、広津和郎もまた「『霧』など相当の力作であり、確かに誰やらの云つたやうに新しい恐怖、新しい戦慄の創造ではあつたが、併しその余りの作為が私達の気に入らなかつたのであらう。[22]」と語り、一方、田山花袋は「「霧」には徒らに抽象的表現が多くつて、しつくり読者の心を具象界につれて行かない[23]」面があると批判している。その批判の当否は兎も角としてこの作品が明治末期から大正の初頭にかけて広く愛読されていたことは否定できない。

そこで「霧」の内容を紹介しよう。訳者は昇曙夢である。なお、文章の移動、語彙、語句の改変をあえて恣意的に施した箇所がある。なお、訳文は全文総ルビであるが適宜取捨した。諒とされたい。

主人公パウェル・ルヰバコフは月余をおかずに十八になる中学生である。いまから二年前のある夜、淫売婦に最初の汚れに染まらない無垢な体と浄い接吻とをささげた。その際、彼は病気に罹つた。その病気と云ふのは戸でも閉め切つて、低声《こごゑ》で竊々《ひそひそ》話でもするのでなければ人前では話せないやうな恥づべき、不潔な病気であつた。その事を考へても慄然とするやうな病気であつた。それ以後少年パウェルの性格と行動は一変した。かつての可愛らしい子供らしい純真さを失つて家族や友人達とも親しく交ることを避け、一日中部屋に閉じ籠り、寝台に横たわつて物思いに耽る少年になつた。彼の顔には不安な色が去来するようになつた。「あゝ俺は不憫《ふびん》な奴だ！」と自分の身の上を悲しんだ。パウェルは又様々な想念に囚われた。例えば太古から自分の生活を築き建てやうとして出来なかつた多数の人々の事や残酷な運命に支配されている不可解な人生の事、さては犯した罪のやうにパウェルの胸を抑え付けている或る悲しい事などを。霧は依然として立こめて居る。灰色の屋根の後方に、黄色がかつた黒い空が見える。黒ずんだ天の下で、暗い湿ツぽい家並の間に音もなく動いて居る一切の物が皆無意味な、退屈なものゝやうに思はれた。だがパウェルは「女」にだけは特別な興味を感じた。歩く人、乗行く人の中には女も雑《まざ》つて居たが、此女が通行人の中に雑つて居ると云ふ事が、此光景に或る神秘的の不安な意味を添へた。此女達は皆な自分々々の用

があつて、屋外を歩いて居るのだから恐らく何の不思議もない普通の事であつたらう。が、パウェルの眼には此女達が変に恐ろしく、他の人々とはヅツと懸離れて其中に混《まざ》ることもなく、宛然《まるで》闇の中の火影の様に思はれた。そして、市街も、家屋も、人間も、凡て皆な女のために存在して居るやうに思はれた。一切の物は彼等に向ひ、彼等を渇望した。――而も、何故然うだと云ふ理由は誰れも分らない。パウェルの脳裡には『女』と云ふ言葉が火のやうな文字で焼付けられてあつた。本を繙いても第一に彼の眼を射るものは此文字で、人が低声《こごゑ》で談話をして居ても、誰か『女』と云ふ言葉を言ふと、それが雷鳴のやうに彼の耳朶《みゝ》に轟くのであつた。此の言葉はパウェルに取つては最も不可解な、最も空想的な、そして最も恐ろしい語であつた。彼は鋭い、怪訝な眼付をして屋外を通る女を一々見送つた。今にも女が家に近寄て人々諸共其家を打破《ぶちこは》しはしないか、それとも最つと酷《ひど》い恐ろしい事でも仕出かしはしないかと、それを待つて居るやうな眼付で頻《しき》りと打目守つて居た。

　以後ストーリーの展開は日曜日のセルゲイ・アンドレーィチ家の遅い朝食の風景に移る。「フェニクス」保険会社の理事である性質のよい悧巧な父セルゲイ・アンドレーィチ、そして肉付の豊かな灰色の無邪気な眼をした美しい夫人、パウェルの姉のやさしいリーレチカ（リーリヤの愛称）の三人が既に食卓に着いて会話を交している、だがそこにパウェルの姿はない。そこで「パウェルを呼びなさい！」と父親のアンドレーイチが言う。「パウェル！　パウェルや！」と母の声、パウェルは急いで起上つた。そして激しい痛みを感じたらしく、彼は体を小屈みにして、苦しげに顔をしかめ、両手で酷く腹部を押へた。やがて徐《しづ》かに体を伸ばして、唇を嚙締めた。それが為、口の端が顋《あご》の下へ引寄せられた。それから、彼はブル〳〵

震へて居る手で上衣を直した。して居るうちに顔色が青くなつて、盲人の様に凡ての表情を失なつて了つた。そしてさも決心したやうに濶歩して食堂へ行つた。が、其の歩き付きには何所となく激しい痛みの跡を留めて居た。このような態度に対して父親のセルゲイ・アンドレーイチはいつの頃からか不審感を抱いた。それは何故かというと人が物を訊いても返事もろくろくしないし、たとえ返事をしてもナマ返事で終始するからだ。また始終或る心持の為に支配されて居ることで、彼は一日面白可笑しく戯《ふざ》けて居るか、でなければ数時間も気が欝《ふさ》いで、神経が鋭くなつて堪らないやうになる。いくらそれを抑えやうとした所で、或る秘密な原因があつて、それの為に苦しんで居ると云ふことは誰の眼にも明らかであつた。父親は父親としての立場から息子の苦しみ悲しんで居るのを見ながらその原因も知らずに居るということは実に心苦しく、又不愉快でもあつたのである。皆なは無言の行で朝飯を食つた。窓から流れ込む光線を浴びて居る限りの物は皆な黄色を帯びて、妙に陰欝に見へた。父は心を読む様に凝然とパウェルの顔を見詰めて愢《こ》うた。《眼の下にも潰瘍が出来て居る……雖然《けれども》まさか然《さ》うぢやあるまい。彼が女に触れるなんて――あんな青二才で？》此の恐ろしく、また苦しい疑問をセルゲイ・アンドレーイチは最後まで考へ通すだけの根気がなかつた。始めて此疑問が彼の頭に起つたのは遂ひ此間の夏の事でそれ以来父親は息子を注意して観察するのであるが、どうしてもその原因を問質す機会がなかつた。しかも息子が不知不識《しらずしらず》深い堕落に陥つていくのを想いやりながら、そして妙に丈の高い、変に大人びた他所他所《よそよそ》しい青年になつて家族からも友人たちからも離反していくのを憂え悲しみ不安にかられながら。食事が済むとパウェルは直ぐに自分の部屋に引つこんだ。そして彼は凝然と天井を見詰め、過ぎ去つた、田舎の別荘の思い出と暗い七月の夜の

ことを頭に浮べた。

パウェルには恋人がいた。それは姉リーリヤの友達でカーチャ・レイメルといつた。彼はこのカーチャに対して、清い、美しい、そして悲しい思ひを寄せて居たから一緒に夜の散策に出かけることが出来なかつた。しかし、カーチャ・レイメルはその事を悟らなかつたから、一度もパウェルの愛情を汲んでやる事が出来なかつた。それにパウェルはカーチャの傍でも、一人で居たかつたのである。と云ふのは少し離れた所から彼女の美をシンミリと味ひたかつたからだ。同時に自分の悲痛と孤独の深さをもどん底まで味つて見たかつたからだ。彼はこの七月の暗い夜に、カーチャ・レイメルや姉リーリヤや其他屈托のない人々が一緒になつて笑いさざめきながら小径を伝つて先へ行つたのを欝屈した心情で眺めた。凡ての美と、歌と、悦びと一緒になつて彼の傍を過《よ》ぎつた人生とは丸で交渉の無いやうに懸離れて、一人で藪蔭の地面《ぢべた》に寝転がつて居た。今のことは去る夏の暗い夜にあつた事である。彼は又田舎の別荘生活に思ひを走らした。が、今度は変に可厭《いや》な、息苦しい日の記憶であつた。と、今度は又終生忘れる事の出来ない可厭な臭ひのする、息苦しい過去の一夜が手に取る様に判然と眼先に浮んだ。彼はまた顔の美しい自負心の強いペトロフの事を思ひ出した。此のペトロフと云ふ青年は平気で、何の気なしに淫売婦の事を話して、友人等に種《いろ》〳〵の事を教へた。

やがてパウェルは寝台から跳起きて、机の傍へ行つた。そして其所にある紙や帳面を弄《いぢく》り廻して、それを開けたり閉ぢたりした。其時彼の手は震へて居た。が、視線は横に流れて、机の錠を卸した所を凝然と見詰めて居た。其所には治療用の附属品が注意深く紙で幾重にも蔽はれてあつた。（若し僕の所に拳銃が

あつたら、直ぐにも自殺するんだがな。此所ん所を一ッ……。》と考へながら、彼は心臓の鼓動して居る右の胸部へ指を当てた。そこへ突然「パウェル、開けて頂戴な！」と戸の外で姉のリーレチカの声がした。此時彼は姉の声を聞いて驚いて震え上つた。が、急に戸口に行つて渋々と鍵を外《はず》した。「なんだ？」と彼は無愛想に訊いた。「用ぢやないがね、お前を接吻して上げやうと思つてさ。お前は何故《なぜ》、此麼《こんな》に閉籠つてばかし居るの？　なにか盗まれでもすると思うの。」と姉が聞く。

以下、姉リーリヤと弟パウェルの応対が描写されているのであるが、パウェルの自暴自棄的な言動はしばしば姉を失望させ、落胆させて怒りをかう、姉の話が相愛のカーチャ・レイメルに触れるに及んでパウェルの表情はますます依怙地になり感情的に激していく、そして揚句の果にはカーチャや姉のリーリヤまでも悪態《あしざま》に罵つて、汚れた女だの、廃物《すたれもの》だのと浴せかけたので、気分が幾分か清々したのであろうか、部屋の中を注意深く歩きながら色々の事を考へ始めた。一体女と云ふものは皆、意地悪で、利己主義で、愚劣な者だと思う、その他様々な妄念のとりこになり、最後、極つて、今、カーチャ・レイメルの事に就いて考へた事が皆自分の病気の様に可厭《いや》な穢《けが》らはしい、忌むべき虚偽に過ぎないと云ふ事を悟つた。自分が愛して居た女――其女の前に彼は膝を折る資格もないのに――其女の事をよくも、あゝまで邪推したものだと思ふと今更に気が咎めて恐ろしくなつた。それどころぢやない、能《よ》くもあんなに自分の穢らはしい思想に満足して、それを正当なものと認めて、其中から訳《わけ》の解らん、恐ろしい誇りを求めやうとしたものだと思ふと、自分ながら呆れて了つたのである。そこで「此所《ここ》に居るのは僕か知ら、此の手も僕の手か知ら？」と思つてしまう、同時に彼は望みのない、亡びた人であると云ふ事を自覚した。此所に居るこの人

がカーチャ・レイメルの事をあんなに穢らはしく考へた人である。この人が耻づべき病気に冒されて居る人である。彼は直《ぢ》きに死んで了つて、人々は彼の為に泣くであらう、と想う。

最早日もとツぷりと暮れて、妙に黄色を帯びた日光の名残も消え失せると、霧に包まれた秋の長い夜が何時の間にか周囲《あたり》をこめた。パウェルは身動《みじろ》きもせずに殆んど半時間の上も安楽椅子に座つて居た。パウエルは凝然《じつ》と座り通して、其顔は薄暗《うすくらがり》の中にいつもと異つて青白く見えた。そこへ「パウェル、ちよつと戸を開けないか！。」と父の声が聞へた。が、彼は急に身を動かしたので例の鋭い、激しい痛みに呼吸《いき》もつまるやうであつた。彼は体《からだ》を屈めながら冷たくなつた手で、凹《へこ》んだ腹部を抑へて歯を喰しばつた。そして声が出ないので、心の中《うち》で《只今！》と答へた。物語の流れは以後しばらくの間、父親と息子の応対の様子が描かれる。恰度《ちやうど》そこへパウェルの母も加わる。母は父子の嬉しそうな顔付や、睦まじさうな様子を見て、息子の頬を撫でた。そして御午餐《おひる》の食事の時間であることを告げて部屋を出る。午餐《ひるめし》後八時頃になつて、リーリヤの学校友達がやつてきた、が、カーチャ・レイメルの姿はない。パウェルは彼等が賑やかに笑ひ興じ茶を喫《の》んで居る様子を自分の部屋で聞いて居た。まもなく広間ではピアノに合せてダンスが始まつた。姉のリーリヤがパウェルを誘いにくるが「僕は厭です」と断り、しばらくしてから食堂に誰もいないのを見計つて其処を通り抜け、勝手口から市街《まち》へ飛び出した。彼は裏淋しい横町のカーチャ・レイメルの家の前に来てしよんぼりと立止まつた。彼は今迄も時々ここへ来た事がある。が、今彼がここへ来たのは、自分が如何に儚《はかな》い、孤独の身であるかを訴へんが為である。自分が今死ぬる様な煩悶と、死ぬるやうな恐怖に、身の置処《おきどころ》もなく踠《もが》いて居るのに、来てくれなかつたカーチャ・レイメルの薄情な仕打を訴へ

んが為である。しかし、パウェルはカーチャを誘いだすことは出来なかつた。重い霧に覆はれたネワ河は悲しそうに凍えて、死んだやうに寂然《ひつそり》として居た。その広々とした、暗い水面からは汽笛の音も、飛沫《しぶき》の音も聞えなかつた。パウェルは半円形のベンチに腰を卸して、じめじめした冷たい花崗石《みかげいし》に背を圧着《おしつ》けた。と、寒さに身体が震へて凍え切つた指は伸びたなり屈《まが》りもせず、手首と肘とは、感覚を失つて了つた。でも、彼は家に帰るのは嫌であつた。そこへ一つの影が立止まつた。女であつた。「ちよいと、好男子《かうだんし》さん！　煙草を一本頂戴な。」と女が言つた。「や、別嬪《べつぴん》さん、お生憎《あひにく》です、僕は煙草を喫《の》まんですからな！」とパウェルは打解けた、興奮したやうな口調で答へた。女は高笑ひして、寒さの為に歯を鳴らしながら、パウェルに酒臭い息を吹き掛けた。「私んとこへ参りませんか。」と女は笑ひ声のやうな甲走つた声で言つた。「参りませうよ、ね、そしてウォドゥカでも御馳走して頂戴な！。」此の瞬間、何物か広い、渦巻いて居るものが、山から顛《まろ》び落ちるやうな速力で、パウェルの眼の前にひろがつた。揺《ゆら》めいて居る闇の中の黄ろい燈影《ともしび》、一種異様な歓楽と、無智と、涙とに対する一種の期待——それらのものが、パウェルの心に今パッと閃めいた。やがて二人は意気投合して女（名前をマーネチカといい靴やの亭主がいる）の家へ行く。少し酔つて居る市街《まち》の女と心中に死刑を宣告されたやうな一人の男が瓦斯燈《がすとう》に照らされた霧深い夜の町をお互に軽蔑《さげす》み悪口のかぎりをこぼしながら連れだつて行く、途中パウェルは酒の臭ひのするこの女を「カーちゃん！」「カーちゃん！」と連発して呼ぶ、それで気を悪くした女はムッとなり横を向いて発憤《おこ》つてしまう、霧の中を二人はどれほど歩いたであろうか、火影を見ながら階段を昇つたり、降りたりするうちにやがて息苦しい部屋へ来た。其所では靴の材料やす酒の臭ひが強く鼻を撲《う》つた。床の間には燈

明が点つて居て、更紗《さらさ》の引幕の陰では激しい鼾声《いびき》がきれぐ〳〵に聞こへた。「静かにおしよ!。」と女はパウエルの手を引きながら囁いた。二人は亭主の鼾声をよそにこつそりと忍び足で次の部屋へ行つた。二人は座つて笑つたり、のんだりした。ところが、パウェルはこの女に対して虫が好かないとでも言ふのか、どうしても心底から馴染むことができなかつた。女は女で昼間のうさをぐちり始めた。女はあれやこれやの腹癒《はらい》せに、誰れかにか突掛つて散々悪口したいのであろう。とうとう二人はてんでばらばらの気持ちが昂じて戯談を通りこし、悪態が悪態でなくなり、我を忘れて罵り喚き険悪なムードになる。

そこで意外の惨事が演ぜられたのである。酩酊《よつぱ》らつた半裸体の女は忿怒《ふんぬ》の色に顔も赤くなつて、外套を放り投げた手を挙げて、パウヱルの横顔をピシャリと殴つた。と、パウェルはムヅと女の襯衣《しやつ》を掴んで、バラ〳〵に引裂いた。そして二人は組み合つたまゝ上になつたり下になつたり、毬《まり》のやうに床の上を転がつた。其所辺《そこら》の椅子を突倒すやら手に引掛つた毛氈《もうせん》を曳摺《ひきず》るやらしながら、二人はクル〳〵と転がり廻つた。で、彼等は何とも言へない、訳の解らぬ、一ツの混合体のやうになつて、其の四本の手と四本の足とは互ひに物狂ほしくも縺《もつ》れ合つたり、縊《し》め合つたりして居た。女は鋭い爪でパウェルの顔を引掻いて、更に眼の中に突込んだ。其瞬間、パウェルは恐ろしい眼色《めつき》をした女の猛り狂つて居る顔をチラと見た。顔は生血のやうに真赤になつて居た。彼は突如誰とも分らぬ者の咽喉《のど》を摑んで、力の限り縊め付けた。が、間もなく、女からもぎ離れてキッと跳起きた。「畜生!。」とパウェルは血塗れになつた顔を拭きながら叫んだ。と、戸がギシ〳〵鳴つて、誰か呶鳴つた。「戸を開けろッ! 悪性共《あくしやうども》ッ!。」が、女はまたしても後ろからパウェルに飛び着いて、見る間に彼を引摺倒《ひきずり》した。二人はまたもや床の上を散々転げ廻つたが、余り

の激怒に叫喚《わめ》く力も無くなつて、息を反跳《はず》ませながら黙つて摑み合つて居た。立上つたかと思ふとドンと倒れ、倒れたかと思ふと、又立上つた。其のうちにパウェルが机の上に女を押倒した。すると女の体の重みで机の上の皿は圧潰《おしつぶ》されて微塵に砕けた。其時パウェルの手の傍で、パン屑の粘り着いて居る食刀《ないふ》がガチャリと鳴つた。で、パウェルは手早く其の食刀を左手《ゆんで》に取つて、何処か相手の横腹へヅブリと刺込んだ。と、薄い刃が屈《まが》つた。彼は二度刺込む。と、女の手がブル〳〵震えて、急に襤褸屑のやうに柔《や》つこくなつた。眼は中心を失つて、顔はパウェルに向けたまゝ、女は嗄《しやが》れ声で、鋭く、恰度獣が殺された時のやうに、始終同じ調子で、アッ、アッ、アッーと叫んだ。「黙れッ!。」と、パウェルも嗄《しやが》れ声で言つて、最う一度、盲突に食刀を突込んだ。そしてまた一突き突いた。突込まれる度毎《たんび》に、女は操釣《あやつり》人形か何ぞのやうに痙攣《ひきつ》つた。口はアンと大きく開けて幅広い、白い歯の間には生血の泡沫《あわ》が吹いて居た。女は最《も》う黙つて了つたが、パウェルにはまだ依然として、心を剜《えぐ》られるやうな鋭い、恐ろしい女の叫び声が聞えたので、「黙れッ!」と嗄れ声で呶鳴つた。粘々《ねば〴〵》して、滑つこくなつた左の手から、食刀を右手に持替へて、上の方から一突又一突き衝いた。「黙れッ!。」とパウェルは繰返した。女の体はドツシリと机から顚《まろ》び落ちて、毛深い後頭が薄気味悪く床を打つた。それから数分後、パウェル自身も心臓を目がけて、横から食刀をズブリと刺込んだ。其侭《そのまんま》で彼は五六秒も立続けて、大きな、ギラ〳〵した眼で酷く脹らんで居る戸を凝然《じつ》と睨《にら》んで居たが、軈《やが》て、飛越遊戯《リーピング》でもするやうに体を屈めて、ドサリと倒れて了つた。

其夜、払暁まで、冷たい城市《まち》は鉛色の霧に包まれて居た。深く入込んだ街道は寂然と静まり返つて人通りもなかつた。秋に荒れ果てた、とある花園の折れた茎には物淋しい、可憐な花が静かに凋《しぼ》んで居た。

七

以上が「霧」のだいたいの内容である。後年ハーバード大学教授となり、ハーバード・イェンチン研究所（哈仏燕京学社）所長として「日本学」を教授したセルゲイ・エリセーエフは一九一〇年五月、東京帝国大学に留学していたが昇曙夢の翻訳集『露西亜現代代表的作家六人集』に「序文」を寄稿し、その中でアンドレーエフの「霧」について、

「霧」はアンドレーエフの創作で云ふと厭世主義の時代に属する傑作である。即ち「肯定」の代りに哲学上の「否定」が彼の創作を支配して、重苦しい世界観が僅かに人間の思想に対する興味を暗示した頃の作である。だから作全体に亘つて陰鬱な空気と凄惨な色とに充ち満ちて居る。此の「霧」に描かれた醜汚な状景を読んで快感を覚える者は恐らく一人もあるまい。何人も主人公パウェルルイバコフに対して苦しき感情と哀憐の涙とを注ぐに違ひない。そして同時に此の青年のやうな運命を脱しやうと望むに相違ない。或人が言つた通りアンドレーエフの創作の意義は人生を警戒するにある。「霧」を読む青年は誰でも自分の生活を反省して自分の衝動に道徳的の制裁を加へやうとするに違ひない。此の自己反省と道徳的向上の刺戟とは幾多の倫理、道徳、宗教に優りてアンドレーエフの創作に負ふ所が多い。（略）

と記している。芥川龍之介の失恋事件後の書簡にあらわれてくる「イゴイズム」の観念や「醜い物」の人

間認識は恋愛の破綻によって生じたところの後遺症的な心的体験に違ひないことではあるが、ただ単にそれだけでは説明することのできない内容を包含している。私はそこにロシア十九世紀末期の象徴的神秘的作家であるレオニード・アンドレーエフの文学的世界に触発された彼の芸術生活への熾烈な自己開拓と精進、あるいは内発的な自我の覚醒と実人生の思想の深化を見落すことはできないと考えるのである。わたくしは芥川龍之介が親友恒藤恭に送った大正四年三月十二日付の書簡の内容はアンドレーエフの中篇小説「霧」（原題は「霧の中」）の陰鬱で醜汚な文学的世界を考慮に入れる必要があると考えるのである。

注

（1）安田保雄（前掲159頁注(12)ｂ）
（2）竹盛天雄「『羅生門』―その成立をめぐる試論―」（『芥川龍之介研究』菊地弘・久保田芳太郎・関口安義編、明治書院、昭和五十六年三月五日）
（3）著者は昭和五十七年十月二十四日、日本女子大学において開催された「日本近代文学会秋季大会」でその旨発表した。
（4）拙稿（前掲27頁注(12)ａ・ｂ）
（5）竹盛天雄（前掲注(2)）
（6）石割透（前掲158頁注(2)）
（7）清水康次「「羅生門」への過程―岩森亀一氏所蔵の資料を用いて―」（「国語国文」昭和五十七年九月二十五日）
（8）平岡敏夫「「羅生門」」（「国語教育評論」昭和五十七年十一月、初出未見、のち『芥川龍之介　抒情の美学』所収、大修館書店、一九八二年十一月二十五日）
（9）森本修（前掲160頁注(22)）

（10）三好行雄「「無明の暗」―「羅生門」再説―」（「国語と国文学」至文堂、昭和五十年四月一日特集号）
（11）三好行雄（前掲158頁注（3））
（12）駒尺喜美（前掲160頁注（23））
（13）拙稿（前掲27頁注（12）a）
（14）『露国新作家集毒の園』（新潮社、明治四十五年六月二十五日）初版未見、のち『還暦記念六人集と毒の園―附文壇諸家感想録―』（昇先生還暦記念刊行会、代表山内封介、正教時報社、昭和十四年九月十日）。
（15）三木露風『寂しき曙』（博報堂、明治四十三年十一月十一日）
（16）豊島与志雄（前掲注（14））
（17）谷崎精二（前掲注（14））
（18）吉江喬松「昇曙夢氏の翻訳文学礼讃」（前掲注（14））
（19）中村武羅夫「最初の感激と興奮」（前掲注（14））
（20）山崎斌（前掲注（14））
（21）黒田辰男監修『20世紀ロシア文学年譜[1]』（ソヴェート文学研究会訳、東宣出版、昭和四十八年二月二十五日）
（22）広津和郎「青年期の憧憬の的」（前掲注（14））
（23）田山花袋「雨の下にて」（「文章世界」大正三年七月一日号）

第三節　芥川龍之介「羅生門」材源考補遺

——アンドレーエフ作昇曙夢訳「地下室」から「全印度が……」への過程——

一

「仙人」(1)を書きあげた芥川龍之介は「大正四年九月」(筆者は九月下旬と考える)(2)成立の「羅生門」までにいっさい他の作品に手をつけてはいなかったのであろうか。勿論、八月三日から二十二日にかけての山陰旅行中に土地の新聞に友人井川恭の勧めで寄稿した「松江印象記」については別の話である。現在までの芥川研究では「仙人」から「羅生門」へ直接に創作営為がなされたとする把握の仕方が通説のようである。だが、本当に芥川はこの二つの作品の間に創作らしきものをまったく試みてはいないのであろうか。このような視点にたって問題を提起した論者のあるのを私は知らない。

何故、かくのごとく強調して述べるのかというと、「仙人」の世界と「羅生門」の世界ではその完成された作品をみるとき、作者芥川龍之介の創作態度や方法、あるいは基本的な発想の思考理念、ひいては作品の芸術的価値に大きな隔たりを感じるからである。時間的にはわずかに二ケ月間という短日月の懸隔である。それにしては出来あがった二つの作品の完成度や文章表現の緊密性、更に内容や形式の上で大きな隔たりがあるといわなければならない。ここに私は芥川の青年らしい芸術への熾烈な自己開拓と精進、内

発的な自我の覚醒と人生に対する根本的な思想の深化を認めるのである。「書きたがる病」に取りつかれていた芥川が「早く自由にいろんな事がしたい僕にはする事しなくてはならない事が沢山ある」（大正四年六月十二日付井川恭宛書簡）と芸術生活への熾烈な願望を告白している模索期の、まさに作家誕生のその前夜における精神生活である。後年彼は次のように述べている。「羅生門」は「色々の径路を辿つてから出来上」がっている作品であると語り、更に語をついで「最初は土瓶を書かうと思つて」取り組んだものが「何時の間にか鉄瓶に出来上」がっていた、と。この言葉から推測してみると当然そこには諸種の要因が伏在し、複合的に制作されていると理解する方が適切であろう。

芥川の作品に大きな変化をもたらした要因の核や動機はいつ、どのような方法で獲得し、またそれらの素材や中心的思想はいかなるものであったのか、そのことが何を契機として、いつ、どのように変化し「羅生門」へと収斂し結晶するに至ったか、現在のところ細部にわたっての思考径路がいまひとつ明確に論証されていないのである。七月二十三日に「仙人」を書きあげた後、松江旅行がある。帰京して間もなく『今昔物語』を読み、まぎれもなく一個独自の作家主体を確立するにいたる一方の側面、すなわち「校註国文叢書」第十七冊、『今昔物語下巻古今著聞集全』[3]（博文館、池辺義象編、大正四年八月二十八日）に運命的な邂逅をし、ぴたっと対象を決定する。そして約一ケ月間で彼の最初の歴史小説、芥川流に言うならば歴史を借景にして「古人の心に、今の人の心と共通する、云はばヒュウマンな閃きを捉へた」物語を創作するという、後にしばしば用いた彼一流の執筆方法を獲得するのである。

初出稿「羅生門」創出前夜の思考経緯を推定してみるとき、彼が『今昔物語』の二つの話を採択し、そ

れを材料にして玲瓏《れいろう》このうえない巧緻な佳篇を作りだす構想段階においてすでにある程度の原イメージ、――それまでに培ってきた西洋十九世紀末文学、特にロシアの作家達の文学と思想を土台にして作りあげたイメージ――が存在し、作者自身の心の中に醸成されていて、外部から適当な材料が加えられると一気に受胎できるという、まさに機運の熟していた時、まことにタイミングよく恰好な材料を獲得した芥川は欣喜雀躍《きんきじやくやく》して起筆したのではあるまいか。その創作方法は「昔」を借用しながら現代の心を反映する短篇小説を創作することであった。このような態度や方法はこの地点において一気に熟成し開花したと考えられる。後に陸続として発表された巧緻な作品「鼻」、「芋粥」、「地獄変」、「藪の中」等々の珠玉の名篇を生みだす端緒ともなり、きっかけともなった最初の実験的な野心作が即ち「羅生門」であった。

二

それでは冒頭で問題提起した「仙人」と「羅生門」との中間に芥川龍之介が創作らしきものをひとつも書いていなかったのかという件について考察する。そしてそれが仮りに存在したとすれば、どのような作品であったのか。それは何を契機にいかなる過程を経てきたのか。またさきの二つの作品と関連しているのかについて述べることにしよう。

われわれは葛巻義敏編になる『芥川龍之介未定稿集』(4)（岩波書店）の存在を知っている。そのなかの目次を一瞥してみると、そこに「別稿他」という部立があって幾篇かの習作草稿が列挙されている。中に「全

印度が……」という未完成の題名の語句を見ることができる。本文頁三四六〜三五二に収録されている未完成作品である。この習作草稿は編者の葛巻氏によって「大正四年頃」の成立であると推定され、通読してみると確かに葛巻の推定通り、「大正四年頃」の制作であることが判然とするのである。そのうえ、内容がこの年の七月二十三日脱稿の「仙人」と「九月」脱稿（筆者は九月下旬と見る）の「羅生門」に類似しているので両作品とは同系列のものと想定できるような気がする。だがそれには、「全印度が……」の一篇は大正四年の何月頃の制作であるのか少しばかりの考察が必要であろう。いったいこの未完の作品は「仙人」以前のものなのか、それとも以後のものか、また「羅生門」の前、後のいずれのものであるか。結論をさきに言えば私は両作品の中間に位置する未完成の作品であると推測する。もしこの作品が真実「仙人」と「羅生門」の中間に位置する作品であるとすればそのことの与える影響は甚だ重大であるといわなければなるまい。このことによって現段階における「羅生門」研究の成立時期に関する大方の説は、あたかも砂上の楼閣の如く瓦解すること必定であろう。さらに重要なことはその結果がもたらす余波は現状の「羅生門」論の中枢部を浸食し、場合によっては大海の藻屑と化してしまうからである。「羅生門」の成立時期の確定はとりもなおさず、この作品の包蔵する中心思想やテーマに密接に絡み合い、そのうえ、「羅生門」成立の執筆動機と考えられてきた、いわゆる失恋動機説や大正三年秋の芸術観上の開眼体験説に修正と再考を促さざるを得ない問題だからである。したがってこのような観点から捉えると、この未完成の習作は不幸な出自にもかかわらず、作家前夜の芥川龍之介の手の内（創作態度、方法）を垣間みせる重要な資料と言わなければならない。しかし、それにしても誰にも注目されず闇の中に埋没した作品であ

った。

それでは作者、芥川は何時の時点でこの習作を書いたのか、三つの作品を視野に入れてその成立時期を考察したい。

未完成作品「全印度が……」の冒頭の部分は次のような描写になっている。

全印度が其嘗て有したものの中で、最も大いなる太陽を失つた悲しい日のことである。大沙門瞿曇《くどん》が跋提《ばだい》河の近くにある沙羅双樹の林で涅槃に入つたかなしい日のことである。吠舎《べだ》城の乞食クシャラは日暮からはげしい熱が出はじめた。尤もさう云へば今朝、薄明いうちに、町はづれ婆羅門寺の後になる石甃《いしだたみ》の上で目をさました時にもう額が火のやうにほてつてゐた。

そして末尾の部分は、

夜が市《まち》の上におほひかゝつたのである。そして、市の人は、犬を葬るやうに無〔造〕作に葬つてしまつた。

と結んでいる。そこでまず「羅生門」との関連性にスポットを当ててみると、まず場所であるが「全印度が……」では「跋提河の近く」の「吠舎城」という地名がでてくる。これが「羅生門」の出典『今昔物語』所中の巻二十九「羅城門登上層見死人盗人語第十八」の中の「羅城門」の言葉を呼び起す最初のきっかけになったように考えられる（但し、本章の第三節で言及するが、それはアンドレーエフ作の「地下室」、或いは「地下室」の作品の中にでてくる「大伽藍」のイメージの発展ではないだろうか）。芥川は「全印度……」を書いた後で『今昔物語』に着目し、巻二十九第十八話を獲得したと考えられる。もっと

も「羅城門」の語句は後に「羅生門」に変化し、その改変のあり様こそがこの秀作「羅生門」の世界を象徴的に示していることは識者によって指摘されているところであるが、筆者は「生」の生きざまを示す場と捉え、かつて次のように述べたことがある。(5)

小説の主題は単純にしてかつ明瞭である。人間が人間として自己の生存を維持せんがためのエゴイズムの悲劇を表現したものである。その他の何物でもないのだ。人間が飢餓の状況にあってしかも生死の境にさ迷う時、どのような心持ちになり、どのように行動するのかというぎりぎりの問題を若い浪人と老婆との角逐によって赤裸々に直截的に形象化した作品である。世の評家が喧伝するほどにそうたいして深い思想が含まれているわけでもない。内容は一面的であり、非常に反倫理的であるが作者はこのような視点でもって人間存在の真の姿を捉え、いわば肉体の存続、生命の維持、そして人間存在の根源的な生存の意味を一篇の完成した短篇小説として制作したかったのである。だが、作者の意図に反して成功したとは受け取り難い。

と。次に、登場する人物の設定であるが、「全印度が……」の中では人間社会から剝離した存在、孤独のどん底に喘ぐ生活破綻者の様相を乞食の「クシャラ」として描く。「羅生門」では「下人」に置換する。周知の様に最初この小説の草稿段階では「下人」は「交野《かたの》の平六」となっていた。この「交野の平六」の固有名詞は勿論、原話の『今昔』からの着想であり、固有名詞が最終的に「下人」に落ち着くわけであるが、この事自体が作品内容を決定する重要な要素であり、主人公の性格を規定することは言うまでもない。草稿段階での「交野の平六」は「クシャラ」の姿に重なるのではないか。

次にこの二つの作品の文脈に沿ってその類縁関係を明らかにしたい。主人公「クシャラ」が「町はづれ婆羅門寺の後になる石甃《いしだたみ》の上で目をさました」という表現から、われわれは容易に「羅生門」下の石段の上でぼんやりと佇む下人の形姿を思い浮かべるであろう。「全印度が……」の作品における主人公の行動と心理は次のように展開する。石甃の上で目をさました乞食のクシャラは病気のせいか何となくだるく「此儘じつと寝てゐたものか、それとも何時ものやうに起きたものか」と思いにふける。だが、「此男は、三日ばかり前に市の革匠のうしろで、小さな銀の蛇の飾りのある笛を拾つたので」「市に行く」。そして「根気よく一軒々々に余りものをねだつてあるいたのである。」しかも朝からの熱病は一向におさまらず「手がひどくふるへる、そして長旅をして来た人のやうに息もきれる、今日は一日寝てゐればよかつたのだ。」と思い、「とうとうしまひにはいくら我慢をしても歩いてゐることが出来なくなつた。」「何処かへ行つて横になりたい、一晩よく寝さへすれば何でもないのだ」「そこで彼は、息のきれるのをこらへながら虫のはふやうに細い横町をまがつた。」「やがて彼はある灰色の建物と建物との間に細い露地のあるのを見つけた。そしてその中へ、隠家《かくれが》を見つけた野獣のやうに、足をひきずりながらはひこんだ。」と、うらぶれてあてもなく市をさまよい、やっと辿り着いた場所は灰色の狭い動物の棲家のような隠れ家であると描写する。この文章からわれわれは主人から四五日前に暇を出されて迷い込んだ「羅生門」の下人の姿を彷彿とするであろう。そして下人が迷い込んだ場所は「狐狸が棲む。盗人が棲む。とうとうしまひには、引取り手のない死人を、この門へ持つて来て、棄てゝ行くと云ふ」密閉された暗黒の世界を即座に思い描くであろう。つまり「羅生門」の世界である。このように比較対照して検討してみると二つの作品はぴった

りと相似し、関連していることが明確になる。ここに至つてこの二つの作品の緊密な関係は抜き去りがたい。「全印度が……」は不熟で未完成な分、それだけ作者芥川龍之介の生《なま》の観念が裸形のままに露呈しているといえる。それゆえに逆にその点から完成している「羅生門」受胎のドラマが照射できる。

次に注意される点は習作「全印度が……」の中に出てくる修辞上の特徴についてである。例えば、

寝たまゝ赤い鼻のさきへ皺をよせて考へてみた。そしてその鼻の上には、短い黒い糸くづが一本Sと云ふ字の形をしてひつかゝつてゐる。

とか、

唯赤い鼻だけが其中に皺をよせたまゝのこつてゐる。そしてそのあたまには矢張黒い糸くづがぶらさがつてゐた。

というような視覚的な印象表現の効果を意識的にねらった文章の表現方法である。周知のように「羅生門」の中ではこのような文章が幾箇所かに用いられ、それはより一層洗練と工夫がなされ、実験的に応用されている。例示すれば次の如くである。「大きな円柱に、蟋蟀が一匹とまつてゐる。」であり、「丹塗の柱にとまつてゐた蟋蟀ももうどこかへ行つてしまつた。」である。そして「右の頬に出来た、大きな面皰《にきび》を気にしながら、」であり、「短い鬚の中に、赤く膿を持つた面皰のある頬である。」であり、「右の手では、赤く頬に膿を持つた大きな面皰を気にしながら、聞いてゐるのである。」という具合にである。この二つの作品の血縁関係を判断する要素に比喩表現の多用があり、シチュエーションを効果的に盛りあげるための醜怪、醜悪、悲惨、酸鼻《さんび》な語句表現の使用が指摘できる。最後に「羅生門」にただ一箇所フランス語の

横文字が出てきて新鮮な感じを与えるが「全印度が……」の中にも横文字が三箇所使用されている。

以上、未完成作品「全印度が……」と「羅生門」における共通項を整理して両作品の類縁性を指摘してきた。そして「全印度が……」の未完に終わった草稿は作者が『今昔物語』の素材を獲得する以前の段階での「羅生門」へ収斂する原イメージであったと私は思う。残念なことに「全印度が……」は流産に終わったのであるが、新しい材料を得て「羅生門」に再生する一方の要因であったと考えられるのである。

三

この未完の習作「全印度が……」の基調は全くと言っていいほどにロシア十九世紀末期の鬼才、レオニード・アンドレーエフの「地下室」を典拠にしている。短篇小説「地下室」は昇曙夢の翻訳で明治四十五年四月号の「早稲田文学」に掲載され、ただちに彼の翻訳集『毒の園』(明治四十五年六月二十五日、新潮社)に収録された。芥川龍之介の「全印度が……」の主人公「クシャラ」は乞食であるが、アンドレーエフの「地下室」の主人公は次のような人物である。


彼は酒に溺れて職業も友人も失ひ、最後に残つたものまでも酒に潰した揚句の果は、泥棒や売春婦と一緒に地下室に住む身となつた。

病み衰へて血の気も無いその体は仕事に疲れ、苦痛とウォーツカに苛まれて、また此世の労に堪へないものとなつた。

という人物で、四六時中襤褸屑の積み重なった寝床で、身じろぎもせず、又物考えもせずにじっと寝ころんでいる。そして彼は自分で死ぬことを悟っている徹底した生活破綻者なのである。しかしたまにはとても勝利の望みはないと知りながらもなお生活の戦いを開始するために早く起きなければならないと思う。そんな時にはふと「生きなければならぬ。」と考える。だが、それはほんの一瞬のできごとで、たちまち明るい方へ背を向けて僅かな光線も眼に入らぬように、蒲団を被り、日が明けるのを怖れ、夜が続くことを願う人物なのである。一方、芥川の「全印度が……」の主人公もまた町はずれの婆羅門寺の境内の石《いし》甃《だたみ》の上で目をさますという人物で、うちひしがれた底辺の人物であることに変わりはない。そして「此儘じつと寝てゐたものか、それとも何時ものやうに起きたものか」、「何処かへ行つて横になりたい、一晩よく寝さへすれば何でもないのだ」と思いながら灰色の隠れ家をさがす生活不能の人物である。両主人公ともに敗残者となって孤独に闇の中に埋没していく人物である。これらの人物が後に「羅生門」の下人の原型となる。なお大正四年七月二十三日脱稿の「仙人」は出典を前半部分がアナトオル・フランスの「聖母の軽業師」、後半部を森鷗外訳フレデリック・ブウテェ原作の掌篇「橋の下」に依拠していて「全印度が……」及び「羅生門」とはかなり懸隔のある小説である。従って習作「全印度が……」は「仙人」と「羅生門」との中間で書かれた作品である。

注

（1）　芥川龍之介「仙人」（大正四年七月二十三日脱稿、「新思潮」第一年第六号、大正五年八月一日）

（2）拙稿（前掲27頁注（12）c）
（3）安田保雄（前掲159頁注（12）b）
（4）葛巻義敏編『芥川龍之介未定稿集』（岩波書店、昭和四十三年二月十三日）
（5）拙稿（前掲27頁注（12）b）

第四節　芥川龍之介初期作品の基底にあるもの

一、「羅生門」の原初形態「全印度が……」

わたくしは数年来「羅生門」の成立に関する作者の発想の基盤と要因について論述してきた。[1] 芥川龍之介の作家誕生の前夜における青年らしい芸術への自己開拓と精進、内発的な自我の覚醒と人生に対する真摯な精神生活の軌跡をたどることによって「書きたがる病」に取りつかれていた龍之介が「早く自由にいろんな事がしたい　僕にはする事しなくてはならない事が沢山ある」（大正四年六月十二日付、井川恭宛書簡）と芸術生活への熾烈な願望を告白していた模索期の、まさに作家誕生のその前夜、処女作「初出稿「羅生門」受胎のドラマ」[2] の揺籃期に照明をあてて、それが、いつ、どのようにして生成され、結実するに至ったか。何を契機として、彼をそうあらしめたかを具体的に検証する極めて基礎的な考察である。

ロシア十九世紀末の鬼才、所謂「ロシアモダニズム」派の作家、レオニード・アンドレーエフの短篇小説「地下室」（昇曙夢の翻訳集『毒の園』所収）との関連性に着目し、この作品の影響のもとに「羅生門」は創作されているという基本線上にたっての論の展開であった。そして種々考察を加えていくうちに、芥川は「羅生門」制作直前に未完の草稿「全印度が……」（『芥川龍之介未定稿集』葛巻義敏編、岩波書店）の一篇を

構想していることが浮上してきた。[3]そのうえこの未完成作品もまた、アンドレーエフの「地下室」に依拠していることが判明してきたのであった。無論、このことに関しては現在までの芥川研究において誰も言及してはいない。

ところが今回は更にまたこの「羅生門」の原初形態ともいえる未完の習作「全印度が……」がアンドレーエフの他の作品「歯痛」（但し、今度は曙夢の翻訳ではなく森林太郎訳『現代小品』、明治四十三年十月五日、弘学館書店発行、売捌所、大倉書店）を借りて自己流に作りかえた習作であることがわかった。つまり、同一作家の二作品を合成し、翻案した草稿なのである。なお、前篇[4]において筆者は「この未完の習作「全印度が……」の基調は全くと言っていいほどに」「「地下室」に原拠を仰いでいる」と叙述したのであるが、この自説の「全く」の語句はいささか性急すぎる点があったのでここで撤回しておかなければならない。繰り返して言うが、「羅生門」の原イメージ、原初形態ともみられるこの未完成作品「全印度が……」はアンドレーエフの二つの作品、昇曙夢訳の「地下室」並びに森林太郎訳の「歯痛」をベースにして着想し、構想された草稿なのである。作品全体の結構を鷗外訳の「歯痛」（なおここで留意しなければならない点は、今回掲出する「歯痛」の一篇は初出雑誌掲載のものではなく、単行本『現代小品』を、「羅生門」並びに「鼻」制作の過程の時期に参看しているということである。）に寄り掛かり、内容の主想テーマを曙夢訳「地下室」に依拠している。それでは芥川龍之介はどのようにして先行作品を使っているのか、実際の作品を提示して検討を加えることにする。

まず芥川の未完成草稿「全印度が……」を葛巻義敏編『芥川龍之介未定稿集』（岩波書店）からその全部

を引用する。なお、この未完成作品は編者によって左記のように仮題が付されている。

全印度が……

全印度が其嘗て有したものの中で、最も大いなる太陽を失つた悲しい日のことである。大沙門瞿曇《くどん》が跋提河《ばだい》の近くにある沙羅双樹の林で涅槃に入つたかなしい日のことである。吠舎《べだ》城の乞食クシャラは日暮からはげしい熱が出はじめた。尤もさう云へば今朝、薄明いうちに、町はづれ婆羅門寺の後になる石甃《いしだたみ》の上で目をさました時にもう額が火のやうにほてつてゐた。そして、唇がしつきりなしに乾いて身体中が、何となくだるい。口の中も、檳榔樹の葉を嚙んでゐるやうな心もちがする。

此儘じつと寝てゐたものか、それとも何時ものやうに起きたものか、クシャラはしばらく、寝たまゝ赤い鼻のさきへ皺をよせて考へて見た。そしてその鼻の上には、短い黒い糸くづが一本Sと云ふ字の形をしてひつかゝつてゐる。

其中何時のまにか、明けがたの黄色い日の光が、此男のどんよりと濁つた騾馬のやうな眼の上に流れはじめた。寺の中では人の話し声がきこえる。銅器が石の牀《ゆか》に落ちてからからとなる音もきこえる。もう agni-hotra の祷りが始まるらしい。そこで顔をしかめながら、首をすこしもちあげて見ると、思ひがけなく何処からか、合歓の花のにほひがした。

このにほひをかぐとクシャラは急に市《まち》があるきたくなつた。soma の酒のやうに青い空を見ながら、暖な日の光をあびて、土いきれの中を汗を流してあるきたくなつた。此男は、三日ばかり前に市の革匠のうしろで、小さな銀の蛇の飾りのある笛を拾つたので、一つにはその時の記憶が何となく市《まち》に行くのを愉快に感じさせたのである。それでとう〳〵起きて市へ行くことにきめてしまつた。

午《ひる》すぎまでは別に変つたこともなかつた。午飯《めし》は、気のいゝ布商人がくれた、酸つぱくなりかけた牛乳ですました。それから市の人たちの噂さで、畏提訶の王が持つてゐる黄金の首飾りには青い葡萄のやうな大きな真珠が十六嵌つてゐると云ふことと、沙門瞿曇がこの市《まち》の近くで病にかゝつたが多分三日とはもつまいと云うことと、醜い片眼の婆羅門が、紅い鸚鵡のやうな旃陀羅《せんだら》の女と通じて市《まち》を追はれたといふことを聞いた。其外は何時もの通り調子の狂つた希伯来琴を太い絃から細い絃へ順にならで下ろすやうな声を出して、何十年か前に覚えた歌をうたひながら、日当りのいゝ、所々菩提樹が銀茶色の芽をふいた往来を、ひゞの入つた土器を持つて、根気よく一軒々々に余りものをねだつてあるいたのである。

所々がそろ〳〵〔欠字〕りがさすやうになると肩から背へかけて水をふくませた刷毛で撫でられるやうな、心もちがしはじめた。はじめの中は別に気にもとめなかつたが、其中に口の中が太麻の汁を飲んだ跡のやうな苦い唾で一ぱいになつた。顔さへさはつて見やうとすると手がひどくふるへる。そして長旅をして来た人のやうに息もきれる、今日は一日寝てゐればよかつたのだ。

クシャラは唾をはきながらからびた声で愚痴をこぼした。耳の中では、何匹となく黄蜂が集つて呻

つてゐるやうな音がする、額も夏の日にやかれた瓦のやうに暑い、とう〳〵しまひにはいくら我慢をしても歩いてゐることが出来なくなつた。「何処かへ行つて横になりたい、一晩よく寝さへすれば何でもないのだ」そこで彼は、息のきれるのをこらへながら虫のはふやうに細い横町をまがつた。灰色に乾いた往来には、左側の家の影が行儀よく斜に落ちて、穏な赤みを帯びた入日が往来の余りの部分と右側の家の中とを鮮にぬらしてゐる。白い柱に青い覆をかけた馬車が一つ彼の前を、のろ〳〵歩いてゆく外は人もあまり通らない、唯白く濁つた空気の中に酸敗した野菜の臭《にほひ》が何処となく鋭く鼻をつく、だらりと尾をさげた跛の黒犬が彼のそばへよつて臭をかいだが直《すぐ》のいて、細い声で吠えた。――けれども、クシャラはもう犬を逐ふ元気さへもなくなつてゐた。

やがて彼はある灰色の建物と建物との間に細い露地のあるのを見つけた。そしてその中へ、隠家《かくれが》を見つけた野獣のやうに、足をひきずりながらはひこんだ。露路は手をひろげると両手の指のさきが左右の家の側面にふれる程の狭さである。彼は隠れ家を見つけた兎のやうな足を往来へむけて、上を見ると青い中に忍冬酒を流したやうな明るみのある空がskylightの様に〔二字不明〕に細長く見えた。こゝなら明日の朝まで寝てゐられる。

彼は、足を往来の方へむけて、〔約六字不明〕土器を枕下へおきながら、仰むきに横になつた。その空を限る左の家の屋根には、小さな黄色い花をつけた長い雑草が何本となく生えてゐる。そしてその雑草が時々かすかにふるへるのは、動くともなしに日暮の空気が動いてゐるからであらう。

がクシャラ〔二字不明〕のやうな空をながめながら、ぢつと潮のさすやうに高まつてくる熱をこら

へてゐた。顳顬がはげしく脈をうつ、此時彼の顔は上と下と反対な二つの方向にひきよせられて来た。唇の〔二字不明〕は下あごの方にむいて眉と眼とは冷汗をかいた額の方へひつぱられたのである。唯赤い鼻だけが其中に皺をよせたまゝのこつてゐる。そしてそのあたまには矢張黒い糸くづがぶらさがつてゐた。

空は入日のうすあかりがきえて、かはせみの背のやうな色を帯びて来た。小さな猫が雑草のはえた屋根を歩いてゆくのが見える、二度三度しなやかな体をしなはせたと思ふとすぐ見えなくなる。

「もう日がくれるのだ。」

クシャラはうは語《ごと》のやうにかう云つた。

——遠くで猫のなく声がする、もう日がくれるのだ。彼には、この日がくれると云ふ中に、ぼんやりした恐怖がひそんでゐるやうに思はれた。そして程なくその怖れが明らかにわかるやうに思はれた。けれども又一方では何となくその怖れが明瞭になるのが気味悪く感ぜられた。そこで彼はつとめて、外の事を考へやうとした。

——彼は又、三日前にひろつた銀の蛇の飾のある笛の事も思出して見た。毘提詞の王の持つてゐる黄金の首かざりの事を思出して見た、旃陀羅《せんだら》の女と通じた片目の婆羅門の事を思出して見た、自分を見て吠えた跛の黒犬のことも思出して見た。そして仕まひにこの市の近〔く〕で病にかゝつたと云ふ沙門悉達の事を思出して見た。

彼は、久しい前から悉達の事を聞いてゐる。悉達が舎琴碓の市に入つた時仏体の水を、市の路に、

ちらさせるとすべての悪鬼が悉く退れ去つて市中の病者は、皆一時に快くなつたと云ふ。今は彼は、この市の近くにゐる。近くにゐるなら何故その体の水をちらしてこの市の病人を助けない。何故に自分をこの熱病から救はない。舎琴碓の市では病人をたすけながら、此市ではそれをしないと云ふ道理はない。「悉達は慈悲と云ふ事をしらないのだ」

又彼は、うはことのやうに呟いた。眼の前には霧のやうなものが動いてゐる、もう家の屋根もその上にはえてゐる雑草も見えない、唯平なうすい青い細長いものが見える、それは空であらう。「けれどもそれは無理もない、悉達は自身さへ今死なうとしてゐるのだ。市の人はもう三日ともつまいと云つた。自分さへ助からないものが人を助けられる訳はない、悉達も死ぬのだ。自分のやうに死ぬのだ、自分ばかりではない、すべての人のやうに死ぬのだ、それが何でありがたい、悉達と云ふと皆〔約三、四字分欠〕のやうに尊敬する、自分のやうに、乞食の自分のやうに、あの跛の黒犬のやうに死んでしまふ、悉達が何がありがたい。悉達はうそつきだ、病人を癒すことが出来るなら、何故自分の病を癒さない。何故自分の命をすくはない。奇蹟を行つたと云ふのはうそであらう、うそでなければならない筈だ。」

悉達のする事がうそなら、悉達の云ふ事もうそにちがひない。悉達の云つた事ばかりではない、何でも皆うそなのだ。婆羅門の云ふ事もうそだ〔約三字分欠〕の云ふ事もうそだ、何でも皆うそなのだ。「うそだ、皆うそだ。」

クシャラは手をのばし其〔欠字〕いた土をつかみながら、急に強い声で云つた。其声は角をふくや

うなひゞきのある声であつた。

空は暗い藍色にくれて、しめつた土の香が高くなつた……夜が市《まち》の上におほひかゝつたのである。

翌朝クシャラの死骸は露地で見出された。そして、市の人は、犬を葬るやうに無〔造〕作に葬つてしまつた。


（大正四年頃）

一方、森林太郎訳「歯痛」（LEONID ANDREJEW）の一篇は、

世界に又とない非法な事が為遂げられた、恐ろしい日のことである。耶蘇基督がゴルガタで、罪人の間に挟まれて磔刑にせられた日のことである。その日のまだやつと薄明るくなりかゝる前にエルサレムの商人ベン・トヰツトの歯が堪へられないほど痛み出した。実はこの痛みはもう前晩に始まつたのである。初は右の頰つぺたがちよいと引き吊る様で、知恵歯の前の奥歯が少し浮いたやうであつた。舌で障つて見ると少し痛かつた。処が夕食を食べてしまつた後で痛がきれいに止まつた。ベン・トヰツトは其事をさつぱり忘れてしまつて、気楽になつてゐた。この男は丁度その日に自分の飼つてゐた、年の寄つた驢馬を、若い、丈夫な驢馬と、旨く取替へたので、いつになく気面白く思つてゐたのだから、歯のひどく痛くなる前兆を気にも止めずにゐたのである。

寝ることも旨く、ぐつすり寝た。処が明方外が薄明るくなつて来る直前になると何かゞ気になる様

な心持がした。譬へば何か大切な事があつて、人が自分を呼んでゐるのではないかと思ふやうな心持であつた。そこでベン・トヰツトが腹を立てゝ目を覚すと、歯が痛む。公然と、意地悪く、痛は勢を逞うして来た。鋭い、錐で揉むやうな痛である。今になつて見れば昨晩一本浮いたやうになつてゐた歯が痛むのだか、それともその近所の歯が幾本も一しよになつて痛むのだか、もう弁別することが出来ない。恐ろしい痛が口ぢゆうに蔓つてゐる。頭一ぱいに溢れてゐる。丁度赤く焼けた、鋭い釘を、千本位も噛ませられるやうな工合である。そこで素焼の瓶に入れてある水を一ぱい口に銜んだ。さうすると、一分間程痛みの度が軽くなつた。なんでも右の方の歯が引き吊つて、波を打つやうに、動くやうな心持がする。此心持は、さつき痛かつたのに比べると、却て好い心持なのである。ベン・トヰツトは又横になつて、昨日手に入れた驢馬の事を思ひ出した。そして若し此忌々しい歯痛さへ無かつたなら、どんなにか好い気持だらうと思つた。こんな事を思つて又一寝入しようと思つたのである。併し水は余り冷たい水ではなかつた。五分ばかり立つと思ふと、痛は又前より劇しく起つて来た。ベン・トヰツトは寝床の上へ坐つて、体を懸錘のやうにゆさぶり始めた。この男の顔はこの時四方から縮んで真中の大きな鼻の方へ寄つて来た。そしてその鼻の上には、冷たい汗が玉のやうになつて湧き出てゐる。こんな風に体をゆさぶつて、痛さの余りにうめいてゐるうちに、太陽の最初の光線がこの男の顔を照して来た。この日の太陽は三本の十字架の立つてゐるゴルガタを照さねばならなひ否運、その為めに驚き悲んで、ひとりでに又暗くならなくてはならない否運を持つてゐる太陽なのである。

ベン・トヰツトは世間並の気の好い男で、非法な事は嫌である。賞罰の正しくない事は嫌である。

それなのにお上さんが目を覚すと、いきなり、直ぐに口も開けずに、しゆつしゆつといふやうな声で、いろんな厭味をいつた。そしてほんに己は、ジヤカルといふ獣のやうに、苦痛の為に身を縮めて吠えさせられるのだと、泣声で愚痴を云つた。お上さんはこんな見当違ひな小言をいはれても、亭主が悪い料簡で云ふのでないといふ事を知つてゐるから、腹も立てずに色々結構なお薬を持つて来て進めた。頰ぺたの上に載つけると利くといふ綺麗にした鼠の糞やら、味の鋭い蝎の浸汁やら、昔摩西が打壊した法律の石板の缺らやらを持つて来たのである。鼠の糞は少し利いたが、長持はしなかつた。蝎の浸汁だの、石板のかけらだのも同じことで、痛は一旦好くなつても又直に勢を盛り返して来る。数分間でも痛が楽になると、ベン・トヰツトは例の驢馬の事を思ひ出しては楽んでゐる。併し又悪くなるとうめく。お上さんの事で腹を立てる。そして此痛みが軽くならないなら、一そのこと頭の皿を石に打ち付けて壊してしまふなんぞといふ。こんな工合でベン・トヰツトは自分の家の平屋根の上を一方の隅から反対の方の隅まで行つたり来たりしてゐる。併しずつと縁の方までは歩いて来ない。なぜといふに頭を巾に包んだ様子が、まるで女のやうだからである。一二度子供が駈けて来て、ナザレの耶蘇の話を早口に話した。ベン・トヰツトは其度に立ち留つて一分間程額に皺を寄せて聞いてゐた。併し聞いてしまふと腹立たしげに足踏をして子供を追ひ払つた。此男は気の好い男で、子煩悩である。併しこんな時に色々な下らない事を持つて来て、うるさがらせられては溜まらないと思つたのである。

ベン・トヰツトが為めには、今一つ癪に障る事がある。近所の家の屋根の上にも往来にも、大勢人が集まつてゐて、なんにもせずに、物見高い様子をして、自分を見てゐる。まるで女のやうに頭を巾

で包んでゐる自分を見てゐる。余りそれが癪に障るので、ベン・トヰツトはもう屋根から下りようかと思つた。そこへお上さんが来てかういつた。

「御覧なさいよ。あそこを罪人が引つ張られて通ります。あんなものでも御覧になつたら、お気が紛れて好くはございますまいか。」

「好いと云ふ事よ。どうぞ己に搆はないでくれ。お前にだつて、どの位己が苦んでゐるといふ事は分からうぢやないか。」ベン・トヰツトは不精不精にこの返事をした。

併しお上さんの語気には、どうぞ自分のいふ事を聞いて、少しでも気を紛らして貰ひたいと、恐る恐る勧めてゐる所があるので、ベン・トヰツトは否々ながら頭を少し脇へ傾けて、片々(ママ)の目を瞑つて、頰を手で押へて、気の進まない様な、泣き出したいやうな顔をして、屋根の縁の処まで出掛けて、下を覗いて見た。

下は山の方へ爪先上がりになつて付いてゐる狭い町である。そこを何人とも数へ切れない人民の群が、不規則に、埃だらけになつて、留め度もなくどなりながら通つてゐる。その真中を、背中に背負つた十字架の重りに圧されて、罪人が足を引き摩りながら歩いてゐる。其頭の上には羅馬の兵卒の振る鞭が黒い蛇の様にうねつてゐる。罪人の一人で、髪の毛の長い、明るいのが、裂けた、血みどれになつた袴を穿いて歩いてゐたが、誰やらが足の前に投げた石に躓いて転んだ。大勢の叫ぶ声は前より一層喧しくなつて、人民は丁度種々雑多な色をした海の波のやうに、転んだ人の上に打寄せた。此時ベン・トヰツトは、突然歯の中へ火で焼いた針を刺して、くるくると廻されたやうな痛みがしたので、

身を縮めて、うんうんうめき出して、屋根の縁から退いた。往来での出来事に対しては頗る冷淡で、何がなしに腹を立てゝ、屋根の縁から退いた。

「なんだつてあんなに、どなりやあがるのだらう。」ベン・トヰツトは妬まし気にかういつた。此男は往来で叫ぶ連中が、きつと健康な、痛まない歯の生えてゐる口を大きく開けて叫ぶのだらうと想像して、又自分も健康であつたなら、どんなにか叫ぶのだらうと想像して妬ましさに堪へないのである。こんな想像をしたので痛は猶更劇しくなつた。ベン・トヰツトは巾で巻いた頭を前よりも甚だしい速度で、右左にゆさぶつて、うんうんうめくのである。

「あの男が盲の目を見える様にしましたとさ。」お上さんは屋根の縁を退かずに、かういつた。そして今丁度兵卒の鞭で打たれて、やつとの事で、足を引き摩りながら歩き出す耶蘇を目掛けて、石を一つ投げた。

「ふむ。えらいよ。盲の目より己の痛い歯を直してくれゝば好いに。」ベン・トヰツトはアイロニイを以てかう返事をした。そして癪に障るといふ風で、詞を続けた。「埃を立てやがるなあ。まるで羊の群を引つ張つて通る様だ。なんでも、棒杙か何かを持つて追つ払つてやらなくちやあ駄目だ。おい、サラア。己の手を引いて下へ降りてくれ。」

お上さんの思つた通りであつた。往来の出来事を見物したので、ベン・トヰツトは多少気が紛れたらしい。但し先刻の鼠の糞が利いたのかも知れない。兎に角ベン・トヰツトは下へ降りて少し眠つた。そして今度目の覚めた時には痛はあらかた止んでゐた。只右の頰ぺたが、傍からは知れない位腫れて

ゐるのである。お上さんが、腫れてゐるか、どうだか、分からないといふと、ベン・トヰツトは横着らしい笑顔をして、お前は己の気に入る事ばかりいふのだから、当にはならないといつた。そこへ隣の革鞣しを商売にしてゐるサムエルがやつて来た。ベン・トヰツトはサムエルを連れ出して、昨日手に入れた驢馬を見せびらかして、隣の男の自分と驢馬とを仰山に褒めてくれるのを、高慢な顔をして聞いてゐた。そのうち物見高いお上さんのサラアが来て、ゴルガタへ登つて行つて、磔刑にせられた奴等を見たいといふので、三人で出掛ける事になつた。途中でベン・トヰツトは隣の男に昨日は右の頰ぺたが引き吊つた事やら、夜中に恐ろしく痛くなつて目の覚めた事やら、一部始終を物語した。そして自分の苦痛をはつきり見せたいと思ふので、苦しげな顔をして、目を瞑つて、頭を右左にゆさぶつて、うめいて見せた。

「なる、なるほど。さぞ痛んだ事でせうなあ。」髯の白い隣のサムエルは同情を表して、首を掉りながらかういつた。それがベン・トヰツトには難有くてならない。そこでもう一遍例の物語を初めから繰り返した。段々話してゐるうちに、話はずつと昔へ返つて、始めて歯が一本悪くなつた時の事、それは左の下の歯であつた事さへ話した。こんな風に盛んに話しながら、三人はゴルガタへ来た。この恐ろしい日に、世界を照さねばならないといふ否運を持つてゐた太陽も、もう赤い丘陵のあなたに隠れた。そして西の空に、丁度血の蹤のやうに、狭い真赤な筋が燃えてゐる。これを背景にして、暗く、ぼんやりと十字架が立つてゐる。その真中の十字架の下には、微白く、薄濁りのした色をして、二三人の跪いてゐる人の姿が見える。

人民はもうとつくに散つてしまつた。夜はうすら寒くなつた。ベン・トキツトは十字架に掛けられてゐる人の姿をちよいと見て、隣のサムエルの肘に自分の肘を引つ掛けて、くるりと元来た道の方へ向かせて、そろそろ用心して家の方へ引返した。ベン・トキツトは気が立つてゐて、なんだか話し足りないやうなので、自分の歯痛の話をしまひまでしようと思つた。そこで話しながら歩き出した。隣のサムエルが同情を表して、頷いたり、合槌を打つたりすると、ベン・トキツトは苦しさうな顔をして、頭を右左へゆさぶつて、頗る上手にうめいて見せた。この時青い岩蔭から、又遠い、焼けた谷々から黒い夜が浮き出して来た。地上の大いなる悪事を天の目に見せまいとするやうに。

以上が「歯痛」の全部である。次に同一作者の「地下室」（昇曙夢訳）の中から主人公ヒジニヤコフの死の淵に泥む想念や、「地下室」での生態を中心に抄記する。

その第一章は、次のとおりである。

㈠

彼は酒に溺れて職業も友人も失ひ、最後に残つたものまでも酒に潰した揚句の果は、泥棒や売春婦と一緒に地下室に住む身となつた。

病み衰へて血の気も無いその体は仕事に疲れ、苦痛とウォーツカに苛《さいな》まれて、またと此世の労に堪

へないものとなつた。死——日中は盲目でゐて闇夜には眼敏い灰色の猛鳥のやうな死が最早彼を見舞つたのだ。昼間は暗い隅の方にひつそり隠れて、夜になるとのこ〳〵出て来て彼の枕元に音もなく坐りこんで、払暁《あけがた》まで凝《じ》つと落着き払つて、辛抱強く坐り続ける。日光の最初の閃きに、彼が野放しの獣のやうな眼をきよと〳〵させながら、蒼白い頭を蒲団の中からヌツと突出した時、室の中は最早空《か》虚《ら》つとなつてゐた。だが、他人《ひと》が何とも思はないこの偽りの空虚も彼にはそれと信じられなかつた。で、彼は怪訝《けげん》な顔をして室の隅々を見廻して居たが、急に狡猾らしい視線を後ろへ投げて、肘を衝きながら目の前に消えて行く夜の薄暗を長い間凝《ぢ》つと見詰めて居た。その時彼は他人《ひと》がまだ見たことのないものを見た——形の無い底気味の悪い、灰色をした大きな物体が微かに揺れてゐるのを見た。その物体は透明《すきとほ》つてゐて、一切の物を包んで居たが、中の事物は丁度硝子の壁でも隔てゝ眺めるやうだつた。だが、今は払暁《あけがた》のことゝて、彼はそれを別段恐ろしいとも思はなかつた。やがてその物体は冷たい痕を残しながら次の夜まで姿を隠した。

僅かの間彼はとろりとして、異常な恐ろしい夢を見た。その夢に彼は白い板の間と壁との附いた、そして白い明るい光に照り輝いてゐる白い室を見た。と、その室の入口の戸の下から黒ずんだ蛇が笑つてゐるやうな軽い響きを立てながら匐ひ出して来て、その尖つた匾《ひらべつ》たい頭を板の間に密着《くつゝ》けてうねりを打ちながら迅速に滑つて何所へか消えて了つた。と、また入口の下の孔からその圧匾《おしひら》められたやうな黒い鼻がヌツと出て、やがてその体も黒いリボンのやうに、うね〳〵と延びた。それが二度も三度も繰返された。それとは別であるが、或時彼はまた或る愉快な夢を見て笑ひこけたことがある。だ

が、その笑ひ声は圧潰《おしつぶ》されたやうな、変な響きであつた。それを聞くのも恐ろしかつた。何処かから見当のつかない奥深い所でゞも笑つてゐるやうな、でなければ死人のやうに体が動かなくなつた時、心が泣いてゐるやうな響きであつた。

彼の意識にはだん〳〵と明け離れて行く日の音響が上つて来た。通行人の微かな話声、遠くに聞ゆる戸の軋《きし》り、窓床《まどじきり》の雪を払ふ門番の箒の音――凡てが醒めかゝつて居る大きな町の、雑然と入り乱れた一つの音響となつて聞えて来た。その時彼に取つて最も恐ろしいことが近づいた。それは、新らしい日が来たと云ふ残酷な程明るい意識である。彼はとても勝利の望みはないと知りながら、尚ほ生活の戦ひを開始するために早く起きなければならなかつた。

生きなければならぬ。

彼は明るい方へ背を向けて寝返りを打つた。僅かな光線でも眼に入らないやうに、彼は蒲団を頭からすぽりと被つた。そして足を顋に圧着けて、小さな団塊《かたまり》か何かのやうに円く縮《ちゞこ》まつたまゝ、体を動かしたり足を延ばしたりするのを恐れて凝《ぢ》つとその儘横になつて居た。地下室の身に沁みるやうな寒さを禦ぐために被つて居た衣服は山のやうに重なり合つてゐた。だが、彼はその重みを感じなかつた。彼の体は冷え切つて居たのだ。生活を語る数々の音響を聞く度に、それが彼には大きな開けつ広げた響きのやうに思はれた。彼はもつと〳〵縮まつた。そして音を立てずに吁鳴《うな》つた。だが、声で吁鳴つたのでもなければ、思想で吁鳴つたのでもない。何故と言つて、彼は今自分の声、自分の思想を恐れて居たから。彼は日が明けないやうに何者かに祈つた。彼は何時も襤褸屑の積み重なつた中に、身動《みじろ》

きもせず、物考《ものかんが》へもせずに寝ることが出来た。そして明け離れて行く日をどうにか支へようとして、まだ夜が続いて居ると云ふことを自から信じようとして一生懸命に意志を張り詰めた。いつそのこと誰かピストルを後頭に当てゝ、深遠らしい感じのするその場所を一撃ちに撃ち抜いて呉れゝば宜いと、そんなことを彼は痛切に願つたこともある。
だが、日は明け離れた——濶々《ひろぐ》とした、制し難い日、力強く人を生活に呼んで居る日がからつと明け離れた。全世界が動き始め、語り始め、働き始めた、そして考へ始めた。

ロシア文学の世界に屢〻《しばしば》登場する、いわゆる〈ふさぎの虫〉的人物像をより一層徹底した、自己否定の無気力で自堕落で頽廃的、破滅的な人間像が、つまりこの作品の主人公、ヒジニヤコフの生態である。夜明けとともに「地下室」の住民の制止しがたい喧騒の生活が始まる。それは例えば二十五歳の若い泥棒を情人にしているアパートの女主人であるマトリョナ婆さん。婆さんの情夫になっている腕っ節の強い勇敢で憎めない性格の泥棒のアブラム・ペトローヰチ。そして主人公のヒジニヤコフと婚約していると自分で思い込み、信じきっていて彼を保護している売春婦のドゥニヤーシヤ等、様々な生活模様がリアルに描かれる。ヒジニヤコフとペトローヰチはいつしか「君」、「僕」の心易い仲になる。引用を更に続ける。

「さうだ、本当だよ、兄弟！　お互ひ世間に降参なんかしねえで、一緒に死んぢまふぢやねえか！」
かう話して居るうちに、何だか汚ならしい、クル〳〵廻つてゐる物や、叫び声や、嘯きや、跳ねて

ゐる火や、種々《いろいろ》なものがちらついた。それがその時は愉快であつたが、今、死が隅の方に凝《ぢ》つと控へて居ると云ふ場合、そして生きるとか、働くとか、闘ふとか、求めるとか、さう云ふ必要を持つた日が四方八方から襲撃して来た今の場合に於ては、それが何より苦しく、名状し難い程恐ろしかつた。

「旦那！　まだお寝《やす》みですか」と、アブラム・ペトローヰチは入口の蔭で嘲るやうに問ふたが、答へがなかつたので、「ふん、寝るなら寝ろ、畜生！」と附け足した。

アブラム・ペトローヰチの所へは種々《いろいろ》な知人が訪ねて来るので、一日中戸がガタピシしてどら声の絶えたことがない。ヒジニヤコフは戸の軋る度に、これは屹度誰か自分の所へ、或は自分に用があつて来たのだらうと思つてゐる。そしてもつと深く蒲団の中に潜り込んで、その声の所有主《ぬし》を確めるまで、凝《ぢ》つと耳を澄まして、心待ちに待つてゐる。世界中に一人だつて彼の所へ、或は彼に用があつて来る者の有らう筈がないのに、彼は悩ましさうに総身を震はして待つてゐる。

彼にも何時かずつと以前《まえ》には妻があつたが、死んで了つた。昨年まではまだ彼の兄弟も姉妹も居た。それればかりではない、彼が母と呼んで居た或る曖昧な美しい女も居た。これ等の人はみんな死んで了つた。或は誰か生きてゐるかも知れないけれど、まるで死んだやうに限りない世界のうちに消えて了つた。彼も程なく死ぬであらう――彼は自分でもこの事を悟つてゐる。若し今日臥床《とこ》でも出ようものなら、忽ち腰が立たなくなつて、足はガタ〱震へ出し、手は変な、不確《ふたし》かな動揺を描くかも知れない――それが死だ。だが、死の到来するまでは兎に角生きて居なければならぬ。ところが、絶望に囚はれたヒジニヤコフのやうな、金も健康も意志も失《な》くなつた人間に取つては、これが何より恐るべき

問題である。彼は蒲団を押し除けて、両手で後頭を支へながら長い吁鳴声を空間に放つた。その吁鳴声が苦しみ悩んで居る千百の胸を通つて来たやうな、遣る瀬ない苦痛をなみ〳〵と盛つたやうな頗る充実した吁鳴声であつた。

「これ開けないかよ、畜生！」ドゥニヤーシヤは戸の蔭でかう叫んで、拳で戸を敲いてゐる。

「開けないと敲き破しちまうよ！」

ヒジニヤコフは震へながら、蹣跚《よろめ》きながら戸口へ近寄つて恐る〳〵戸を開けると、直ぐにまた戻つて来て倒れるやうに急いで臥床《とこ》に横はつた。入つて来たドゥニヤーシヤはもう髪を結つて粉までふりかけて居たが、突如《いきなり》ヒジニヤコフを壁の方へ押し着けて、足を組み合はせながら彼と並んで坐つた。そして真面目な口調で言つた。

「私、お前さんに珍らしい話を持つて来てよ。カーチャが昨日死んだんだとさ。」

「どこのカーチャが？」ヒジニヤコフは問うた。その舌の廻り方が他人の舌ででもあるやうに重く不確かであつた。

「ほうら、忘れつちまつた」と、ドゥニヤーシヤは笑つた、「此処に居たカーチャよ。彼女《あれ》が出てからまだ一週間とは経たないのに、どうしてお前さん忘れたの？」

「死んだ？」

「さうよ、死んだのよ、みんなが死ぬ様にさ。」

かう言つて、ドゥニヤーシヤは小指に唾を付けて薄い睫毛から粉を拭取つた。

「どうして死んだ？」

「みんなが死ぬ様にさ。どうして死んだなんて、誰だつて解りやしないわ。私、昨日珈琲店で聞いたのよ。みんなカーチャが死んだと話してたわ。」

「お前は彼女《あれ》を可愛がつて居たのか？」

「勿論可愛がつて居たわ。お前さんどうしてそんなことを訊くの？」

ドゥニヤーシヤは愚かしい眼をどんよりと冷かにヒジニヤコフに向けたまゝ、その肥大《ふと》つた足を少しづゝ動かしてゐた。これから何を話して宜いか彼女は分らなかつた。どうかして自分の愛を相手に解らせようと思つて、一生懸命横になつてゐる男を打目守つた。それがため一方の眼は少し顰んだやうになつて、厚ぼつたい唇の端の方がだらりと下つてゐた。

日は愈々明け始めた。

このように前篇は締め括られる。後半第二章はカーチャ・ネチャーエワの乳姉妹、ナタリヤ・ウラヂミロウナの出現によって新たな局面を作りだし、いままで「死」を待つ人と敗残者の巣窟の如き観を呈していたこの陰気な地下室全体が若い娘の突然の闖入によって俄然別世界のように光明に満ち溢れ生気をおびる。過去の醜汚と堕落、沈滞と頽廃が嘘のように掻き消え、一斉に笑いとどよめきに変化する。泥棒も売春婦もまた亡びゆく孤独の人も、地下室に居住している総ての人々が幸福の微笑に包まれる。この精彩ある一章はレオニード・アンドレーエフの芸術家魂、作家的技量が遺憾なく発揮されている有名な部分であ

る。今更いうまでもないことであるが、昇曙夢によってこの作品が翻訳され、発表された当時、つまり明治末期から大正初頭にかけて作家的出発を行った年代層には殊の外愛読され注目を浴びた一篇であった。当時第一高等学校の学生であった芥川がその時点でこれを読んでいたのか、どうかについては現在のところはっきりわからないが（但し、芥川は曙夢の『露西亜現代代表的作家六人集』は発行された時点で読んでいる。）、大正四年二月の失恋体験とともに現出する深刻な人間認識や個我の傷みや精神的自我覚醒による文学的開眼の時期に既に読了していたことは論述してきたとおりである。(5) 私はいま芥川の作家誕生のその前夜、即ち大正四年の六月頃から九月初めにかけての作者の創作態度及び過程について未完の習作「全印度が……」を俎上に、それがアンドレーエフの「地下室」並びに「歯痛」に依拠していることを検証しているのであるが、実はこの「地下室」の第二章の場面の影響は大正六年の「偸盗」に歴然と顕現するのである。

周知の如く芥川は「羅生門」の後日譚として大正六年四月と七月に「偸盗」の作品を「中央公論」誌上に発表しているが、その第八節の部分は後に寺田透氏が「初期の諸作品のうちに、幸福感がもっとずっと充実した伸びやかな姿で、肉の匂いを放ちつつ現れた」、「いい文章である」(6) と推奨し、また諸家の「偸盗」論においてもしばしば引用され、問題視される箇所である。この人間救済の「光明」と「歓喜」の光景もまたアンドレーエフの「地下室」の第二章、ナタリヤ・ウラヂミロウナが赤ん坊を抱きかかえてきた時、地下室全体が別世界の如く沸き立つ場面の描写の全くの模倣であることは既に指摘しておいたところである。(7) この点については後において具体的に論証する。

さて、「地下室」の後半は次のように展開する。

(二)

　この日は土曜日であつたが、酷い寒さで、中学生は学校にも行かなかつた。馬に風でも引かしては大変だと云ふので、競馬も翌日に延ばされた位だつた。ナタリヤ・ウラヂミロウナが分娩所から出た時、屋外《そと》はもう日暮方であつた。河岸通には人影一つ見えなかつた。生れて六日経つたばかりの赤ん坊を抱いた娘は誰にも遇はなかつた。それがせめてもの喜びであつた。が、彼女の頭にはこんなことが浮んだ。――自分が家の閾を跨ぐか跨がないうちに、人々は寄つて集《た》かつてやんやと騒いだり嘯いたりして自分を迎へるに違ひない。その群の中には中気を病んで、涎ばかり垂らして居る盲目同様の自分の父も交つて居よう。また馴染の大学生も将校も令嬢も居よう。そして彼等はみな自分に後ろ指を差してこんなことを叫ぶだらう。これが高等女学校の六学年も卒つて、良家の悧巧な大学生にも知合の多い娘だ。人からちよつと気恥かしい言葉を掛けられても直ぐに顔を赤らめた娘だ。そして六日前に他の堕落した女共と一緒に分娩所で赤ん坊を産み落したんだと。

　だが、河岸通は淋しかつた。その通りに沿うて氷のやうな風が、大寒の為に粉になつた雪の雲を捲揚げながらこの世界を我物顔に吹き捲くつて、途中で出逢ふ限りの物は、生きた物でも、死んだ物でも残らず一色に蔽ひ尽した。かうして絶えず吹去り吹来る風の余勢は所々軽い吁鳴りを立てゝ、格子に嵌つた小さな鉄柱の周囲《まはり》を吹廻つた。すると鉄柱は磨き出されたやうにピカ〳〵光つて何となく冷

たく、寂しく、それを見るのも苦しい程であつた。娘は自分も矢張り人間と実生活から捥ぎ離された同じ冷たいものだと思つた。彼女は短かい表衣《うはぎ》を着て居たが、それは平日《ふだん》彼女が氷滑りをする時に用ひたものであつた。分娩前の痛みを感じながら家を出る時に急いで羽織つたのもそれであつた。風が彼女を襲うて、薄い着物を足の周囲《まはり》に巻き附けたり頭に冷たく当つたりした時、彼女は凍え死ぬるやうな苦しさを感じた。同時に人々に対する恐怖も消えて、世界は見果てぬ氷の砂漠のやうに展《ひろ》がつて、その中には人間も光も温みもなかつた。二滴の熱い〳〵涙がほろりと眼の表面に迸つて、直ぐに冷たくなつた。彼女は頭を俯向《うつむ》けて手に持つて居たボロ〳〵の布片《きれ》で涙を拭取つて、また大急ぎで歩き出した。彼女には今自分の身や赤ん坊を勦《いた》はつてやる余裕などはなかつた。二人の生命は今の彼女に取つては寧ろ無用なやうに思はれた。だが、彼女を前へ〳〵と押し出すやうな、強い魅力のある言葉が、彼女の頭から離れたやうに先へ立つて彼女を呼んで居る。

『ニェムチノフ町の角から二軒目、ニェムチノフ町の角から二軒目。』

この言葉を彼女は六日の間産褥に横はつて赤ん坊を養ひながら繰返したのだ。どうあつてもニェムチノフ町に行かねばならぬ。其所には彼女の乳姉妹《ちきやうだい》――売春婦――が住んで居る。この一人の乳姉妹の外には母子《おやこ》二人の身を寄すべき避難所は何処にもないのだ――これ丈のことをあの言葉は意味してゐた。

一方ヒジニヤコフの様子はどうであるかといえば相も変らず次の如くである。

一旦衣服を着けたヒジニヤコフは再び臥床《とこ》に横つて、温かい外套——彼の手に残つた最後の所有物《もの》——を眼の上まですぽりと引つ被つた。室の中は冷たかつた。隅ではパリ〳〵と氷の張る音がした。だが、彼は羊毛製の襟の中で呼吸して居る所為《せゐ》か、体がぽか〳〵と温《ぬく》もつて来てゆつたりした気持になつた。明日は仕事を捜しに行かう、何所かに行つて何か願つて見よう——かう言ひながら彼は一日中自己を欺いてゐた。が、今は宛《さ》も幸福らしく何にも考へなかつた。たゞ壁の向ふでだん〳〵と高まつて行く話声や氷に閉さるゝ戸の音を聞いて時々慄《ぞつ》然とするだけであつた——かうして長い間安静に寝臥《ねころ》んで居ると、やがて玄関の所で調子外れの音が聞えた。これが愕々《おづ〳〵》した、宛《さ》も狼狽《うろた》へて居るやうな、そして手の甲でゞも敲いてゐるやうな鋭い音である。ヒジニヤコフの部屋は玄関に近かつたので、彼は頭を振向けて、耳を聳堅《そばだ》てゝ、玄関の傍で何事の起つてゐるかを判断してゐた。

そこへナタリヤ・ウラヂミロウナが乳姉妹、カーチャ・ネチャーエワを訪ねてくる。だが、やっとの思いで辿り着いた地下室には、彼女が訪ねて身を寄せるべきカーチャ・ネチャーエワは既に亡く、死んでしまったことを知り呆然と立ちつくす。ストーリーはしばらくの間、女主人とナタリヤ・ウラヂミロウナとのやりとりやそれを別室で聞いているヒジニヤコフに焦点が絞られて進行する。が、ナタリヤが六日前に産んだ赤ん坊を預けようとする段になってプロットは急変し、暗黒の世界が俄然躍動する。生れたばかりの赤ん坊を巡って地下室全体が熱湯のように沸き立ち、まるで歓喜の坩堝《るつぼ》の如く興奮のうずにつつまれる。

老婆も泥棒も売春婦も亡びゆく孤独の人も我知らず不可思議な生の歓喜に咽び、深い喜悦にひたる。ところが、作品の結末は急転回して痛ましく打砕かれた孤独な人の生涯には暗澹たる死の影が這い寄り闇の幔幕が遠く際限なく広がるという物語である。最後にそのクライマックスの箇所を引用しよう。

> 夜が来た。いつもと同じやうな暗い、意地悪い夜が来た。そして暗い幔幕《とばり》のやうに遠く際限《はてし》ない雪の曠野に拡がつた。最初に朝日を迎へようとする寂しい樹の枝も今は恐怖に閉籠められた。人々は燭台に弱い微かな火を点じて夜と闘つた。だが、強い意地悪い夜はうら寂しい燈火に無窮の輪を懸けて、人の心に闇を満たし、亡び行く微かな心の中の火花を打消して了つた。
>
> ヒジニヤコフは眠らなかつた。彼は寒さと暗闇から隠れて、小さな団塊《かたまり》か何かのやうに、軟らかな襤褸屑《ぼろくず》の中に円く縮こまつてさめ〴〵と泣いた——何等の努力も苦痛も戦慄もなく、丁度子供のやうな、心に一点の曇りもない無邪気な人が泣いてゐるやうに。彼は小さな団塊《かたまり》のやうに縮こまつて居る我と我身を勦《いた》はつた。同時に彼は凡ての人間と人生とを勦《いた》はつてゐるやうな思ひがした。かうした思ひのうちには秘密な深い喜悦があつた。彼は生れたばかりの赤ん坊を見た。そしてこの赤ん坊は新らしい生活のためにひとりでに生れ出たものだと思つた。赤ん坊は長く生きて、その生涯は何時までも美しく、晴やかであるだらうと思つた。彼は此のあたらしい生命を可愛がりもし、勦《いた》はりもした。これが彼に取つてどんなに嬉しかつたか、彼は思はず笑ひだして、被つて居た襤褸屑を推し除けて、自から問うた位である。

「どうして俺は泣いてるんだらう？」

直ぐには考へ付かなかつたが、やがてかう答へた。

「さうだ！」

この短かい言葉のうちにはどんな深い意味が含まれて居たか、あれ程に惨《いた》ましい孤独な生涯を送つた人の打砕かれた胸の中には、またしても熱い涙が潮のやうに漲ぎつた。だが、枕元にはもう猛々しい死が音もなく寂然《ひつそり》と坐り込んで、凝《ぢ》つと落着き払つて辛抱強く彼を待つてゐた。

以上、三つの作品を延々と紹介したのは他でもない。アンドレーエフの「歯痛」及び「地下室」が芥川の文学作品に与えた影響は「全印度が……」に対してだけでなく、これに直結する「羅生門」は勿論のこと、その直後に制作された「鼻」及び後続の「偸盗」にまで及ぶと考えられるからである。

さて、「羅生門」の原イメージ、或いは原初形態ともみられる「全印度が……」とアンドレーエフの二つの作品はどのように絡み合い、そして、どんな点において異質なのか、まず初めに森林太郎訳「歯痛」と「全印度が……」の両作品を比較し、考察を進めたい。外形と内容の両面から二つの作品が濃密な関係にあることは明白であろう。例えば芥川の草稿の書き出しは次の如くである。

全印度が其嘗て有したものの中で、最も大いなる太陽を失つた悲しい日のことである。大沙門瞿曇《くどん》が跋提《ばだい》河の近くにある沙羅双樹の林で涅槃に入つたかなしい日のことである。

吠舎城《べだ》の乞食クシャラは日暮からはげしい熱が出はじめた。尤もさう云へば今朝、薄明いうちに、町はづれ婆羅門寺の後になる石甃《いしだたみ》の上で目をさました時にもう額が火のやうにほてつてゐた。そして、唇がしつきりなしに乾いて身体中が、何となくだるい。口の中も、檳榔樹の葉を噛んでゐるやうな心もちがする。

一方、森林太郎訳の「歯痛」においては、

世界に又とない非法な事が為遂げられた、恐ろしい日のことである。耶蘇基督がゴルガタで、罪人の間に挟まれて磔刑にせられた日のことである。その日のまだやつと薄明るくなりかゝる前にエルサレムの商人ベン・トキツトの歯が堪へられないほど痛み出した。実はこの痛みはもう前晩に始まつたのである。初は右の頬つぺたがちよいと引き吊る様で、知恵歯の前の奥歯が少し浮いたやうであつた。舌で障つて見ると少し痛かつた。

前引の芥川の草稿では「大沙門瞿曇《くどん》」が涅槃に入った日のこととなっている。一方、アンドレーエフの「歯痛」では耶蘇基督が磔刑に処せられた日のことと表現されている。両作品ともに偉大な権威的象徴的存在の滅亡の日を舞台にしている。そして主人公はどうであるかといえば、前者では乞食のクシャラが熱病に冒されてうんうん唸って苦しんでいる状態であり、一方、後者では商人ベン・トキツトが歯痛に耐え

られないで当り散らしている様子である。また修辞的に「薄明いうちに」、「薄明るくなりかかる前に」と同様な語句を使用している。このように両作品の冒頭の一節を例にとってみても芥川がアンドレーエフの作品を下敷きにしていることは充分に納得できるであろう。又、芥川の草稿には主人公である乞食のクシャラが市に出かける理由として「此男は、三日ばかり前に市の革匠のうしろで、小さな銀の蛇の飾りのある笛を拾ったので、一つにはその時の記憶が何となく市《まち》に行くのを愉快に感じさせた」という描写がある。一方、「歯痛」の中では「この男は丁度その日に自分の飼つてゐた、年の寄つた驢馬を、若い、丈夫な驢馬と、旨く取替へたので、いつになく気面白く思つてゐた」と類似の文脈になっている。更に両作品の中で主人公の病状はどのように表現されているのかを対比してみる。アンドレーエフの「歯痛」では、

　寝ることも旨く、ぐつすり寝た。処が明方外が薄明るくなつて来る直前になると何かゞ気になる様な心持がした。譬へば何か大切な事があつて、人が自分を呼んでゐるのではないかと思ふやうな心持であつた。そこでベン・トキツトが腹を立てゝ目を覚すと歯が痛む。公然と、意地悪く、痛は勢を逞うして来た。鋭い、錐で揉むやうな痛である。今になつて見れば昨晩一本浮いたやうになつてゐた歯が痛むのだか、それともその近所の歯が幾本も一しよになつて痛むのだか、もう弁別することが出来ない。恐ろしい痛が口ぢゆうに蔓つてゐる。頭一ぱいに溢れてゐる。丁度赤く焼けた、鋭い釘を、千本位も嚙ませられるやうな工合である。そこで素焼の瓶に入れてある水を一ぱい口に銜んだ。さうすると、一分間程痛みの度が軽くなつた。なんでも右の方の歯が引き吊つて、波を打つやうに、動くや

うな心持がする。此心持は、さつき痛かつたのに比べると、却て好い心持なのである。ベン・トキツトは又横になつて、昨日手に入れた驢馬の事を思ひ出した。そして若し此忌々しい歯痛さへ無かつたなら、どんなにか好い気持だらうと思つた。こんな事を思って又一寝入しようと思ったのである。併し水は余り冷たい水ではなかつた。五分ばかり立つと思ふと、痛は又前より劇しく起つて来た。ベン・トキツトは寝床の上へ坐つて、体を懸錘のやうにゆさぶり始めた。この男の顔はこの時四方から縮んで真中の大きな鼻の方へ寄つて来た。そしてその鼻の上には、冷たい汗が玉のやうになつて湧き出てゐる。

一方、芥川の習作「全印度が……」の主人公、クシャラの病状の様子は、

所々がそろ〳〵〔欠字〕りがさすやうになると肩から背へかけて水をふくませた刷毛で撫でられるやうな、心もちがしはじめた。はじめの中は別に気にもとめなかつたが、其中に口の中が太麻の汁を飲んだ跡のやうな苦い唾で一ぱいになつた。顔さへさはつて見やうとすると手がひどくふるへる、そして長旅をして来た人のやうに息もきれる、今日は一日寝てゐればよかつたのだ。

クシャラは唾をはきながらからびた声で愚痴をこぼした。耳の中では、何匹となく黄蜂が集つて呻つてゐるやうな音がする、額も夏の日にやかれた瓦のやうに暑い、とう〳〵しまひにはいくら我慢をしても歩いてゐることが出来なくなつた。「何処かへ行つて横になりたい、一晩よく寝さへすれば何

でもないのだ」そこで彼は、息のきれるのをこらへながら虫のはふやうに細い横町をまがつた。〔中略〕がクシャラは〔二字不明〕のやうな空をながめながら、ぢつと潮のさすやうに高まつてくる熱をこらへてゐた。顳顬がはげしく脈をうつ、此時彼の顔は上と下と反対な二つの方向にひきよせられて来た。唇の〔二字不明〕は下あごの方にむいて眉と眼とは冷汗をかいた額の方へひつぱられたのである。唯赤い鼻だけが其中に皺をよせたまゝのこつてゐる。そしてそのあたまには矢張黒い糸くづがぶらさがつてゐた。

両作品ともに身体的苦痛を述べているのであるが、特に注目される部分が二箇所ある。その一つは「歯痛」においては「恐ろしい痛が口ぢゆうに蔓つてゐる。頭一ぱいに溢れてゐる。丁度赤く焼けた、鋭い釘を、千本位も嚙ませられるやうな工合である。」となっている所が、芥川の草稿では「はじめの中は別に気にもとめなかつたが、其中に口の中が太麻の汁を飲んだ跡のやうな苦い唾で一ぱいになつた。顔さへさはつて見やうとすると手がひどくふるへる、」となっている箇所。もう一点は「痛は又前より劇しく起つて来た。ベン・トキツトは寝床の上へ坐つて、体を懸錘のやうにゆさぶり始めた。この男の顔はこの時四方から縮んで真中の大きな鼻の方へ寄つて来た。そしてその鼻の上には、冷たい汗が玉のやうになつて湧き出てゐる。」と描写している部分が、芥川の作品においては「クシャラは〔二字不明〕のやうな空をながめながら、ぢつと潮のさすやうに高まつてくる熱をこらへてゐた。顳顬がはげしく脈をうつ、此時彼の顔は上と下と反対な二つの方向にひきよせられて来た。唇の〔二字不明〕は下あごの方にむいて眉と眼とは

冷汗をかいた額の方へひつぱられたのである。唯赤い鼻だけが其中に皺をよせたまゝのこつてゐる。そしてそのあたまには矢張黒い糸くづがぶらさがつてゐた。」となっている箇所である。

なお、最後に最も重要な問題は両作品の主題につながる部分である。二つの作品のテーマが偉大なもの、神聖なもの、権威ある存在、――「耶蘇基督」であり「沙門悉達」である。――に対しての痛烈な批判と風刺を主題にしていることは言うまでもない。その部分を「歯痛」の中から抄記すると、

此男は往来で叫ぶ連中が、きつと健康な、痛まない歯の生えてゐる口を大きく開けて叫ぶのだらうと想像して、又自分も健康であつたなら、どんなにか叫ぶのだらうと想像して妬ましさに堪へないのである。こんな想像をしたので痛は猶更劇しくなつた。ベン・トヰツトは巾で巻いた頭を前よりも甚だしい速度で、右左にゆさぶつて、うんうんうめくのである。

「あの男が盲の目を見える様にしましたとさ。」お上さんは屋根の縁を退かずに、かういつた。そして今丁度兵卒の鞭で打たれて、やつとの事で、足を引き摩りながら歩き出す耶蘇を目掛けて、石を一つ投げた。「ふむ。えらいよ。盲の目より己の痛い歯を直してくれゝば好いに。」ベン・トヰツトはアイロニイを以てかう返事をした。（中略）人民はもうとつくに散つてしまつた。夜はうすら寒くなつた。ベン・トヰツトは十字架に掛けられてゐる人の姿をちよいと見て、隣のサムエルの肘に自分の肘を引つ掛けて、くるりと元来た道の方へ向かせて、そろそろ用心して家の方へ引返した。（中略）この時青い岩蔭から、又遠い、焼けた谷々から黒い夜が浮き出して来た。地上の大いなる悪事を天の目に見せ

まいとするやうに。

芥川の「全印度が……」には、

彼は、久しい前から悉達の事を聞いてゐる。悉達が舎琴碓の市に入つた時仏体の水を、市の路に、ちらさせるとすべての悪鬼が悉く退れ去つて市中の病者は、皆一時に快くなつたと云ふ。今は彼は、この市の近くにゐる。近くにゐるなら何故その体の水をちらしてこの市の病人を助けない。何故に自分をこの熱病から救はない。舎琴碓の市では病人をたすけながら、此市ではそれをしないと云ふ道理はない。「悉達は慈悲と云ふ事をしらないのだ。」〈中略〉「けれどもそれは無理もない。悉達は自身さへ今死なうとしてゐるのだ。市の人はもう三日ともつまいと云つた。自分さへ助からないものが人を助けられる訳はない、悉達も死ぬのだ。自分のやうに死ぬのだ、自分ばかりでない、すべての人のやうに死ぬのだ、それが何でありがたい、悉達と云ふと皆〔約三、四字分欠〕のやうに尊敬する、自分のやうに、乞食の自分のやうに、あの跛の黒犬のやうに死んでしまふ、悉達が何がありがたい。悉達はうそつきだ、病人を癒すことが出来るなら、何故自分の病を癒さない。何故自分の命をすくはない。奇蹟を行つたと云ふのはうそであらう、うそでなければならない筈だ。」

悉達のする事がうそなら、悉達の云ふ事もうそにちがひない。悉達の云つた事ばかりではない、何でも皆うそなのだ。婆羅門の云ふ事もうそだ〔約三字分欠〕の云ふ事もうそだ、何でも皆うそなのだ。

「うそだ、皆うそだ。」（中略）

……夜が市《まち》の上におほひかゝつたのである。

翌朝クシャラの死骸は露地で見出された。そして、市の人は、犬を葬るやうに無〔造〕作に葬つてしまつた。

物語の舞台設定、内容、構成のうえからみて両作品が緊密な関係にあることは明らかであろう。そしてアンドレーエフの「歯痛」が「全印度が……」の藍本《らんぽん》の一つであることはほぼ確実とみてよいであろう。だが、しかし、芥川にとって重要な問題は別のところにあったと見なければならぬ。それは、材料を印度聖典に借りているというような外面的な道具立てに関することではない。穎才《えいさい》、芥川龍之介の作家魂をして鬱勃《うつぼつ》たる芸術的衝迫、「書きたがる病」に駆り立て、短期間のうちに「羅生門」を成立させた創作上の具体的な方法の獲得の問題をいっているのである。その最も重要な要因を昇曙夢訳の「地下室」一篇との出会いに求めるのである。芥川が真に表現したい内容と表現形式の教本とした藍本は「地下室」であって、学界で定説化しているかにみえる小堀桂一郎説[8]のフレデリック・ブウテェ原作、森鷗外訳「橋の下」などでは決してないのである。「仙人」（大正四年七月二十三日脱稿）を書きあげた後、八月三日から二十二日にかけての松江旅行があり、帰京して間もなく『今昔物語』の二つの挿話に運命的な邂逅をし、卒読してまぎれもなく一個独自の作家主体を確立する、その直前の創作過程において構想されたと思われるのが未完

の習作「全印度が……」である。この草稿には「地下室」をモデルにした文体実験の要素が露骨に、又ふんだんに露呈しているといえる。それは未完成の粗描であるが故になお一層露わな形で表出されているのではないだろうか。このような意味において未完成作品「全印度が……」と「地下室」との関連性の究明は非常に重要な意味を包含しているものと考えられる。

かつて平岡敏夫氏は「芥川龍之介の文学の魅力」(9)を「『抒情』にあり」と截断し、「羅生門」を論じて次のように述べている。

「或日の暮方の事である。」と作者はまず語りはじめる。この冒頭の一文は、意味上それ自体としては完結せず、つづいて語られるはずの何かを呼び出すはたらきを持っている。すなわち、「一人の下人が、羅生門の下で雨やみを待ってゐた。」の一文が呼び出され、物語は展開しはじめる。ストリー・テラーとしての芥川はこの「羅生門」(大4・11「帝国文学」)ではじめて、この語り口をつかんだ。それはたんに語り口にのみとどまらず、「日暮れからはじまる物語」とも名づけ得る芥川の作品、その文学の特質にまで及ぶべきものである。日暮れに行きくれた人間が、ある事件に出会って、いささかの変貌を遂げるという形であるが、日暮れから必然的に夜に至り、そのまま閉じられる「羅生門」の場合、「日暮れからはじまる物語」の最初の試みであり、また、その、もっとも典型的なものと言えるかも知れない。(中略)「羅生門」冒頭のこの一行は、夜に向かう時間のなかで、行きくれた人間の状況まで最初から誘い出し、作品世界を決定づけているからである。

「行きくれた人間の状況」を捉らえた「日暮れ」意識の読解に私もまた賛意を表明したい。しかし、「日

暮れに行きくれた人間」像の「夜に至る」物語を作者が何を契機にして形象したかの発想の基盤と要因を探る見解に関しては同意できない。

さて、未完の習作「全印度が……」の主人公、クシャラもまた『羅生門』の下人と同様、世路に「行きくれた人間」像として設定されている。その冒頭部は、

吠舎《べ》城《だ》の乞食クシャラは日暮からはげしい熱が出はじめた。尤もさう云へば今朝、薄明いうちに、町はづれ婆羅門寺の後になる石甃《いしだたみ》の上で目をさました時にもう額が火のやうにほてつてゐた。そして、唇がしつきりなしに乾いて身体中が、何となくだるい。口の中も、檳榔樹の葉を嚙んでゐるやうな心もちがする。

此儘じつと寝てゐたものか、それとも何時ものやうに起きたものか、クシャラはしばらく、寝たまゝ赤い鼻のさきへ皺をよせて考へて見た。そしてその鼻の上には、短い黒い糸くづが一本Sと云ふ字の形をしてひつかゝつてゐる。

である。それに対して「地下室」の主人公はどのように形象されているのか、これも又冒頭の部分を抄記する。

彼は酒に溺れて職業も友人も失ひ、最後に残つたものまでも酒に潰した揚句の果は、泥棒や売春婦

と一緒に地下室に住む身となつた。

病み衰へて血の気も無いその体は仕事に疲れ、苦痛とウォーツカに苛《さいな》まれて、また此世の労に堪へないものとなつた。死――日中は盲目でゐて闇夜には眼敏い灰色の猛鳥のやうな死が最早彼を見舞つたのだ。


両作品の主人公は金も健康も生きる意志さえも失くした人物で、死を予想して佗しい薄暮の市や灰色の世界に骨絡沈湎した境遇にいることがわかる。十九世紀末のロシア文学に通底する、いわゆる「ふさぎの虫」、「余計者」的人間像をより徹底させた自己否定の死相に泥《なず》む自滅的人間像であって、性格的に同質とみなしてよい。それでは主人公の「行きくれた状況」をさらに追尋し、点検してみよう。「全印度が……」の中から、

所々がそろ〳〵〔欠字〕りがさすやうになると肩から背へかけて水をふくませた刷毛で撫でられるやうな、心もちがしはじめた。はじめの中は別に気にもとめなかつたが、其中に口の中が太麻の汁を飲んだ跡のやうな苦い唾で一ぱいになつた。顔さへさはつて見やうとすると手がひどくふるへる、そして長旅をして来た人のやうに息もきれる。今日は一日寝てゐればよかつたのだ。

クシャラは唾をはきながらからびた声で愚痴をこぼした。耳の中では、何匹となく黄蜂が集つて呻つてゐるやうな音がする、額も夏の日にやかれた瓦のやうに暑い、とう〳〵しまひにはいくら我慢を

しても歩いてゐることが出来なくなつた。「何処かへ行つて横になりたい、一晩よく寝さへすれば何でもないのだ」そこで彼は、息のきれるのをこらへながら虫のはふやうに細い横町をまがつた。（中略）やがて彼はある灰色の建物と建物との間に細い露路のあるのを見つけた。そしてその中へ、隠家《かくれが》を見つけた野獣のやうに、足をひきずりながらはひこんだ。

うらぶれてあてもなく市をさまよい、やっと辿り着いた場所は灰色の狭い動物の棲家のような露路であると表現する。この文章からわれわれは主人から四五日前に暇を出されて迷い込んだ「羅生門」の下人の姿を彷彿とするではないか。そして下人が迷い込んだ場所は「狐狸が棲む。盗人が棲む。とうとうしまひには、引取り手のない死人を、この門へ持つて来て、棄てゝ行くと云ふ」密閉された暗黒の世界。つまり羅生門の中の不気味な世界である。

それではもう一歩突っ込んで「全印度が……」と「地下室」との類縁関係を探ってみよう。まず、「全印度が……」からの引用。

「もう日がくれるのだ。」

クシャラはうは語《ごと》のやうにかう云つた。

――遠くで猫のなく声がする。もう日がくれるのだ。彼には、この日がくれると云ふ中に、ぼんやりした恐怖がひそんでゐるやうに思はれた。そして程なくその怖れが明らかにわかるやうに思はれた。

けれども又一方では何となくその怖れが明瞭になるのが気味悪く感ぜられた。そこで彼はつとめて、外の事を考へやうとした。

次に、アンドレーエフの「地下室」の中から、

彼も程なく死ぬであらう――彼は自分でもこの事を悟つてゐる。若し今日臥床《とこ》でも出ようものなら、忽ち腰が立たなくなつて、足はガタ〱震へ出し、手は変な、不確《ふたし》かな動揺を描くかも知れない――それが死だ。だが、死の到来するまでは兎に角生きて居なければならぬ。ところが、絶望に囚はれたヒジニヤコフのやうな、金も健康も意志も失くなつた人間に取つては、これが何より恐るべき問題である。

最終的に両作品の結末部は「夜が市《まち》の上におほひかゝつたのである。/翌朝クシャラの死骸は露地で見出された。そして、市の人は、犬を葬るやうに無〔造〕作に葬つてしまつた。」(「全印度が……」)となり、一方「地下室」では「夜が来た。いつもと同じやうな暗い、意地悪い夜が来た。そして暗い幔幕《とばり》のやうに遠く際限《はてし》ない雪の曠野に拡がつた。(中略)あれ程に惨《いた》ましい孤独な生涯を送つた人の打砕かれた胸の中には、またしても熱い涙が潮のやうに漲ぎつた。だが、枕元にはもう猛々しい死が音もなく寂然《ひつそり》と坐り込んで、凝《ぢ》つと落着き払つて辛抱強く彼を待つてゐた。」で終る。両篇ともに亡び行く人が闇に閉ざされた無窮の世界へ墜ちてゆく破滅譚になっている。二つの作品の類縁関係は「歯痛」の場合と同じように極めて濃密である。だが、芥川龍之介は「地下室」からより本質的な影響を受けていると思われる。彼は真に表出し

たい内容とそれに適した表現の具体的な方法を「地下室」から学んだのである。表現を求めて止まない内なる魂に呼応するテーマと表現様式をここで一挙に獲得し、まぎれもない一個独自の文体を創出したのである。

後年芥川は「文章倶楽部」の「如何なる文章を模範とすべき乎」との記者の質問に答えた一文の中で、[10]

景色が visualize（眼に見るやうに）されて来る文章が好きだ。さういふところのない文章は嫌ひである。僕に云はせると、「空が青い」と書く人と、「空が鋼鉄のやうに青い」と書く人とは、初めから感じ方が違ふのだ。前者は只「青い」と感じ、後者は「鋼鉄のやうに青い」と感ずる。この場合「鋼鉄のやうに」といふことを附け加へるのは、単なる技巧ではない、それ丈け適確に情景を摑まへてゐるのだと思ふ。

このような文章表現の方法は大正四年の未完成草稿「全印度が……」の中で実際に試みられて以来の彼の確固とした創作態度であった。例えば「騾馬のやうな眼」、「紅い鸚鵡のやうな旃陀羅の女」、「かはせみの背のやうな色」、「葡萄のやうな大きな真珠」、「soma の酒のやうに青い空」、「乞食の自分のやうに」、「あの跛の黒犬のやうに」、「青い中に忍冬酒を流したやうな明るみ」、「其中に口の中が太麻の汁を飲んだ跡のやうな苦い唾」、「黄蜂が集つて呻つてゐるやうな音」、「其声は角をふくやうなひゞきのある声」等々、わずか四百字詰原稿用紙にして九枚足らずの小品の中に異常な程、集約的に感覚的な比喩表現を多用しているのである。なかでも最も注目に価する文章を抽出すると次の例になる。

▲クシャラはしばらく、寝たまゝ赤い鼻のさきへ皺をよせて考へて見た。そしてその鼻の上には、短

い黒い糸くづが一本Sと云ふ字の形をしてひつかゝつてゐる。

▲此時彼の顔は上と下と反対な二つの方向にひきよせられて来た。唇の〔二字不明〕は下あごの方にむいて眉と眼とは冷汗をかいた額の方へひつぱられたのである。

▲唯赤い鼻だけが其中に皺をよせたまゝのこつてゐる。そしてそのあたまには矢張黒い糸くづがぶらさがつてゐた。

未完の習作「全印度が……」の中に集約的に現出するこの異質な修辞句は芥川の作家誕生前夜における思考態度を明らかに示しているのではなかろうか。あれほど一つの文章に彫心鏤骨を極めた作家であることを考えれば猶更のことである。「眼に見るやうな文章」の原点がこの「全印度が……」にあり、それが「羅生門」へと収斂し、より一層洗練され、しかも効果的に用いられているのである。文体変革のモデルになったと思われるアンドレーエフの「地下室」から芥川は人生の虚偽を排し、「自然界における一切事物の真」を求める事を学び、「人間存在の意義」（アンドレーエフの言葉）を表現するにふさわしい一個独自の文体を発見したと考えられる。「地下室」には「日中は盲目でゐて闇夜には眼敏い灰色の猛鳥のやうな死」、「彼が野放しの獣のやうな眼」、「黒ずんだ蛇が笑つてゐるやうな軽い響き」、「孔からその圧扁《おしひら》められたやうな黒い鼻がヌツと出て」、「笑ひ声は圧潰されたやうな、変な響き」、「死人のやうに体が動かなくなつた時」等々、芥川にとって喉から手が出るほど欲しい巧緻繊細な比喩表現が使われているのである。実験的、野心的作品である初出稿「羅生門」にはこの手法が巧みに応用されている。又アンドレーエフの「歯痛」の中には、

▲頬ぺたの上に載つけると利くといふ綺麗にした鼠の糞やら、味の鋭い蝎の浸汁やら、昔摩西が打壊した法律の石板の缺らやらを持つて来たのである。鼠の糞は少し利いたが、長持はしなかつた。蝎の浸汁だの、石板のかけらだのも同じことで、痛は一旦好くなつても又直に勢を盛り返して来る。

▲但し先刻の鼠の糞が利いたのかも知れない。兎に角ベン・トキツトは下へ降りて少し眠つた。そして今度目の覚めた時には痛はあらかた止んでゐた。只右の頬ぺたが、傍からは知れない位腫れてゐるのである。

という描写があって、芥川の「鼻」の中に借用されている。アンドレーエフの独特の表現は印象的にして、且つ象徴的。それにもまして写実的であり、芥川龍之介にとって格好の教材となったことは想像に難くない。最後に次の言葉を添えることによって「眼に見るやうな文章」の源泉が奈辺にあったかを窺い知ることができるであろう。それは昇曙夢翻訳集『露国新作家集毒の園』所収の「地下室」巻頭のアフォリズムの一章。

○私は人物描写の際何時も其人物の形而下の方面を描いて、それから精神的方面を結合して行く。さうして其人物の細目までも之を描いて誤ることがない。予め描出する人物に就いて何んな些細な点までも残らず観察するからである。

注

（1）拙稿（前掲27頁注(12)a・b・c）

イ　拙稿「芥川龍之介作「羅生門」材源考補遺―アンドレーエフ作昇曙夢訳「地下室」から「全印度が……」への過程」（大阪府高等学校国語研究会機関誌「新国語研究」第三十号、京都書房、昭和六十一年五月十日）

ロ　拙稿「芥川龍之介作「鼻」材源考(上)―レフ・トルストイ作「イワン・イリイッチの死」を視点に入れて―」（大谷中・高等学校機関誌「叢」第二十一号、昭和六十二年二月十日）

（2）竹盛天雄（前掲191頁注（2））

（3）拙稿（前掲注（1）イ・ロ）

（4）拙稿（前掲注（1）イ・ロ）

（5）拙稿（前掲27頁注（12）b・c）

（6）寺田透（前掲160頁注（28））

（7）拙稿（前掲27頁注（12）b）

（8）小堀桂一郎（前掲159頁注（3））

（9）平岡敏夫（前掲191頁注（8））

（10）芥川龍之介「目に見るやうな文章―如何なる文章を模範とすべき乎」（「文章倶楽部」大正七年五月一日、未見のち、『芥川龍之介全集』第二巻　岩波書店、一九七七年九月十九日）

第四章　芥川初期作品の比較文学的考察 II

第一節　芥川龍之介作「鼻」の材源考

――レフ・トルストイ作「イワン・イリイッチの死」を視点に入れて――

一

「芥川文学が学才の所産だというのは定説に近い。このような作家の場合には、その材源を洗い、どの程度に芸術化をなしとげているかを知ることは、他の作家の場合以上に意味があるであろう。」とは故吉田精一氏が「芥川龍之介の生涯と芸術」(1)のなかで述べている至言である。芥川龍之介は大正五年一月二十日に「鼻」を完成し、翌月十五日発行の第四次「新思潮」の創刊号にこれを掲載した。自他ともに認める自信作であったが、殊に僥倖《ぎょうこう》であったのは、師と仰ぎ、尊崇してやまなかった夏目漱石をして敬服せしめたことである。自ら恃《たの》むところ頗る厚く、芸術への熾烈な自己開拓と精進に努めていたこの若き穎才《えいさい》は、師漱石の激励によっておのれの文学的才藻を一気に開花させた。その後一朝にして文壇の寵児になったことはいうまでもない。

珠玉の名篇「鼻」は前作「羅生門」と同様わが国の古典『今昔物語』に素材を求めている。すなわち「今昔物語巻二十八、池尾禅珍内供鼻語第二十」が元の話である。ところで芥川が依拠している原典は大正四年八月二十八日に博文館から出版された「校註国文叢書」第十七冊、池辺義象編『今昔物語下巻古今著聞集全』本であることは夙《つと》に安田保雄氏によって指摘されている。(2) 芥川作品の材源研究においてこの「校註国文叢書」本の持つ意味は極めて大きいと言わなければならない。作家前夜の芥川の軌跡を振り返ってみると、大正四年七月二十三日に「仙人」を書きあげたのち、八月三日から二十二日にかけて松江旅行があり、帰京して間もなく「校註国文叢書」の中の一冊『今昔物語』を手中におさめ、卒読して、ぴたっと対象を決定する。そして約一ヶ月間で彼の最初の歴史小説である初出稿「羅生門」を書きあげる。芥川流に言うならば歴史を借景にして「古人の心に、今の人の心と共通する、云はばヒュウマンな閃きを捉へた」物語を創作するという、後にしばしば用いた彼一流の執筆方法を獲得するのである。

私は数年来「羅生門」の成立に関する基本的な発想の基盤と要因について述べてきた。(3) まずロシア十九世紀末のいわゆる「ロシアモダニズム」派の作家、レオニード・アンドレーエフの短篇小説「地下室」との関連性に着目し、深甚な影響を受けて形成されていることを解明してきた。つぎに「羅生門」の前作ともいえる未完の習作「全印度が……」の基調もまったくと言ってもいいほどに「地下室」を下敷にして書いていることも先の論文で解明できた。(4) 芥川は初期の歴史小説の主題をアンドレーエフの「地下室」やレフ・トルストイの「イワン・イリッチの死」やゴーゴリの「鼻」（但し、ゴーゴリの「鼻」典拠説は戦後、吉田精一によって展開されてきたが、現在では誤りであると私は見ている。）及び秀作「芋粥」はゴーゴ

リの「外套」に触発されて形成しているのである。無論、吉田弥生との恋愛問題に関わる曲折も執筆の主要な動機であったことは否定できないに違いないのであるが、しかし、それ以上に彼が読んだ「本の中」の世界、言い換えれば読書体験によってかち得たところの「象徴のような頭」から生みだされていることを疎かにはできないのである。「本から現実へ」は芥川文学の根本である。

二

未定稿「あの頃の自分の事」のなかの次の一節は「羅生門」並びに「鼻」の成立事情を語っている。

> 当時書いた小説は「羅生門」と「鼻」との二つだつた。自分は半年ばかり前から悪くこだはつた恋愛問題の影響で、独りになると気が沈んだから、その反対になる可く現状と懸け離れた、なる可く愉快な小説が書きたかつた。そこでとりあへず先、今昔物語から材料を取つて、この二つの短篇を書いた。書いたと云つても発表したのは「羅生門」だけで、「鼻」の方はまだ中途で止つたきり、暫くは片がつかなかつた。

作者は二つの作品の舞台を平安朝の「昔」に借用している。それ故に文中の「現状と懸け離れた」という語句の一半の意味は理解できるわけであるが、ただそれだけではこの言葉の包含している意味を完全に言い尽してはいないとして種々の論議が交わされてきた。さらに重要な点は二つの作品の執筆動機と内容が学生時代の「悪くこだはつた恋愛問題」のために「独りになると気が沈んだ」ので「その反対になる可

く現状と懸け離れた、なる可く愉快な小説」が書きたかったという作者の回想から二つの作品の読解をどのように進めるかという問題であった。つまり、出来上った二つの作品が結果的に作者の執筆動機と作意を充分に反映したものであったのかどうかという点である。無論、この疑問には前提として芥川の文章それ自体を鵜呑みにして論議の対象にできるのかどうかという論者の側の共通の問題意識が内在していることは言うまでもない。更に付け加えて言えば、二つの作品の中に作者の失恋事件の曲折の後遺症的気分がどんな形で投影しているのか、このような設問についていままでにさまざまな見解が提出されてきているのであるが、率直に言ってこの問題に対する明解な答えはまだ出ていないと言える。現在のところ諸説紛紛、錯綜混乱のまま一頓挫をきたしている状況にあるというのが正直なところである。だが、一見困難なように見える問題も新しい視点から検討を加えてみると意外にも問題の所在が判り、解明の糸口がつかめるものである。その一端の手がかりとして、芥川は何故に歴史に素材を求めたかという点について若干の考察を加えてみることにしよう。周知の如く芥川は幼少時代から衒学《げんがく》的な一面を持っていた。殊に吉田精一氏が指摘しているように彼は「怪異譚《かいいたん》のたぐいを好んで読みあさるなど、気質的に「ミステリアス」なものに非常な興味を持っていた」。そこで「こうした彼の趣味から、彼は作をなすに当たっても、まず異常なものを求め、その異常さの持つ不自然感を除去するために、背景を歴史に借りようとしたのである。」(5)という点を突破口として話を進めることにしよう。

芥川は作品形成にあたって創作上の「昔」の役割を次のように語る。

お伽話《とぎばなし》を読むと、日本のなら「昔々」とか「今は昔」とか書いてある。西洋のなら「まだ動物が

口を利いてゐた時に」とか「ベルトが糸を紡《つむ》いでゐた時に」とか書いてある。あれは何故《なぜ》だらう。どうして「今」ではいけないのであらう。それは本文に出て来るあらゆる事件に或《ある》可能性を与へる為の前置きにちがひない。何故かと云ふと、お伽話に出て来る事件は、いづれも不思議な事ばかりである。だからお伽話の作者にとつては、どうも舞台を今にするのは具合が悪い。（中略）

僕が昔から材料を採るのは大半この「昔々」と同じ必要から起つてゐる。と云ふ意味は、今僕が或テエマを捉へてそれを小説に書くとする。さうしてそのテエマを芸術的に最も力強く表現する為には、或異常な事件が必要になるとする。その場合、その異常な事件なるものは、異常なだけそれだけ、今日この日本に起つた事としては書きこなし悪《にく》い。もし強《し》ひて書けば、多くの場合不自然の感を読者に起させて、その結果折角《せつかく》のテエマまでも犬死をさせる事になつてしまふ。所でこの困難を除く手段には、（中略）昔か（未来は稀であらう）日本以外の土地か或は昔日本以外の土地から起つた事とするより外はない。僕の昔から材料を採つた小説は大抵この必要に迫られて、不自然の障害を避ける為に舞台を昔に求めたのである。

しかしお伽話と違つて小説は小説と云ふものの要約上、どうも「昔々」だけ書いてすましてゐると云ふ訳には行かない。そこで略年代の制限が出来て来る。従つてその時代の社会状態と云ふやうなものも、自然の感じを満足させる程度に於て幾分とり入れる事になつて来る。だから所謂歴史小説とはどんな意味に於ても「昔」の再現を目的《エンド》にしてゐないと云ふ点で区別を立てる事が出来るかもしれない。（澄江堂雑記）

「鼻」が掲載された第四次「新思潮」創刊号の編輯後記において芥川は「僕はこれからも今月のと同じやうな材料を使つて創作するつもりである。あれを単なる歴史小説の仲間入をさせられてはたまらない。」との口吻を洩らし、この作品が「歴史小説」と看做されるのを強く拒んだ。したがって作者は「鼻」——勿論、同工異曲の「羅生門」も同様である。——を単なる「歴史小説」とは考えていなかった（もっとも彼は前掲の「澄江堂雑記」の後半の部分で「歴史小説」にも二種類があるといって、その一方のものとして彼自身のものも「歴史小説」の範疇に入れている。）。そこで彼は歴史に素材を求める理由として「或テエマを捉へて」「芸術的に最も力強く表現する為」の手段であると語り、更に語を継いで、内容が異常なものである場合には「今日この日本に起つた事としては書きこなし悪《にく》い。」、だから「昔か」、「日本以外の土地か或は昔日本以外の土地」に舞台を設定するのであると説明する。最後に結論として彼は彼の歴史小説の方法を「どんな意味に於ても「昔」の再現を目的《エンド》にしてゐない」と述べるのである。それでは一介の白面の書生であった彼が何を契機にこのような執筆方法を獲得し、展開するに至ったのであろうか。ここで要点を整理すれば、

一、作家誕生以前の芥川龍之介は何時このような一個独自の創作方法を獲得したのであったか。

二、このような創作方法の骨法は何を契機にしているか。

以上、二つの点に絞って芥川の初期歴史小説の展開とその成立事情を明らかにしたい。

まず、第一項の作家誕生以前における創作方法の獲得の時期の問題は、結論をさきにいえば大正四年に入ってからのことであろう。その理由として大正四年に入ってからの芥川の書簡には、特に吉田弥生との

失恋事件の曲折を告白した例の二月二十八日付の井川恭宛書簡を端緒として、それ以後友人達に間断なく投函されている文面をみれば自ずから判然とするのであるが、この一連の書簡には、それまでのものとは打って変わって通常の意味の所謂書簡体を逸脱した形式によって自己の精神的風景を点綴している。それは一見失恋の傷心の淋しさを洩しているように見えながらも、実は――このことが一番重要な点であるが――失恋という私生活上の告白だけを点綴しているのでは決してない。後述するように彼の読書体験によって獲得したところの哲学的思索や文学観（芸術観）及び人生観の内省的述懐を幾分生《なま》な形で、ここで三好行雄氏の言を借用すれば「観念の飛躍と短絡にみちた人間認識」を「龍之介もみずからあやぶむように「浅薄な誇張」と見え(6)」る表出方法によって、わたくし流に言えば、いわば「私小説」的骨法に則った多分に切迫した語り口の書状に、われわれは芥川龍之介の並々ならぬ天賦の才能と青年らしい芸術への熾烈な自己開拓と精進、内発的な自我の覚醒と人生に対する根本的な思想の深化を認めるのである。

ところで、芥川の次の断章は彼の青年時代の精神的変化並びに〈芸術的開眼〉を意味するものとしてあまりにも有名な部分である。即ち「僕一時（二十三歳前後）精神的に革命を受け　始めてゲエテの如きトルストイの如き巨匠を正眼に見得たりと信ぜし時あり(7)」（大正八年七月三十一日付佐々木茂索宛書簡）。この〈芸術的開眼〉とも称すべき精神的変化の起点は伊豆利彦氏や海老井英次氏の所説にある如く、芥川二十三歳時、大正三年十一月十四日付原善一郎宛書簡の「マチス」体験やロマン・ロオランの「ジャン・クリストフ」体験、或いは十一月三十日付井川恭宛書簡におけるゴッホの絵に感動し、次の如く述べている部分、「すべての芸術に対するほんとうの理解かもしれない」、「兎に角僕は少し風むきがかはつた　かはり

たてだからまだ余容《ママ》がない　僕は僕の見解以外に立つ芸術は悉く邪道のやうな気がする」にその端緒がみえはするものの、この期においての精神的な変革は未だ文学観（芸術観）上の観照的な認識の問題であり、この変革をもって後の「羅生門」成立の重要なモメントと捉えたり、また海老井英次氏の如く「初稿「羅生門」」の脱稿が大正「三年十二月」(8)頃にあったとみる見解は誤りである。芥川龍之介の真の精神的な変革は大正四年二月の失恋体験を述べた文面を嚆矢《こうし》として、この失恋を契機に付随連動して顕現するところの人生観上の深刻な苦悩の表白や真の思想についての思索と認識、偉大な芸術への畏怖と憧憬を語る大正四年四月二十三日付（推定）の山本喜誉司宛の一連の文章のなかにこそ読みとれるのではないか。私はこの短期間における彼の精神形成の過程を最重要視するものである。ここに芥川龍之介の真に覚醒した文学的自己発見をみるのである。勿論、大正三年末に〈芸術的開眼〉とも称すべき精神的変革の端緒はみえていたのであるが、それは真の思想にはなりえず、いまだ認識上にとどまり、一個独自の精神的革命には至っていない。芥川を内面的に成長させた要因は繰り返して述べるが、吉田弥生との失恋を契機とし、それに付随連動して現われる「本の中」の世界の深甚なる体験であった。次に引用する一節は大正四年二月二十八日付井川恭宛書簡中の失恋の告白の後に続く部分である。

空虚な心の一角を抱いてそこから帰つて来た　それから学校も少しやすんだ　よみかけたイワンイリイツチもよまなかつた　それは丁度ロランに導かれてトルストイの大いなる水平線が僕の前にひらけつゝある時であつた　大へんにさびしかつた（中略）イワンイリイツチもよみはじめた　唯かぎりなくさびしい

ここで芥川はロマン・ロオランの有名な「トルストイ」伝を読んだと語り、そしてそれに触発されてトルストイの晩年の名作「イワンイリイツチの死」を読みはじめたと書いている。現在、芥川の資料の一部は「日本近代文学館」に収蔵されていて「芥川龍之介文庫」として広く一般に公開されている。その中に彼が読了したと思われる「イワンイリイツチ」（原題「THE DEATH OF IVÁN ILYITCH」（1884—1886））があり、収録書名『Iván Ilyitch, and Other stories』（tr. from the Russian by Nathan Haskell Dole. London, Walter scott,〔Pref. 1887〕）となっている。ロマン・ロオランの言葉に「ロシアの作品でフランスの読者を最も感動させたもの」といわれたこの作品を芥川は英訳で読んでいたのである。前記の「日本近代文学館」所蔵本には章を示す「IX」から「XII」までの番号にアンダーラインを付しチェックしている。ところで、芥川が「羅生門」と「鼻」を執筆していたちょうどその時期に親友の成瀬正一がロマン・ロオランのトルストイ伝の翻訳出版の準備をし、それがある程度進行していた。そして成瀬にこの書を推薦し、紹介したのが他ならぬ芥川であった。実際に「新潮文庫」の一冊として大正五年三月十八日に『トルストイ』の書名で出版され好評を得ている。その巻頭言には芥川に関係する次の言葉が挿入されている。

なほ翻訳に就いて、多くの友人諸君の世話になつた。特に仏蘭西婦人を母君とせられる山田菊子嬢は、煩雑も厭はず丁寧に難解な所を教へて下さつたし、豊島与志雄氏も、多忙な時間を割いて原稿を見て下さつた。その他芥川龍之介、久米正雄、松岡善譲の三氏は、手を分けて英訳書と原稿とを対照して下さつた。右の諸氏の援助なくば、この不満な拙訳すらも公にすることが出来なかつただらうと思ふ。私は諸氏に、衷心から感謝する。

大正五年三月　　　訳者識

また、「鼻」執筆当時の彼の「手帳」一を一瞥してみると、

○　一月二十日。「鼻」をかき上げる。

○　一月二十二日。成瀬へトルストイを送る。

とあって、このころの彼の精神生活には殊のほかトルストイの文学的世界の影が重く深くのしかかっていることがわかる。私は芥川の精神的な革命と〈芸術的開眼〉の契機と要因を失恋問題に絡み合せてトルストイの思想と文学――特に「イワン・イリッチの死」の世界――や「羅生門」の構想段階で最も重要な材源になったアンドレーエフの「地下室」並びに昇曙夢の翻訳集『露西亜現代代表的作家六人集』(芥川は明治四十三年六月二十二日付、山本喜誉司宛書簡において『六人集』を読んだと述べている)や『露国新作家集毒の園』或いはザイツェフ短篇集『静かな曙』(金桜堂、大正四年一月十五日)等のロシア文学の影響にあると見、それらが渾然一体となって一連の書簡に反映し、深い人間性に対する観察となり、それは屢〻《しばしば》人間醜の剔抉《てっけつ》となって表れ、俗物性、虚偽、偽善、虚栄心、自尊心、エゴイズムの問題をさらけだす結果となっている点に注目したい。これらの現代的テーマは後の歴史小説「羅生門」、「鼻」、「芋粥」等の主要な幹線となって定着する。殊に「イワン・イリッチの死」読後の印象は深刻で、その体験が即座に三月九日付井川恭宛書簡の冒頭部分に露顕するのである。例の「イゴイズム」のない「愛」がこの世にあるかという人間不信の認識や人と人が接触していくうえでの「愛」の不在、そこから派生してくるところの「生存苦の寂莫」や「周囲は醜い　自己も醜い　そしてそれを目のあたりに見て生きるのは苦しい」という嘆息が、より徹底した形

で名作「鼻」の中に取り入れられて「傍観者のエゴイズム」の表現となり、或いは「二つの感情」のテーマ設定となるのである。

これまで学界の通説として「鼻」の材源を『今昔物語』巻二十八「池尾禅珍内供鼻語第二十」並びに『宇治拾遺物語』巻二ノ七「鼻長僧事」（但し、後者は安田保雄氏の論考によって否定された）と吉田精一氏の指摘した「ゴーゴリの「鼻」に暗示されて心理解析を行っている。[9]」の二つとされてきたのであるが、ゴーゴリの「鼻」はかつて鳥居邦朗氏が「それほど密接ではない[10]」と否定的に捉えている。私はそのゴーゴリの「鼻」よりもなお一層重要な作品がトルストイの「イワン・イリッチの死」の世界であるとみる。そこに展開されている荒涼たる人生の諸相は、人生そのものが平凡極まりない退屈なものであるという一事によって、その平凡な生活をいささかの隙もなく秩序整然と解剖し、人間存在の真の意味を完璧に形象化した芸術性によって、どれほどこの若い才能の芥川が創作上の糧にしたか想像するに難くない。「アンナ・カレーニナ」完成後、約十年の沈黙を破って発表された中篇小説「イワン・イリッチの死」はトルストイの晩年の哲学の信条を完璧に仕上げた作品である。作家にとっては唯一無類の典範であったこの作品を作家以前の柔軟な精神に刻印した芥川龍之介のその後の風貌を顧みる時、それは幸福というべきか不幸というべきか余人には推し測りがたい。

注

（1）吉田精一「芥川龍之介の生涯と芸術」三（『芥川龍之介』新潮文庫、昭和四十三年八月二十日十二刷）

（2）安田保雄（前掲159頁注(12)b）
（3）拙稿（前掲27頁注(12)a・b・c）
（4）拙稿（前掲245頁注(1)イ）
（5）吉田精一「作品解題「羅生門」」（前掲158頁注(1)）
（6）三好行雄（前掲158頁注(3)）
（7）伊豆利彦「芥川龍之介―作家としての出発の一考察―」（「文学」岩波書店、昭和五十三年一月十日）
（8）海老井英次「芥川龍之介」（「国文学　解釈と教材の研究」学燈社、昭和六十一年九月二十五日、九月臨時増刊号）
（9）吉田精一（前掲159頁注(9)）
（10）鳥居邦朗「芥川竜之介『鼻』」（「国文学　解釈と鑑賞」至文堂、昭和四十五年四月一日）

第二節　芥川龍之介作「鼻」論への序説㈠

一

名作「鼻」が『今昔物語』の巻二十八「池尾禅珍内供鼻語第二十」を下敷にして制作されていることは作者自身が告白しているところである。芥川が依拠した原典が大正四年八月廿八日　博文館創業二十五周年記念事業の一環として企画出版された、いわゆる七大叢書の一つ「校註国文叢書」第十七冊、池辺義象編『今昔物語下巻古今著聞集全』本であることの解明は早くに安田保雄氏の厳正緻密な論考[1]によって証明されている。芥川龍之介の「歴史小説」、「平安朝シリーズ」と呼ばれる作品はこの「校註国文叢書」本に多く依拠し、材源としているのである。我国の古典である『今昔物語』の挿話と芥川の「歴史もの」の内容上の関連性については前述の安田氏を始め、吉田精一氏[2]、長野甞一氏[3]、馬淵一夫氏[4]等の解説につくされている。

今回、私がここで提起する問題は芥川の文壇デビュー作「鼻」がロシアの小説家ゴーゴリ（一八〇九―一八五二）の同名の作品に関係があるのかという疑問である。芥川がゴーゴリの奇想天外な「鼻」の暗示を受けて創作しているという説は学界で半ば定説化している。かくのべる著者自身も前章の「芥川龍之介作「羅生門」材源考(上)[5]」において迂闊にも俎上にのせたことがある。しかし、その後、芥川の作家誕生の

前夜における芸術への自己開拓と精進、内発的な自我の覚醒、人生に対する真摯な精神生活の軌跡を詳細に検討した結果、ゴーゴリの中篇小説「鼻」は芥川の同名の「鼻」の作品に何ら関係がないことが判明してきたのである。以下詳説する。

二

戦後の芥川研究に甚大な影響を与えた近代日本文学の碩学《せきがく》、故吉田精一博士はかつて「芥川文学が学才の所産」(6)であることを喝破《かっぱ》し、「このような作家の場合には、その材源を洗い、どの程度に芸術化をなしとげているかを知ることは、他の作家の場合以上に意味があるであろう。」との至言をのべた。そして「確実と思われる出典」として、62項目のリストを列挙している。その3。

3　鼻　今昔物語巻二十八「池尾禅珍内供鼻語第二十」及び宇治拾遺物語巻二「鼻長き僧のこと」。

これを材料とし、ゴオゴリの「鼻」に暗示されて心理解析を行っている。

また、吉田氏はこれ以後にも、(7)

芥川はゴオゴリの「外套」を参考にしつつ、「芋粥」を書き、またその「鼻」を横目でにらみながら自己の「鼻」を書いたのである。

と断定し、両作品を比較検討したうえで関連性を指摘する。その主旨は他の論文中(8)において更に敷衍され、繰り返しのべられる。

ゴオゴリの「鼻」も、芥川の「鼻」も、一種の「もとのもくあみ」物語に相違ない。ゴオゴリの方は、あった鼻がなくなつて、またもとの正常の場所にもどる物語であり、芥川の方は、奇妙な形をした鼻が、一度はみじかく尋常になつたが、またもとの珍型にもどる筋である。両方とも筋のはこびは似ている。鼻が名誉、外聞の象徴である点では、凡人であるゴオゴリの主人公の方が一そうはなはだしい。それを失つた人間の周章狼狽ぶりが読者の笑いをそそるのである。

と付会する。以後この吉田精一氏の説は後続の研究家達が容認するところとなり現在では定説化している。だが一方で、そのことを否定した見解がこれまでになかったわけではない。例えば、その先蹤として鳥居邦朗氏は昭和四十五年四月号の「国文学　解釈と鑑賞」(至文堂)誌上で両作品の関連性、類縁性について次のような見方をしている。(9)

一応「鼻」について見終ったところで、これとの関係が云々されるゴーゴリの「鼻」についてふれておこう。

と前置きし、結論として、

ゴーゴリの「鼻」と芥川の「鼻」との関係は、同じくゴーゴリの「外套」と芥川の「芋粥」ほど親密ではないということである。「外套」の主人公と「芋粥」の五位とは極めて親しい。それだけでなく、芥川の「傍観者の利己主義」は「外套」から得るところがあったかも知れない。その意味では、「傍観者の利己主義」は、ことばとしてはともかく、実質的には「芋粥」でより本質的に展開されていると言えなくもない。

吉田説への批判として鳥居氏の一文は秀抜である。私は全面的にこの文章を支持するわけではないが。――殊に後半の芥川の「傍観者の利己主義」の由来の箇所の部分には賛同できない。――だが、芥川の「鼻」とゴーゴリの「鼻」の類似、血縁性を否定する先行論文として注目に値する。若い世代の多くの芥川研究家は鳥居氏の主張を強く支持するであろう。その代表的な好例が芹澤光興氏のつぎの一文(10)である。

> なお従来ゴーゴリの「鼻」との類似性が指摘されて来たが、両者の質的関連は極めて薄く、また作者による直接的言及も残されていないので、敢えて〔出典〕には掲出しなかった。

ゴーゴリの小説「鼻」と芥川の同名の作品への影響関係の考究は現状では賛否両論、互いに角逐《かくちく》並走のまま未解決の問題として残されている。

三

芥川龍之介は未定稿「あの頃の自分の事」(11)（削除部分）のなかで「羅生門」と「鼻」の成立事情に触れて次のようにあかす。

> それからこの自分の頭の象徴のやうな書斎で、当時書いた小説は「羅生門」と「鼻」との二つだつた。自分は半年ばかり前から悪くこだはつた恋愛問題の影響で、独りになると気が沈んだから、その反対になる可く現状と懸け離れた、なる可く愉快な小説が書きたかつた。そこでとりあへず先、今昔物語から材料を取つて、この二つの短篇を書いた。書いたと云つても発表したのは「羅生門」だけで、

「鼻」の方はまだ中途で止ったきり、暫くは片がつかなかつた。

この文章から「羅生門」、「鼻」の二つの作品がほとんど同時点で発芽し構想されていた事が理解できよう。素材を『今昔物語』に求め、前者は調子よく書けたが、後者は書きあぐねていたと告白している。しかし、ここで重要な点は出典がわが国の古典に依拠しているだけではないということである。芥川が故意に隠蔽した素材は何であったのか、「羅生門」に関して言えば、わたくしが昭和五十七年度の「日本近代文学会秋季大会」（於・日本女子大学）の席上で発表し、それ以後、再三再四にわたって論述してきたロシア十九世紀末の鬼才、いわゆるロシアモダニズム派のレオニード・アンドレーエフの短篇小説「地下室」である。この作品の影響のもとに「羅生門」は創作されていることを直観的に感じとった筆者は、その後種々考察を加えているうちに芥川が「羅生門」制作直前に未完の草稿「全印度が……」（『芥川龍之介未定稿集』葛巻義敏編、岩波書店）の一篇を構想していたことが明らかになってきた。しかも、この未完成作品、原稿用紙にして九枚足らずの草稿もまた、アンドレーエフの「地下室」（昇曙夢訳）及び同作家の「歯痛」（但し、これは曙夢の翻訳ではなく森林太郎翻訳集『現代小品』、弘学館書店、明治四十三年十月五日、売捌所、大倉書店）を借りて翻案したものであった。つまり、同一作家の二つの作品を粉本としていることが判明してきたのである。現在この「全印度が……」は葛巻義敏編の『芥川龍之介未定稿集』に収録されているが、初出は昭和三十二年十二月十日発行の「図書」（岩波書店）に葛巻氏によって芥川の直筆の「大学ノート」から復刻、紹介されたものである。編者の手で「全印度が……」の仮題が付けられ、また、執筆年月は「大正四年頃」であると鑑定されている。一方、故岩森亀一が蒐集した芥川関係の膨大な資料は

現在山梨県立文学館に移管所蔵されているが、一九九三年十一月三日に同館から刊行された『芥川龍之介資料集』図版1・2の編集に携わった石割透氏は「全印度が……」の解説のなかで執筆の時期を「一高時代に記されたものが中心と見てよいのではないか。」と述べている。私見ではこの未完の習作「全印度が……」は初出稿「羅生門」の原初形態を顕現するものであり、芥川龍之介が大正九年四月一日の雑誌「文章倶楽部」掲載の「一つの作が出来上るまで――「枯野抄」――「奉教人の死」――[14]」のなかで自作自注に書いている次の内容に該当するものではないかと考える。

或る一つの作品を書かうと思つて、それが色々の径路を辿《たど》つてから出来上がる場合と、直ぐ初めの計画通りに書き上がる場合とがある。例へば最初は土瓶を書かうと思つてゐて、それが何時の間にか鉄瓶に出来上がることもあり、又初めから土瓶を書かうと思ふと土瓶がそのまゝ出来上がることもある。その土瓶にしても蔓を籐にしようと思つてゐたのが竹になつたりすることもある。私の作品の名を上げて言へば「羅生門」などはその前者であり、今こゝに話さうと思ふ「枯野抄」「奉教人の死」などはその後者である。

右の文章から明らかなように「羅生門」は創作営為の過程において「色々の径路」を包蔵する作品であった。当初は「土瓶」のようなつまらない、或いは平凡な作品であったものが、いつの間にか「鉄瓶」に変質していたと記す、その前段階の「土瓶」に相当する実際の形が未完成作品「全印度が……」の一篇ではなかったか。また後年「羅生門の後に」の一文で「自分は「羅生門」以前にも幾つかの短篇を書いてゐた。恐らく未完成の作も加へたら、この集に入れたものの二倍には、上つてゐた事であらう。」と述べる

未完成の作品に相当する一つの形がこれであろう。

四

わたくしは未完の草稿「全印度が……」の一篇が初出稿「羅生門」の原初形態を示すものであることを数年来、比較文学的に考察を進めてきた。ところが最近、拙論を補完するような論考が発表されている。それは庄司達也氏の論文[15]であるが、庄司氏は平成七年十二月号「日本文学」誌上に「芥川龍之介「全印度が……」覚書」の文章を寄稿している。論中、この作品の梗概をまとめたうえで、次のような論旨を展開する。

乞食のクシャラがはげしい熱に襲われる場面からその実質的な物語が始まるこの作品は、その物語時間の設定から、かつて平岡敏夫が芥川文学の特徴のひとつに掲げた〈日暮れからはじまる物語〉の系譜に位置付けられよう。（略）この薄暮の空間への作者の関心が、準処女作と呼ばれる「羅生門」の有する何ものかと通底しているようにも思われる。しかしながら、「羅生門」との関わりはこれのみではない。右の梗概にも引いたが、日暮れを前にして、クシャラは〈何処かへ行つて横になりたい。一晩よく寝さへすれば何でもないのだ〉と細い露地を見つけ、〈こゝなら明日の朝まで寝てゐられる〉と横になる。ここに「羅生門」の下人が、雨を凌ぎに羅生門の下に辿り着いた光景を想起したい。下人は、〈雨風の患い《ママ》のない、人目にかゝるおそれのない、一晩楽にねられさうな所があれば、そこで

ともかくも、夜を明かさうと思つたからである〉と。

二つの作品の関連性に着目した庄司氏は「原稿用紙にして約十枚に満たないこの作品は、当時の芥川龍之介の「生」に対する認識の一端を探る上で、さらには以後に展開する芥川文学を考える上で看過できない作品の一つである」と指摘している。もっとも庄司の論旨の大概の部分はわたくしのこれまでの論文(16)で言及してきた繰り返しに他ならない。細部にわたっての〈読み〉、特に「日光小品」や「老狂人」への視点はわたくしの採るところではない。

ところで、本論のテーマはこれまでに言及してきた「全印度が……」と「羅生門」の関連性を追究するのが主たる目的ではなく、ゴーゴリの「鼻」典拠説を論破することにある。が、実は「全印度が……」のなかに芥川の「鼻」の創作に関係する素因子が早くも萌芽として現出しているのである。例えば、この作品の冒頭の一節は次の場面から始まる。

> 全印度が其嘗て有したものの中で、最も大いなる太陽を失つた悲しい日のことである。大沙門瞿曇《くどん》が跋提《ばだい》河の近くにある沙羅双樹の林で涅槃に入つたかなしい日のことである。
>
> 吠舎《べだ》城の乞食クシャラは日暮からはげしい熱が出はじめた。尤もさう云へば今朝、薄明いうちに、町はづれ婆羅門寺の後になる石甃《いしだたみ》の上で目をさました時にもう額が火のやうにほてつてゐた。そして、唇がしつきりなしに乾いて身体中が、何となくだるい。口の中も、檳榔樹の葉を噛んでゐるやうな心もちがする。
>
> 此儘じつと寝てゐたものか、それとも何時ものやうに起きたものか、クシャラはしばらく、寝た

まゝ赤い鼻のさきへ皺をよせて考へて見た。そしてその鼻の上には、短い黒い糸くづが一本Sと云ふ字の形をしてひつかゝつてゐる。

この作品がアンドレーエフの二つの作品「地下室」（昇曙夢訳）と「歯痛」（森鷗外訳）から成立していることは既に前の論文(17)で具体的に論証してきたことであり、「羅生門」へ移行する作品であることは誰にでも察知できよう。ところで、「鼻」もお寺の話であるが、主人公禅智内供の異様に長い鼻の形象はどのようになされたのであろうか。例えば前記の「全印度が……」の引用文の末尾の部分には主人公の乞食クシャラの人物像を描写して、

△クシャラはしばらく、寝たまゝ赤い鼻のさきへ皺をよせて考へて見た。そしてその鼻の上には、短い黒い糸くづが一本Sと云ふ字の形をしてひつかゝつてゐる。

とあり、また別の箇所には、

△唯赤い鼻だけが其中に皺をよせたまゝのこつてゐる。そしてそのあたまには矢張黒い糸くづがぶらさがつてゐた。

△此時彼の顔は上と下と反対な二つの方向にひきよせられて来た。唇の〔二字不明〕は下あごの方にむいて眉と眼とは冷汗をかいた額の方へひつぱられたのである。

とある。未完の習作「全印度が……」のなかに頻繁に、それも唐突に現出するこの異質な修辞句は、芥川の作家誕生前夜——即ち、わが国の古典『今昔物語』を入手する直前——の思考態度を端的に示すよい事例であろう。あれほど彫心鏤骨《ちようしんるこつ》を極めた作家であることを考えれば猶更のことである。「眼に見るやうな

文章」の原点がこの未完の草稿「全印度が……」に凝縮されている。吠舎城《べだ》の乞食クシャラの顔を特徴づける赤い鼻は数ケ月後「鼻」の主人公禅智内供の五、六寸もある異様で奇型な鼻として登場するのである。「作者は当初、主人公の特大の鼻を「赤茄子」と書き、次に「烏瓜」と訂正し、最終的に「腸詰め」へと変更している(18)」

さて、「全印度が……」の一方の出典であったアンドレーエフの「歯痛」(森林太郎翻訳集『現代小品』所収)には次の表現が存在する。

△　頬ぺたの上に載つけると利くといふ綺麗にした鼠の糞やら、味の鋭い蝎の浸汁やら、昔摩西が打壊した法律の石板の缺らやらを持つて来たのである。鼠の糞は少し利いたが、長持はしなかつた。蝎の浸汁だの、石板のかけらだのも同じことで、痛は一旦好くなつても又直に勢を盛り返して来る。

△　但し先刻の鼠の糞が利いたのかも知れない。兎に角ベン・トヰツトは下へ降りて少し眠つた。そして今度目の覚めた時には痛はあらかた止んでゐた。只右の頬ぺたが、傍からは知れない位腫れてゐるのである。

という描写があって、芥川の「鼻」の中に歴然とした形で借用されているのである。「歯痛」の主人公、商人ベン・トヰツトが激しい歯痛のために苦しむ様子を芥川の作品では主人公、禅智内供が異常に長い鼻のために社会的身分も忘れて苦悩する様に置き換えて創作している。両作品の影響関係については前稿(19)で詳しく書いたのでこれ以上ここでは述べないことにする。ロシア十九世紀末のいわゆるロシアモダニズム派の代表的作家であったレオニード・アンドレーエフは同時代的に移植紹介され、明治末から大正・昭和

初期にかけて、わが国の文壇で絶大な人気を博した流行作家であった。芥川龍之介もまた彼の深遠な思想と峻烈、且つ孤高の芸術家魂に共鳴し、己の天賦の才能を開花させたひとりであった。アンドレーエフの独特の表現は印象的にして且つ象徴的、それにもまして写実的であり、芥川にとって格好の文学教材であり、指標となっていたことは確かである。芥川の「眼に見るやうな文章」の源泉が奈辺にあったかは次のことから容易に窺い知ることができるであろう。昇曙夢翻訳集『露国新作家集 毒の園』収録、「地下室」[20]巻頭のアフォリズムの一節。

○　私は人物描写の際何時も其人物の形而下の方面を描いて、それから精神的方面を結合して行く。さうして其人物の細目までも之を描いて誤ることがない。予め描出する人物に就いて何んな些細な点までも残らず観察するからである。

注

(1)　安田保雄（前掲159頁注(12)a・b）
(2)　吉田精一「作品解題」鼻」（『近代文学注釈大系　芥川龍之介』有精堂出版、昭和三十八年五月三十日）
(3)　長野嘗一『古典と近代作家―芥川龍之介―』（有朋堂、昭和四十二年四月二十五日）
(4)　馬渕一夫「「今昔物語集」と芥川龍之介」（「国文学　解釈と鑑賞」至文堂、昭和四十一年十一月号）
(5)　拙稿（前掲27頁注(12)a）
(6)　吉田精一「芥川龍之介の生涯と芸術」（『芥川龍之介』新潮文庫、昭和三十三年一月十五日）
△吉田精一「芥川龍之介概説」（『芥川文学―海外の評価―』早稲田大学出版部、昭和四十七年六月十五日）他。
(7)　吉田精一「「鼻」（二）（芥川龍之介）」（「国文学　解釈と鑑賞」昭和四十一年十二月一日）

(8) 吉田精一「「鼻」(三)」(「国文学　解釈と鑑賞」昭和四十二年一月一日)
(9) 鳥居邦朗（前掲258頁注(10)）
(10) 芹澤光興「鼻〔解説〕」(浅野洋他編『作品と資料　芥川龍之介』双文社出版、昭和五十九年三月二十五日)
(11) 芥川龍之介「未定稿「あの頃の自分の事」」(初出「中央公論」大正八年一月、のち削除部分、最新版『芥川龍之介全集』第四巻、岩波書店、一九九六年二月八日)
(12) 和田芳英「芥川龍之介「羅生門」材源考―アンドレーエフ作昇曙夢訳「地下室」との関連において―」(昭和五十七年十月二十四日(日)「日本近代文学会秋季大会」会場・日本女子大学) 他
(13) 葛巻義敏編（前掲203頁注(4)）
(14) 芥川龍之介「一つの作が出来上るまで―「枯野抄」―「奉教人の死」―」(初出「文章倶楽部」大正九年四月一日、新編『芥川龍之介全集』第六巻、岩波書店、一九九六年四月八日)
(15) 庄司達也「芥川龍之介『全印度が……』覚書」(「日本文学」日本文学協会編集・刊行、一九九五年十二月十日)
(16) △　拙稿（前掲245頁注(1)イ）
　△　拙稿（前掲245頁注(1)ロ）
　ハ　拙稿（前掲27頁注(12)d）
(17) 拙稿（前掲注(16)ハ）
(18) 関口安義「資料図書館―山梨県立文学館芥川資料」(関口安義編『アプローチ芥川龍之介』明治書院、平成四年五月三十日)
(19) 拙稿（前掲注(16)ハ）
(20) 昇曙夢の翻訳文学は明治末期から、大正・昭和時代にかけて一世を風靡したが、芥川は明治四十三年六月二十二日付の山本喜誉司宛書簡のなかで曙夢の露西亜現代代表的作家「六人集の中でアンドレエフの「霧」はうまく書かれてると思ふ読者をして読者自身の生活を顧させる力があるやうな気がする。アルツイバーセフの「妻」もいゝ」と読後の感想を述べている。大正四年九月下旬に成立した「羅生門」誕生前夜における自我の覚醒、芸術への自己開拓と熾烈な

願望はレオニード・アンドレーエフの深い文学と思想に負うところが大きいのである。

第三節　芥川龍之介作「鼻」論への序説 (二)

一

禅智内供《ぜんちないぐ》の鼻と云へば、池《いけ》の尾《お》で知らない者はない。長さは五六寸あつて、上唇の上から顋《あご》の下まで下つてゐる。形は元も先も同じやうに太い。云はゞ細長い腸詰めのやうな物が、ぶらりと顔のまん中からぶら下つてゐるのである。

五十歳を越えた内供は、沙弥《しやみ》の昔から内道場供奉《ないどうぢやうぐぶ》の職に陞《のぼ》つた今日まで、内心では終始この鼻を苦に病んで来た。勿論《もちろん》表面では、今でもさほど気にならないやうな顔をしてすましてゐる。これは専念に当来の浄土を渇仰すべき僧侶の身で、鼻の心配をするのが悪いと思つたからばかりではない。それより寧、自分で鼻を気にしてゐると云ふ事を、人に知られるのが嫌だつたからである。内供は日常の談話の中に、鼻と云ふ語が出て来るのを何よりも惧《おそ》れてゐた。

芥川龍之介の珠玉の短篇小説「鼻」冒頭の一節である。大正五年一月二十日に完成、翌月の第四次「新思潮」創刊号に発表した。この時、作者二十四歳。晩年の漱石が一読して驚嘆。即座に書簡を認《したた》めて絶賛し、この若き穎才《えいさい》を激励したことはあまりにも有名な話である。盟友、久米正雄は後年になって芥川龍之

介の作家デビュー当時を回想しつつ、名作「鼻」に触れて、つぎのような批評を行っている。

「鼻」くらゐはつきりしてゐる作品はない。読んで誰にも分る作品は「鼻」です。芥川は表現しようと思ふ最後のものまであれで表現してゐます。だからあれの裏に意味がある訳でなく、一言一句読んであの作品に正面に打ち当ればいゝと思ひます。牽強《こじつけ》ればどう云ふ意味でもつくでせうが、最後のものまで表現してゐて、実に手際よく或る意味では刻苦精励して、一言一句無駄なく、過不足なく表現した最もいゝ例だと思ひます。

　人生的の深みと云へば、それはさう云ふ種類のものよりは別にありますが、あゝいふ風なテーマならテーマ、寓意なら寓意、人生観なら人生観を、ぴつたり語られたものはない。だから文句のない作品、註釈の必要のない作品だと思ひます。だからあれは芥川の処女作であると同時に、また最後の作品だと思ひます。芥川の全部であつて、そしてその後勿論彼は人間的にも進歩もし、発達もしたが、文学的には一番完成されたものであるかも知れない。

　この引用文の直後に久米は「『表現《エクスプレス》されたるもの』として芥川の作品では最後のものだ(1)」と述べている。「芸術は表現に始まつて表現に終る。」(「芸術その他」(2))と書いた芥川龍之介の芸術理念や創作態度を考察の対象にする際、久米のこの評言は芥川文学の根幹を照らす剴切《がいせつ》な文章と思われる。古今東西の幅広い文献を渉猟《しょうりょう》して制作された一篇一篇の作品は「方解石のやうにはつきりした、曖昧を許さぬ」(「文章と言葉と」(3))文体を保ち、切れ味の鋭い鮮やかな輪郭を強く印象づける。新奇な着想と巧緻な描写は形式と内容の秩序ある均整美と相俟って、近代日本文学史上、他に比類のない完成度の高い文学作品として読者を魅

了して止まない。小説「鼻」が発表された第四次「新思潮」創刊号の編輯後記（「編輯後に」）には、つぎのコメントが掲載されている。

　僕はこれからも今月のと同じやうな材料を使つて創作するつもりでゐる。あれを単なる歴史小説の仲間入をさせられてはたまらない。勿論今のが大したものだとは思はないが。その中にもう少しどうにか出来るだらう。（芥川）

作家になる直前の芥川が「同じやうな材料を使つて創作する」と宣言した、その「材料」とは作者自身が後に明記しているように『今昔物語』のことである。大正四年八月二十八日に博文館から出版された「校註国文叢書」本の「今昔物語巻二十八、池尾禅珍内供鼻語第二十」である。

ところで芥川が「鼻」の創作に利用した「材料」は、我国の古典『今昔物語』だけではないのではないかとの観点から、吉田精一氏は昭和三十年代に入って、もう一方の素材としてロシア十九世紀の作家、ゴーゴリの同名の小説「鼻」出典説を唱え出した。曰く「ゴーゴリの「鼻」から暗示されて心理解析を行っている。」（「芥川文学の出典」）[4]と。芥川がゴーゴリの奇想天外な「鼻」の暗示を受けて創作しているというこの奇妙な付会の説は、以後、十分な検証もなされぬままに世に流布し、野口武彦氏[5]や後藤明生氏[6]、大岡昇平氏[7]や和田芳恵氏[8]などの作家や評論家が採用するところとなり、現在では半ば定説化している。だが、この説は真に信憑性のあるものであるかどうか。芥川の「鼻」に関する論評や解説を管見すれば自ずからわかるように、諸家の論述は一様に吉田氏の言説を鵜呑みにするか、さもなければ受動的、微温的、且つ退嬰的なステレオタイプの叙述に陥っているのは明らかである。以下具体的に事例をあげて検証する（傍

点著者）。

A　作者はこの作品を書くにあたって、ロシアの小説家ゴーゴリの『鼻』の手法に暗示を受けたと考えられている。[9]（笠井秋生）

B　なお、芥川の「鼻」を論ずる場合に忘れてならないことは、ゴーゴリの「鼻」とこの作品の関連である。彼の博学多識は一つの作品を作る上に幾つもの材料をミックスしてみごとな美酒をつくり上げていることは既に指摘されているところである。（中略）作者はむしろゴーゴリの「鼻」により多くのヒントを得ているのではなかろうか。（中略）それは芥川の「鼻」の主人公の卑俗な性格が今昔物語の禅智内供的であるよりも、より多くゴーゴリのコワリョフ的であるからである。[10]（辻重光）

C　なお主人公の禅智内供の心理の解析に当たってゴーゴリの『鼻』に暗示を得ているとされている。[11]（吉田永宏）

D　ゴーゴリの『鼻』にヒントを得たとされる。[12]（中島一裕）

E　ゴーゴリ作「鼻」の影響について、吉田精一氏『近代文学注釈大系・芥川龍之介』（昭三八・五、有精堂）は「「鼻」がなくなってしょげた気持、それがもとに戻って安心する気持には相通じるものがある。」（三二六頁）と説かれる。[13]（勝倉寿一）

F　また、素材に関し、吉田精一はゴーゴリの『鼻』から暗示を得ていると指摘し、（中略）と述べている。[14]（菊地弘）

G　吉田精一は「『鼻』㈠、㈡、㈢」（『解釈と鑑賞』昭41・11、12、42・1）で、ゴオゴリの「鼻」と比較し、

ゴオゴリが「ロシアの首都の人間達を諷刺的に嘲弄し、ユーモアのうちに鋭い毒矢を放っている」のに対し、芥川は「現代人の心理や感情を古代の人間に投入することで、彼自身の人間観を、あるいは人生に対する懐疑を語ろうとする」と述べているが、これが「鼻」をはじめとする芥川の歴史小説の基本のスタイルであることは動かない。[15]（高橋陽子）

H

「鼻」創作の契機となったと考えられている『今昔物語』（巻廿八「池尾禅珍内供鼻語第二十」）とゴーゴリ『鼻』についてふれておきたい。吉田精一氏は材源としての『今昔物語』に「彼一流の解釈を施し、主題を禅智内供の心理の変化に置いた。この心理の解析にあたって彼はゴオゴリの『鼻』に暗示を得ている。或いは『鼻』の暗示があって、この古典的題材を生かそうという気持になったのだろう。」と述べている。[16]（平岡敏夫）

I

内供を悩ませた自尊心の痛みは、「今昔物語」にも「宇治拾遺物語」にもない要素であったが、吉田氏はこれを〈ゴーゴリの「鼻」にヒントを与えられたと思われる〉と指摘した。すなわち氏は、ある日突然に鼻を失って狼狽し、その回復に奔走せざるをえなくなった主人公コワリョーフにとっては鼻は〈自尊心〉そのものの〈象徴〉であったとみる。ゴーゴリの作品は、亡失した鼻をある日また突然に回復することで終わっており、平井肇訳出の岩波文庫には次のようにある。

　それは四月も七日のことであった。眼をさまして、何気なく鏡をのぞくと鼻があるのだ！　手でさわって見たが——正しく鼻がある！（中略）早速、洗面の用意をさせて顔を洗いながら、もう一度鏡をのぞくと——鼻がある！　タオルで顔を拭きながら、またもや鏡を見ると——鼻が

ある！

芥川の「鼻」では、或る夜〈ふと鼻が何時になく、むづ痒いのに気〉づいた内供に、翌朝〈或感覚〉が甦ってくる。

内供は慌てゝ鼻へ手をやつた。手にさはるものは、昨夜の短い鼻ではない。上唇の上から顋の下まで、五六寸あまりもぶら下つてゐる、昔の長い鼻である。内供は鼻が一夜の中に、又元の通り長くなつたのを知つた。

こうした結構上の類似点からみて、両者の関係については従来の指摘に従うべきものと思われるが、いま一つ、日本近代文学館所蔵の芥川龍之介旧蔵本の中に、英訳本ながらゴーゴリの著作を二冊みいだすことができ、そのうちの The Mantle and《ママ》 Other Stories には「鼻」("The Nose") が収録されている。

そこでとりあえず、これらの英訳本を一つの接点としてゴーゴリの介在を認めていくとしても、しかし、これですべての問題が解消したというわけではない。（中略）いま一つシングの戯曲 The Well of the Saints をとりあげておきたい。邦訳では「聖者の泉」と題され、身体上の異常と正常に関わる場面の幸、不幸、ないしは悲喜の心情変化に焦点をもつ作品であり、芥川の「鼻」と密接な関わりをもつと考えられるからである。[17]　（中村友）

以上、近代日本文学研究者の「鼻」論の中から、ゴーゴリ作「鼻」との関連性について言及している資料をいくつか挙げてみた。最後に新編『芥川龍之介全集』全二十四巻（岩波書店、一九九八年三月二七日完結）

の編集に携わった石割透氏、海老井英次氏両者の論考から本論の趣旨に関わる部分を抜粋して引用する。

J　「鼻」は『宇治拾遺物語』とともに『今昔物語』に収められた「鼻」の説話から直接の材料を得たことは初出の末尾にも記され、それに加えて、ゴーゴリの「鼻」が、なんらかの暗示を芥川に与えていたと推察される。さらに、目の不自由な夫婦を主人公にしたシングの三幕物の戯曲「聖者の泉」の影が強く落ちていることは、夙に宇野浩二が見破っていた。[18]　（石割透）

K　さて、「鼻」は漱石の賞讃をはじめとして、短篇小説として高い評価のすでに定まった作品である。『今昔物語』所収の説話（巻第二十八第二十話「池尾禅珍内供鼻語」）を直接の素材にしつつ、ロシアの作家ゴーゴリ（NICHOLAS GOGOL《ママ》）の名作「鼻」を参照して人間観や心理描写を加味してまとめ上げたものである。さらに、アイルランドの戯曲家シング（J. M. SYNGE）の作品「聖者の泉」の内容を換骨奪胎して巧みに用いていることも早くから指摘されている。主題もわかりやすく、構成も整っていて完成度が高く、短篇小説の見本としてもよい出来映えで、一読すれば中学生にでもその面白さがよくわかる作品であるといえよう。[19]　（海老井英次）

芥川の短篇「鼻」とゴーゴリの同名の作品の関連性について、故吉田精一氏が最初に言及したのは昭和三十年八月の論文、「芥川龍之介の生涯と芸術」[20]（のち『新潮文庫』収録）のなかにおいてである。吉田精一氏はブッキッシュな芥川文学の特質を洞察して、彼が創作のために確実に参考資料に使ったと思われる材源を発掘、62項目にわたるリストを発表している。その第「3」の条項、

3　鼻　今昔物語巻二十八「池尾禅珍内供鼻語第二十」及び宇治拾遺物語巻二「鼻長き僧のこと」。

これを材料とし、ゴオゴリの「鼻」に暗示されて心理解析を行っている。を端初とし、以後数多くの論文のなかでこの持説を敷衍、拡大解釈に努めている。その結果、前掲のごとく後続の研究者や作家や評論家が、この吉田氏の言説を十分に検証することもなく、尻馬に乗って祖述に努め増幅させてきた。しかし、一方でその説に疑問を抱き、否定的な見解を提起した論者が皆目いなかったわけでもない。前稿で取りあげた鳥居邦朗氏や芹澤光興氏の場合がそれである。もっとも両者にしてもゴーゴリ作「鼻」典拠説を真正面から論破しているわけではない。おそらく両者は吉田説に疑問を抱きながらも、反論を加えるに足る資料の不足、あるいは論証への思索の深まりが欠如していたのであろうと推測される。

ところで、昭和十七年三月、岩上順一氏は有名な『歴史文学論』[21]第二部十四「諦念の哲学」〈「羅生門」「鼻」「芋粥」について〉の一章で、芥川の名作「鼻」とゴーゴリの「鼻」を対比的に論述している。

「鼻」はゴオゴリにあつては、ロシア官僚主義の傲慢と虚栄の諷刺的真実であつた。芥川龍之介の「鼻」は人間の欲望の無限性の表象であつた。ゴオゴリは「鼻」の風刺的リアリズムによつて、当時のロシア社会に瀰漫した病弊に対する最も鋭い攻撃を行つた。それは生活の暗黒に対する、積極的な否定精神によつて貫かれてゐた。これに対して芥川龍之介の「鼻」も、同じやうな諷刺的方法を持つてゐる。その精神もするどい否定性を持つてゐる。だがその否定は、ゴオゴリに於けるがごとき生活の癌種的側面に向けられたものではない。芥川の否定は、一つの思想的傾向に向けられたものである。いはば一定のイデオロギイに関する批評的攻勢であつたのだ。

さきに引用した諸家の言説中、特に筆者が圏点を付した部分には文章の表記のうえで、次のような著しい特徴が浮びあがってくる。例えば、「……と考えられている。」(A)、「……と述べている。」(F・G・H)であり、「……を得ているのではなかろうか。」(B)、「……を得ているとされている。」(C)、「……を得たとされる。」(D)であり、そして「……と説かれる。」(E)であり、或いは「……と指摘した」「……従来の指摘に従うべきものと思われる。」(I)、「……と推察される」(J)である。この一連の文体のひ弱さはいったい何故であろうか。それは他者の見解に安易に寄りかかり、凭《もた》れ掛かったが故に受け身の消極的、且つ退嬰《たいえい》的発想の論調に陥っているからではないか。諸家の記述の脆弱性《ぜいじやくせい》は、とりもなおさず先行論文である吉田精一説のゴーゴリ「鼻」典拠説の不確実性を微妙に反映したものではあるまいか。現段階の芥川龍之介研究で最も高名な関口安義氏もまた「ゴーゴリの『鼻』に暗示を得て成ったものである。[22]」と解説している。

ちなみに故吉田精一氏は芥川がゴーゴリの「鼻」の暗示を得て名作「鼻」を創作したと述べるとともに、数年後に再び同じ「材料」を使って「馬の脚」をも執筆したと述べているが、この点についてさきの論者達は、どのように解釈するのであろうか。芥川のごとき自尊心の強い作家が、はたして同じ作者の、しかも同じ作品を二度も材料として使用したのであろうか。もっとも一つの材料から二つの作品に活用した具体的な事例がなかったわけではない。芥川はアンドレーエフの「地下室」(昇曙夢訳)を素材にして「羅生門」を執筆し、その残部を取り込んで長篇小説「偸盗」の第八章に活用しているのである。

吉田精一氏の論文「芥川龍之介の生涯と芸術[23]」に列挙されている材源のリストでは、第「57」の項目に

（圏点著者）、

57　馬の脚　ゴオゴリ「鼻」からヒントを得たのだらう。

との記載があり、三年後に発表された同じ吉田氏の「芥川文学の出典」[24]一覧においては〈57馬の脚　ゴーゴリ「鼻」からヒントを得た。〉と断定的表現に改めている。

ところで、平成四年二月に発表された海老井英次編の「芥川龍之介文学典拠一覧」[25]では、編者の海老井氏が「◇芥川作品の出典として、これまでに指摘のあったものを網羅的に掲げ」たうえで、つぎのような注を付記している。

「材源と目されるものには◎、部分的な類似であるものには○、対比研究の対象になるものには△をつけ、大ざっぱに整理してみた」。それによれば吉田精一氏によって提唱されてきた、第「3」項目（但し、海老井編の「一覧」では④にあたる）及び第「57」の項目は海老井独自の観点によって、△印、即ち「対比研究」の資料と見なされている。

④鼻

◎『今昔物語』巻第二十八第二十「池尾禅珍内供鼻語」

◎『宇治拾遺物語』巻第二（七）「鼻長き僧の事」

△ゴーゴリ「鼻」

㊼馬の脚

△ゴーゴリ「鼻」

奇想天外なゴーゴリの「鼻」からヒントを得たとされる芥川の「馬の脚」(26)は、大正十四年一月号、及び二月号の「新潮」誌上に連載された怪奇小説である。晩年の芥川龍之介の索漠とした心象風景を照らす不気味な一篇である。森英一氏による好個の解説文(27)があるので参考までに引用させていただくことにする。

> 冒頭に「『馬の脚』は小説ではない。『大人に読ませるお伽噺』である」と述べるが、ゴーゴリ『鼻』ほどの社会性、風刺性に欠ける。しかし、平々凡々な日常生活を（ママ）来襲する「運命」やそれに支配される「秘密」と「不安」、さらには「偽善的」夫婦愛の剔抉《てっけつ》等、それなりに追究しえた作品と言える。
>
> 芥川における「狂気」の問題を考察する際、一瞥《いちべつ》すべき作品とも言えよう。

この作品には他に同名ではあるが別種の趣を持つ一群の「馬の脚」草稿(28)が確認されている。この草稿群に関しては後日改めて考察の対象にしたい。私はかねがね学界で半ば定説化しているゴーゴリ作「鼻」の一篇が、芥川の「鼻」に何らかの形で影響を与えたとみる一連の論文に疑問を呈してきた。芥川龍之介は本当にゴーゴリ作「THE NOSE」を読んで、名作「鼻」を書き、八、九年後に再び同じ題材を使用して「馬の脚」を執筆したのであろうか。

わたくしの結論をさきに述べれば、芥川は大正五年一月二十日に脱稿した「鼻」創作時点では、未だ「NICHOLAS GOGAL」の「THE NOSE」(「鼻」)を読んではいなかった。従って、芥川の「鼻」はゴーゴリの「鼻」からは何のヒントも得ていなかったということになる。

二

それでは芥川龍之介はいつの時点で「NICHOLAS GOGAL」の「THE NOSE」（一八三六年作）を読破したのであろうか。新編『芥川龍之介全集』（岩波書店）二十四巻収載の「年譜」[29]（宮坂覺編）には、大正五年七月十五日の条項に、

15日（土）　田端の自宅で、Nicholas Gogol《ママ》 “The mantle and《ママ》 other stories” を読了〔倉智2〕。

との記載がある。日本近代文学館所蔵の「芥川龍之介文庫」には「By NICHOLAS GOGAL」の英訳本「The Mantle & Other Stories」（T. WERNER LAURIE. Ltd. 8 Essex St. London. W. C）が収蔵されていて、その巻尾に読了日を明記する芥川直筆の「*july 15th '16 Tabata*」とのサインがある。猶、この訳本の目次はつぎの通りである。「PREFACE」「THE MANTLE」「THE NOSE」「MEMOIRS OF MADMAN」「A MAY NIGHT」「THE VIY」の六作品である。しかも、「THE MANTLE」（「外套」）のつぎに「THE NOSE」（「鼻」）が収録されているのである。芥川が読んだゴーゴリ作「鼻」はこの英訳本中の一篇であり、読了した年月日は「大正五年七月十五日」と確認できる。ところが、芥川の文壇デビュー作「鼻」は前述の如く「大正五年一月二十日」にはすでに完成していたのである。これによって、これまでに半ば定説化してきた〈ゴーゴリ作「鼻」典拠説〉を支持してきた論者の見解が瓦解することは必定であろう。

しかし、このように縷説《るせつ》してきた私の解釈に対して、それでも異論を唱える論者がたぶん数多くいるであろう。曰く、ゴーゴリの作品「鼻」を芥川龍之介は同じ題名の小説を執筆する以前に読んでいた可能性はまったく考えられないのだろうか、と。

以下、故吉田精一を先蹤とし、氏の言説に賛同し、追随してきた諸家の見解に対して私論を実際の具体的な資料を提出することによって述べていきたい。芥川龍之介は未定稿「あの頃の自分の事」の中で、「当時書いた小説は『羅生門』と『鼻』との二つだつた。」、「先、今昔物語から材料を取つて、この二つの短篇を書いた。書いたと云つても発表したのは『羅生門』だけで、『鼻』の方はまだ中途で止つたきり、暫くは片がつかなかつた。」と作品成立の事情と経緯とを語っている。「大正四年九月」下旬に制作した「羅生門」と「大正五年一月二十日」に脱稿した「鼻」の両篇はおなじ地点で、同時発生的に着想されているということだ。しかも、前者の「羅生門」はスムーズに展開したのであるが、後者の「鼻」の方は暫く書き泥《なず》んだと告白しているのである。だが、この際、最も重要視しなければならない問題は彼が故意に隠蔽して語らなかった西洋小説の材源の数々であろう。

これまでの芥川研究では、「羅生門」と「鼻」の創作営為、執筆過程を連続性のもとに一括して考察した論文は極めて稀であった。例の『今昔物語』の原話だけに着目したそれぞれ別個の論考がほとんどであった。わたくしは十数年前に「羅生門」とロシア十九世紀末の鬼才、レオニード・アンドレーエフの短篇小説「地下室」(昇曙夢翻訳集『露国新作家集 毒の園』新潮社、明治四十五年六月二十五日)との関連性を直感的に見抜き、爾来《じらい》、そのことについて詳細に検討してきた結果、これまで誰にも注目されていなかった芥川の未完成作

品「全印度が……」（葛巻義敏編『芥川龍之介未定稿集』、岩波書店、原稿用紙にして約九枚、なお、この未完成の草稿は新編『芥川龍之介全集』全二十四巻、一九九八年三月二十七日完結、同出版社刊行本には不思議なことに何故かどこにも収録されていない。）が初出稿「羅生門」の原初形態であることを解明した。さらに、この未完成作品「全印度が……」は同じアンドレーエフの二つの作品「地下室」（昇曙夢訳）と「歯痛」（森林太郎訳）とを合成し、翻案したものであることもわかってきた。しかも未完成作品「全印度が……」のなかには「羅生門」のつぎの作品「鼻」へと生成発展する言語的徴憑《ちょうひょう》、言い換えれば文体上の素因子が早くも萌芽として顕在化しているのである。この件に関しては前稿で触れたのであるが、本論の趣旨をより一層明確にし徹底させるために、ここで再度確認しておきたい。

さて、作品「鼻」は主人公の禅智内供が自己の所有する異形な鼻によって酷く自尊心を傷つけられ苦悩する心理小説である。それでは五、六寸もある畸型な内供の鼻の造型は、どのような過程を経て生成されているのであろうか。未完成草稿「全印度が……」の文章のなかにおいて、主人公である吠舎《べ》城の乞食「クシャラ」の特徴を芥川はつぎのように描写している。

△　クシャラはしばらく、寝たまゝ赤い鼻のさきへ皺をよせて考へて見た。そしてその鼻の上には、短い黒い糸くづが一本Sと云ふ字の形をしてひつかゝつてゐる。

と描写し、また別の箇所では、

△　唯赤い鼻だけが其中に皺をよせたまゝのこつてゐる。そしてそのあたまには矢張黒い糸くづがぶらさがつてゐた。

△　此時彼の顔は上と下と反対な二つの方向にひきよせられて来た。唇の〔二字不明〕は下あごの方にむいて眉と眼とは冷汗をかいた額の方へひつぱられたのである。

一言一句無駄のない「眼に見るやうな文章」表現の達成に刻苦精励し、彫心《ちようしん》鏤骨《るこつ》の名文を後世に残した彼であるが、作家誕生のその前夜における創作営為にはこのような若々しい筆致の文体修業と自己錬達の苦心の跡がみられ微笑ましい。

芥川の「鼻」に対する美意識は、彼が大学時代（二十二、三歳当時）に使用していた学習ノートのなかや余白等に描いた美しいペン画デッサンからも理解できる。葛巻義敏編の豪華写真版『芥川龍之介　未定稿・デッサン集』（雪華社、昭和四十六年七月二十四日）に収載されている異国人風のエキゾチックな「顔」の素描や強大な「鉤鼻」の持ち主の人物像の数々に、当時の彼が「鼻」に対していかに興味と関心を示していたかがうかがえる。これは芥川の肥大化した自意識の象徴であろう。

未完成草稿「全印度が……」の主人公、吠舎《べだ》城の乞食クシャラの顔を特徴づける「赤い鼻」は数ケ月後、デビュー作「鼻」の主人公、禅智内供の五、六寸もある異様で畸型な鼻として登場する。芥川は「当初、主人公の特大の鼻を「赤茄子」と書き、次に「烏瓜」と訂正し、最終的に「腸詰め」へと変更している。[30]」ところで、「全印度が……」の一方の典拠になったレオニード・アンドレーエフの「歯痛」（森林太郎訳）の一篇には、つぎのような描写がある。

△　痛は又前より劇しく起つて来た。ベン・トキツトは寝床の上へ坐つて、体を懸錘のやうにゆさぶり始めた。この男の顔はこの時四方から縮んで真中の大きな鼻の方へ寄つて来た。そしてその鼻の上

　　には、冷たい汗が玉のやうになつて湧き出てゐる。

△　お上さんは（中略）腹も立てずに色々結構なお薬を持つて来て進めた。頬ぺたの上に載つけると利くといふ綺麗にした鼠の糞やら、味の鋭い蝎の浸汁やら、昔摩西が打壊した法律の石板の缺らやらを持つて来たのである。鼠の糞は少し利いたが、長持はしなかつた。蝎の浸汁だの、石板のかけらだのも同じことで、痛は一旦好くなつても又直に勢を盛り返して来る。

△　但し先刻の鼠の糞が利いたのかも知れない。兎に角ベン・トキツトは下へ降りて少し眠つた。そして今度目の覚めた時には痛はあらかた止んでゐた。只右の頬ぺたが、傍からは知れない位腫れてゐるのである。

このようにエルサレムの商人、ベン・トキツトが激しい歯痛で悪戦苦闘する様子を芥川は「鼻」のなかで禅智内供が自尊心の毀損《きそん》を回復するためにあれこれと試みる場面で、つぎのごとく借用改変している。

△　内供がかう云ふ消極的な苦心をしながらも、一方では又、積極的に鼻の短くなる方法を試みた事は、わざわざこゝに云ふ迄もない。内供はこの方面でも殆《ほとんど》出来るだけの事をした。烏瓜《からす》を煎《せん》じて飲んで見た事もある。鼠の尿《いばり》を鼻へなすつて見た事もある。しかし何をどうしても、鼻は依然として、五六寸の長さをぶらりと唇の上にぶら下げてゐるではないか。

「鼻」の構想段階をつぶさに検証していく時、芥川の未完成草稿「全印度が……」及びアンドレーエフの「歯痛」の両篇を抜きにしてはこの作品を語ることができないのであるが、いまひとつ「鼻」成立の重要な材源としてグスタフ・ヴィードの作品「午後十一時」（森林太郎訳）を挙げたいと思う。

レオニード・アンドレーエフの「歯痛」が収録されている森林太郎翻訳集『現代小品』（弘学館書店、明治四十三年十月十日、売捌所、大倉書店）にはデンマークの十九世紀末の作家GUSTAV, WIED（1858—1914）の「午後十一時」が「歯痛」とともに収録されている。（但し、この作品の原題は比較文学者で優れた鷗外研究家、長島要一氏の指摘によれば「土壇場」であり、「神秘的催眠的体験」という仰々しい副題が付けられていたという。）森鷗外がヴィードのこの小説を独訳本から意訳した経緯とその功罪、並びに鷗外自作との関連性については長島氏の名著『森鷗外の翻訳文学——「即興詩人」から「ペリカン」まで[31]——』のなかで厳正、且つ詳細に考察が行われている（三五〜四七頁参照）。なお、この作品は現在では『鷗外全集』第六巻（岩波書店、昭和四十七年四月二十二日）に収録されているが、小論においては芥川がデビュー作「鼻」執筆の時点で手許に置いて参照したと考えられる『現代小品』本の冒頭部分を引用する。

午後十一時

GUSTAV WIED.

君はもうベントを知つてゐるね。あの小さい、神経質な著述家だ。いつかあいつが料理屋で、アブサント・オオ・レエ（牛乳入アブサント酒）といふ変なものを誂へて驚かしたといふ話のある、あの男だ。

僕は君に言ふがね。世の中にあの位結構な人間はないよ。併しあの男の神経質な事と云つたら、どうかすると言語同断だよ。さういふ時はあの男は危険人物と言つても好い。なぜと云ふと、そんな時は、その神経質が周囲のものに伝染するからね。僕も一度ひどく神経を悩まされた事があるよ。いつそんな目に逢ふことだか、その場合になるまでは、誰にも分からないのだから困るよ。

その頃僕なんぞは毎日午後にベルニナ（飲食店の名）に寄つたものだ。給仕頭に云はせると、珈琲を飲みに入らつしやると云ふのだ。僕なんぞは大抵一番奥の間のソフアに腰を掛けるのだ。あの台所と背中合せになつてゐる壁の前に据ゑてあるソフアなのだ。

丁度僕なんぞの掛けるソフアと向き合つたソフアに、極まつて来て腰を掛ける小さい男がゐた。堅も横も気になるやうに小さいのだね。なんでもその男の生命はみんな頭へ上つてゐるやうに思はれるのだ。その外の体の部分は、どこもかしこも、無法に怱諸にせられてゐるのだ。

その男が遣つて来て、手足を色々に働かせて、やつとの事でソフアへ寄つ掛かるのだね。さうすると足が床までは届かない。ぶらりと下がつてゐて、床の上に何かあつたら、足の指で釣らうとでも思つてゐるかと云ふ風なのだ。

その様子を形容して云つて見れば、なんでも両方のずぼんの中を始終風が吹き抜けてゐるといふ工合なのだ。

もう一つ形容して云つて見れば、なんでも足の下に、人の目に見えないオルガンか何かゞあつて、前世の報で、のべつにそれを踏んでゐなくてはならないといふ工合なのだ。

その男も珈琲を飲む。

それが済むと、丁寧に鼻をかむ。それから右の腕を項へ廻して、それに頭を持たせて、目を半分瞑つてゐるのだ。

その時左の手はだらりと脇へ垂れてゐる。手の平はぢつとしてゐて、五本の指は開いてゐる。所が

それを見てゐると、その指が段々曲つて、手が扇のやうな格好になる。その扇が次第に速度を増して、ひらひらと動くのだ。丁度左の股の所に熱い所があつて、それを煽いで、冷してゐるといふ工合だ。それと同時に、両足は上がつたり下がつたり、上がつたり下がつたりする。留度もなしにだね。そして鼻からは空気が規則正しい間隔で噴き出されてゐるのだ。

言つて見れば蒸気力で眠つてゐるといふわけだ。どうもそいつの腰を掛けてゐるソフアが、今にも動き出して、線路の上を走るやうに、真直に客間を通つて、酒や料理を出して来る卓の前を通つて、戸の外へ出て、往方知れずになつてしまひさうでならない。

それにその面だね。

僕は二三年前に、或る若い娘を見た事がある。好い子だつた。所が、その子が或日の事、変な病気になつた。耳も、目も、鼻も段々大きく腫れ上がつて、延びて行くのだ。

恐ろしいわけなのだ。

僕はそいつを見る度に、胸が悪くなつた。しまひには、その女が戸口に顔を出すと、近所の子供が泣き出したものだ。

象皮腫といふ病気なのだね。この病気になると、なんでも人間の体の飛び出した所が長く延びるのだ。

珈琲店で向側のソフアに腰を掛ける男は、慥かにこの病気の最も発達した徴候を具へてゐるのだ。耳はまだ好い。鼻がたまらない。それから目だね。目が一番ひどいよ。

> 眶はひつくり返つて、頬つぺたの上に付いてゐる。それから目の中に黄いろい肉があつて、その上を真赤な血筋が通つてゐるのだ。
> どうだい。気味が悪いだらう。ベントのやうな神経質な人間が、そいつと向き合つてゐるのだから、神経を刺戟せられずにはゐないといふことは、君だつて承認してくれるだらうね。（以下略）

冒頭「君はもうベントを知つてゐるね。あの小さい、神経質な著述家だ。」と語りだされるこの小説は、気弱な主人公の「僕」と著述家の友人ベントによって「フィヨルドに近い諾威の某市の珈琲店」（但し、原作ではデンマークのコペンハーゲン）で繰り広げられる催眠的幻想体験の嘔吐を催すようなグロテスクな内容の作品である。

森林太郎訳「午後十一時」（原作では「十一時目」）は前掲引用部分のあと、つぎのように展開する。毎日午後になって珈琲店「ベルニナ」にやってくる象皮腫の異形な矮小男に対して、神経質な著述家のベントがいわれもない敵意にみちた差別観から、あからさまな態度で、からかい、蔑み、常軌を逸した攻撃的行動をとる。これに対して主人公の「僕」は、できるかぎりの良識を持って冷静に対処し、ベントの暴走的行為を制止しようと努めるのであるが、とうとうベントの強引さに誘発されて彼自らもまた象人間の目に爪弾きをくらわそうとする寸前に妄想に取りつかれてしまう。以下、長島氏の文章から引用させていただく。

> 「僕」に妄想を喚起したのは、象皮病の矮小漢に対する、「僕」の内に秘められた恐れと憎悪だった。
> それに反し、異形に向けられたベントの憎しみは外に向かってあからさまに明示され、いつでも行為

に移され得る状態にあった。「僕」はそんなベントの攻撃性にとまどい、なす術を知らずにいたが、とうとうベントの差別観に誘発されて、小男を肉体的に苛める行為を自らの妄想のうちに成就する。実際には、「僕」が眠りにおちてしまい、夢の中で、催眠術にかけられたような気分のうちに行うのであるが、それは「僕」の妄想のひとつの具体的な表現にほかならなかった。

引用文からもわかるように、この作品は身体的欠陥を持った象皮腫の小男に対する悪意や蔑視、冷笑が露骨に表現されていて、人間の内部に巣食う醜い一面が剔抉《てつけつ》されている。神経質な著述家ベントと主人公の「僕」の敵意にみちた他者への態度には、芥川の「鼻」の主人公、禅智内供に対する周囲の悪意や、蔑み、からかいの態度と共通する性質があるといえよう。そして、注目されるのは悪意の対象となっているのは人間の身体の飛びだした所が長く伸びている象人間であるということである。さきに述べたようにアンドレーエフの「歯痛」とグスタフ・ヴィードの「午後十一時」は同じ『現代小品』(森林太郎翻訳集)に掲載されているのであるから、当然彼はこの作品についても読んでいたと考えられる。「午後十一時」を読むことによって芥川は「鼻」に対する関心が一層深まっていったと考えてもよいのではないか。「全印度が……」のような短い作品の中にも特徴的な「鼻」の描写があるのはその現れではないか。主人公「クシャラ」の人物形象において不自然なほどに「鼻」に執着し、苦心している様子が改めて想起されるのである。さらに「羅生門」の後で執筆されたと思われる、つぎの文章等もそれを裏付ける事例であろう。

鼻と云へば　この男の鼻は　実際　人が眺めるばかりでなく、当人が眺めるのにも　甚都合よく出来上つてゐた。華奢《きやしや》な鼻柱が　始は素直に上から下りて来たが　途中で不意に気が変つて　又元来た

上の方を　眄一眄したとでも　形容したらいいのだらう。先の方が　まるで抓《つま》んで持上げたやうに上を向いてゐる。いくら西洋人でもかう云ふ鼻は　余り上品に見えるものではない。自分はこの鼻を見てゐると　よく　ナポレオンか誰かが　鼻の上を向いた男ばかり集めて　近衛兵にしたと云ふ話を思ひ出した　兎に角　三十何才かの独乙人にしては　気の毒な鼻である。

ミユラアは　鼻こそ近衛兵になる資格があるが　体格は甚振はない　痩せてゐて　胸の狭い所が自分によく似てゐる

独乙人と云へば　必麦酒がすきで　人と喧嘩をする事が　それより猶すきな人間のやうに思つてゐた自分は　この男が独乙帝国の臣民だと思ふと　どうも矛盾の感があつた。(「ERNST MÜLLER と自分」)(32)

とか、またつぎの一文、

先第一に眼を惹くのは　この男の鼻である。華奢な鼻柱が始はまつすぐに上から下りて来たが　途中で気が変つてちよいと又元来た上の方を顧眄したとでも形容したらよからう。先の方が抓んで持上げたやうに上を向いてゐる。かう云ふ鼻は　いくら西洋人でも　到底滑稽の観を免れない。自分は之を見ると　昔読本《リイダア》か何かで読んだ事のある　ナポレオンが鼻の上を向いた男ばかり集めて近衛兵にしたと云ふ話を思ひ出した。シヤッツマイエルは正にこの近衛兵になる資格のある男である。しかし遺憾ながら体格が悪い。尤も背だけは日本人よりも少し高いが　胸が狭くつて　痩せてゐる所が自分によく似てゐる。自分は倚子をひきよせて腰をかけながら　私に同病相憐んだ。シヤッツマイエルは

痩せてる癖に　昂然と頭をあげて　自分と成瀬とを等分に見比べながら　例の雀斑のある手をもみ合せてゐるのである。（「Karl Schatzmeyer と自分」）[33]

右二つの引用文は新編『芥川龍之介全集』（岩波書店）第二十二巻に収載されている「未定稿」からの抄出である。解題「後記」の筆者石割透氏は、前文について「表題の傍らに「芥川龍之介」と署名されている。四〇〇字詰め用紙に記され、中に「欧州の大戦乱が勃発」と記されていることなどから、一九一六（大正五）年頃に執筆された、と推測される。」、また内容的に同工異曲ともいえる後文に関しては「表題の傍らに「芥川龍之介」と署名されている。前出の「ERNST MÜLLERと自分」と関わる内容で、四〇〇字詰め用紙に、ほとんど読点が打たれずに記されており、一九一五、六（大正四、五）年頃に執筆された、と推測される。」と解説している。

私見では作者が登場人物を描写するうえで、両篇ともにもっぱら「鼻」の造形に意を尽している点からみて、この二つの文章は「大正四年十一月」以前に試みられていたものと考える。従って、大正五年一月二十日に脱稿している「鼻」の前段階における断片草稿であろうと考えられる。

三

俊才、芥川龍之介の作家誕生前夜における内発的な自我の覚醒と真摯な精神生活は、例の「吉田弥生」との失恋事件に連動する形で現出した読書体験によるところが大きい。つぎに引用する一節は大正四年二

月二十八日付、井川（恒藤）恭宛書簡のなかの恋愛の破局を告げた後につづく部分である。

空虚な心の一角を抱いてそこから帰つて来た　それから学校も少しやすんだ　よみかけたイワンイリイツチもよまなかった　それは丁度ロランに導かれてトルストイの大いなる水平線が僕の前にひらけつゝある時であつた　大へんにさびしかつた（中略）イワンイリイツチもよみはじめた

唯かぎりなくさびしい

文中、芥川はロマン・ロオランの有名な『トルストイ伝』を読んだと語り、この本に触発されてトルストイの晩年の名作「イワン・イリッチの死」を読み始めたと語っている。ロマン・ロオランが「ロシアの作品でフランスの読者を最も感動させたもの」と絶賛し、多くの人々の魂の奥底を震撼させたこの名作を、青年芥川は英訳本で読破していたのである。この件に関しては、本章第一節のなかで指摘した通りである。彼は読後の印象を即座に三月九日付の井川恭宛書簡に認《したた》めている。冒頭からいきなり「イゴイズムをはなれた愛があるかどうか」と語りかける著名な書簡である。芥川の出発期、つまり、「羅生門」執筆の創作意識を理解するうえで重要な意味を持つと見なされてきた文章である。わたくしは長年、この書簡に含まれている内容を芥川龍之介の失恋による〈胸中の苦しみや悲しみ〉の吐露であると捉えて、過大に解釈し、てきた諸家の論考に対して異論を唱えてきた。そしてそれはアンドレーエフやザイツェフ等のロシア文学の読書体験による知識の産物であると論述してきた。

私のこのような見解に賛意を表明し、発展させる形で近年、首藤基澄氏が芥川の出発期の問題に焦点を絞り、新しい視点を導入している。(34) そのなかで首藤氏は「「イゴイズムをはなれた愛があるかどうか」と

いう手紙は、直接的には人間一般の問題の考察」であり、芥川自身の問題と絡み合せた「「人間認識」を報じた文章」であると読解している。首藤氏も述べているように、この書簡の中の、「イゴイズムをはなれた愛があるかどうか」、「イゴイズムのない愛がないとすれば人の一生程苦しいものはない／周囲は醜い自己も醜い」という文章表現は、確かにトルストイの「イワン・イリッチの死」の世界である。但し、この手紙の後半部分はアンドレーエフの作品、「地下室」(昇曙夢訳) 巻頭のアフォリズムにもたれかかった表現になっている。

それではここで簡単に中編小説「イワン・イリッチの死」の梗概を首藤氏の文章[34]を借りて紹介しよう。

――「イワン・イリッチの死」は、裁判所の休憩時間に同僚のイワン・イリッチの死を知らされた検事、判事たちが、死者を悼むどころか、自身の立場や増俸のことばかり考えており、妻は妻で、国庫から少しでも多くの金を引き出そうとする場面から始め、イワン・イリッチの生涯を的確に照射する。法律学校を出て嘱託官吏、予審判事、検事、控訴院判事と出世し、外形的には幸福に見えるイワン・イリッチが、他人と心を通わせることのない無惨な生活をしていたことを浮き彫りにしていくのである。彼は生の本質を考えず、家具や部屋の装飾に心魂を傾けるが、ある時、踏み台から足をすべらせたことがもとで病気となり、妻や子供と一層離反していく。医者はおきまりの処方箋を書くだけで、親身の治療など望むべくもない。衰弱し、肉体的苦痛にうめき悶えながら、死の二時間前から、「死の代わりに光」を見て死んでいく。――

主人公、イワン・イリッチが死んだと聞いたとき、執務室に集まった連中の一人一人がまっさきに考え

たのは、その死が彼ら自身や知人の異動もしくは昇進に、どんな影響を与えるだろうか、という極めて卑小でエゴイスチックな俗吏の心理である。身近にいて世話を尽すべき医者や妻子までもが、身勝手な態度をとり、もがき苦しむ病人の心情を少しも汲もうとはしない。ただひとり若い食堂番の下男、ゲラーシムだけが甲斐甲斐しく世話をし、イワン・イリッチの心を癒《いや》す。イワン・イリッチはおのれの死に直面して初めて寂漠とした人世の虚しさを味わうのである。主人公、イワン・イリッチは死の恐怖と闘い、自分の全生涯は間違っていたのではないか、との疑いから苦しみぬくが、死ぬ二時間前になって息子や妻への憐れみを契機として心境に転機をきたし、光につつまれて生涯を終える。そこに至る過程でトルストイは社会生活や家庭生活に内在する虚偽、偽善、虚栄心、自尊心、エゴイズムの問題をとらえて徹底的に暴《あば》き、完膚《かんぷ》無きまでに形象化している。

この作品を青年芥川は、自己と自己をとりまく人間関係や苦い失恋の体験と重ねあわせて身につまされて読んでいたのである。三月九日付、及びその三日後に投函されている親友、井川恭宛書簡が指し示す内容は、トルストイの「イワン・イリッチの死」やアンドレーエフの「地下室」（昇曙夢訳）並びに、その巻頭に添えられているアフォリズム、同作家の「霧」（昇曙夢訳）等のロシア文学の世界が濃厚に投影されている文章に他ならない。さらに芥川の「鼻」執筆時期の『手帳』一には昇曙夢によって初めて本邦に紹介された「sologub」の名前がメモされており、大正五年八月二十八日付の夏目漱石に出している書簡の中にも「ソログウブ」に関する記述が残っている。このことからも分かるように、芥川龍之介はこの頃トルストイやアンドレーエフなどに代表されるロシア文学に頭のてっぺんから爪の先までどっぷりと浸って

いたのである。ロシア十九世紀の文学と思想が基調となり、そのうえわが国の古典『今昔物語』に材を得て紡ぎだされたのが「羅生門」であり、「鼻」である。

注

（1）久米正雄「『鼻』と芥川龍之介」（『二階堂放話』新英社、昭和十年十二月二十日）
（2）新編『芥川龍之介全集』第五巻（岩波書店、一九九六年三月八日）
（3）新編『芥川龍之介全集』第十三巻（岩波書店、一九九六年十一月八日）
（4）吉田精一編『芥川龍之介』（「近代文学鑑賞講座」第十一巻、角川書店、昭和三十三年六月五日）
（5）野口武彦「鼻と自意識」（『近代小説の言語空間』福武書店、昭和六十年十二月十六日）
（6）後藤明生「芥川龍之介という方法」（『群像日本の作家11　芥川龍之介』小学館、平成三年四月十日）
（7）大岡昇平「芥川龍之介」（『新文芸読本　芥川龍之介』河出書房新社、平成二年七月三十一日）
（8）和田芳恵「鼻」（『世界名著大事典』第五巻、平凡社、昭和三十五年十一月二十九日）
（9）笠井秋生「鼻」（『人と作品　芥川龍之介』清水書院、昭和四十一年五月十日）
（10）辻重光「芥川龍之介覚え書―「鼻」を中心として」（富山女子短期大学「紀要」第五輯、昭和四十七年二月十日）
（11）吉田永宏「作品事典「鼻」解説」（菊地弘他編『芥川龍之介研究』明治書院、昭和五十六年三月五日）
（12）中島一裕「芥川龍之介『鼻』の主題」（「青須我波良」第二十三号、帝塚山短期大学日本文学会、昭和五十六年十一月三十日）
（13）勝倉寿一「二　「鼻」―苦悩の表白―」（『芥川龍之介の歴史小説』教育出版センター、昭和五十八年六月十日）
（14）菊地弘「鼻」（菊地弘・久保田芳太郎・関口安義編『芥川龍之介事典』明治書院、昭和六十年十二月十五日）
（15）高橋陽子「「鼻」解題」（「国文学　解釈と教材の研究」学燈社、昭和六十三年五月二十日）
（16）平岡敏夫「鼻」（『芥川龍之介　抒情の美学』大修館、昭和五十七年十一月二十五日）

（17）中村友「「鼻」私考」（「学苑」第五百十七号、昭和女子大学近代文化研究所、昭和五十八年一月一日）
（18）石割透「『芥川龍之介資料集』を読んで―『羅生門』『鼻』の底に流れるもの―」（「国文学　解釈と教材の研究」学燈社、平成八年四月十日）
（19）海老井英次「「鼻」―〈自我〉意識と〈人間〉との断絶―」（『芥川龍之介論攷―自己覚醒から解体へ―』桜楓社、昭和六十三年二月二十五日）
（20）吉田精一「芥川龍之介の生涯と芸術」（中村真一郎編『芥川龍之介案内』岩波書店、昭和三十年八月二十六日）
（21）岩上順一「「諦念の哲学」「羅生門」「鼻」「芋粥」について」（『歴史文学論』中央公論社、昭和十七年三月三十日）
（22）関口安義「代表作ガイド「鼻」」、注（6）『群像日本の作家11　芥川龍之介』と同じ。
（23）吉田精一（前掲257頁注（1））
（24）前掲注（4）と同じ。
（25）海老井英次編「芥川龍之介文学典拠一覧」（「国文学　解釈と教材の研究」〈誕生百年芥川龍之介特集〉学燈社、平成四年二月二十日）
（26）新編『芥川龍之介全集』第十二巻（岩波書店、一九九六年一〇月八日）
（27）森英一「馬の脚」（前掲注（14）『芥川龍之介事典』と同じ）
（28）『芥川龍之介資料集　図版Ⅰ・2』（山梨県立文学館、平成五年一月）
（29）新編『芥川龍之介全集』第二十四巻（岩波書店、一九九八年三月二七日）
（30）関口安義（前掲270頁注（18））
（31）長島要一『森鷗外の翻訳文学』（至文堂、平成五年一月二十日）
（32）新編『芥川龍之介全集』第二十二巻（岩波書店、一九九七年一〇月三〇日）
（33）前掲注（32）と同じ。
（34）首藤基澄「芥川龍之介の出発―ロマン・ロランの影響―」（「キリスト教文学研究」第十五号抜刷、日本キリスト

教文学会、平成十年五月)

付　章　芥川龍之介研究のために

――解題二篇――

日本文学研究資料　新集20『芥川龍之介　作家とその時代』（『国文学　解釈と鑑賞』「特集　芥川龍之介研究のために」至文堂〈一九九三年十一月号〉）

本書は先行の『芥川龍之介』（昭45）、『芥川龍之介Ⅱ』（昭和52）の後編として昭和六十二年に有精堂から出版された。前掲の二冊が芥川の生前から歿後五十年頃までの広範多岐にわたる必須文献を網羅しているのに対して、これは副題の「作家とその時代」のテーマに沿って、過去十年間に発表された論文、書誌的研究、資料に加えて先行の二冊に収録されていなかった重要論文を集めて編纂している。編者の石割透氏が前回につづいて「解説」欄を担当し「芥川研究の現状」を纏めている。要約すると、昭和四十年代前半からの芥川研究は三好行雄に先導される形で「作品論」が主流となって展開されてきた。それはともすれば〈制度的発想〉の埒内に止まり、「作品」の〈読み〉が閉鎖的になり、文学（作家像）の本質を見失う傾向にある。それ故、芥川の「同時代の作家」「文学史的展望」「文化的状況」に照らし合わせた相対把握が必要である、と。

本書は芥川の文学的履歴に即して諸家の論文を配し、それぞれが有機的に関連しあって晩年の問題作「西方の人」「続西方の人」論のメインテーマに集約するという構造を呈している。副題を省いて論文名と

筆者を挙げる。芥川龍之介と「明治」(清水茂)、「世紀末の悪鬼」(倉智恒夫)、「大川の水」論(松本常彦)、芥川の短歌「桐」について(山敷和男)、芥川と谷崎(佐伯彰一)、芥川龍之介の「寂莫」(東郷克美)、漱石と芥川(駒尺喜美)、芥川龍之介ノート(石割透)、「あの頃の自分の事」論(鷺只雄)、芥川の「芭蕉雑記」と正岡子規(伊藤一郎)、中野重治における芥川(古江研也)、芥川龍之介と室賀文武(宮坂覚)、〈対談〉芥川龍之介の内なる神(遠藤周作・三好行雄)、芥川龍之介「西方の人」新論(笹淵友一)、テクスト評釈「西方の人」「続西方の人」(佐藤泰正)、芥川龍之介資料(編者)、芥川龍之介読書年譜(倉智)、解説(石割)、参考文献(石割)。以上極めて刺激的で挑発的な問題性を含んだ書物である。対比分析の妙味を存分に発揮した佐伯論文、簡古素朴な山敷論、いつもながら平易達意を第一義とする清水論。圧巻は佐藤論文で爾後の研究の指針となろう。「西方の人」「続西方の人」論が多いのは芥川とキリスト教の問題を最重要視してのことと推察される。興味深いのは「西方の人」の36節にある「天上から地上に登る……」の文脈の〈読み〉にある。つまり笹淵友一氏は作家のケアレス・ミステイクとみる。一方、佐藤泰正氏は「芥川自身、生前の「改造」初出への若干の訂正、書入れのなかでも特にこの部分に手を加えていない」(「テクスト評釈」)点に着目し、「「天上から地上へ登る」という屈折した一語の裡にこそ文学と宗教が真実にかかわり、交わることのできる一点が示されている。」(「芥川龍之介管見」)説得性のある言葉である。しかし、芥川の死に至る「厭世思想」や「懐疑主義」の淵源はアンドレーエフに代表されるロシア・モダニズム派の作家達の文学と思想の影響を抜きにしては語ることができないのではないか。

A５判・二七〇頁。定価三五〇〇円。

（昭和62年12月10日　有精堂出版刊）

関口安義編『アプローチ　芥川龍之介』（『国文学　解釈と鑑賞』「特集　芥川龍之介研究のために」至文堂〈一九九三年十一月号〉）

この本の「あとがき」に「芥川龍之介の研究は、歿後半世紀あたりから質量ともに格段の進展を見せ、今日にいたっている。（中略）折しも生誕百年の年を迎え、この作家の営為は改めて問い直されてよい時期に来ている。近年出現したおびただしい量の新資料も、また芥川龍之介という存在の再検討を促している。本書はそうした状況を踏まえ、いくつかの柱を立て、その人と文学にアプローチしようとするものである。」

とある。この言葉によって本書編纂の趣旨は明白だ。

文中の「新資料」とは、ここ数年来、学界で喧伝され、注目を集めてきた旧岩森亀一コレクションの芥川関係資料を指す。現在『山梨県立文学館』の所蔵となり、定期的に広く一般に公開されている。編者の関口安義氏は「館」設立に当初から深くかかわり、芥川関係資料の整理、調査に携わってきた。その過程から芥川の直筆や新資料を縦横に駆使して実証性の高い論考を矢継ぎばやに発表してきた。特に昨年度は「芥川生誕百年」を期して『『羅生門』を読む』（三省堂選書）を始め、一挙に数冊を上梓し、学界を驚かせた。本書もまた時勢に俊敏な氏の性格を反映した一書といえよう。

造本の名匠の手になるこの本の構成は六本の柱に支えられ、あたかも立体的建造物を企図しているかの

ようである。巻頭論文「新しい龍之介像のために」（関口安義）を皮切りに「羅生門」論（木村一信）、「手巾」論（杉本優）、「地獄変」（中村友）、「枯野抄」（石井和夫）、「舞踏会」（神田由美子）、「秋」（山崎甲一）、「秋山図」（伊藤一郎）、「将軍」論（松本常彦）、「雛」論（庄司達也）、「河童」の構造（酒井英行）の作品論十篇。次に比較文学の領域から「チエホフ」（佐藤嗣男）、「芥川龍之介とドストエフスキイ」（国松夏紀）の二篇。第四部「環境」の章では「芥川をめぐる二つの家」（石割透）論を展開し、中期の「保吉物」に芥川の原像を探る。一方、三嶋譲氏の「〈病〉の中の芥川龍之介」論は晩年の私生活に焦点を絞り、自己（理性）に刃向い、不可知なものに挑む芥川の姿を炙り出す。第五部は「資料図書館」（関口）、「研究書」（伊藤）、「研究史覚え書き」（佐藤）の研究案内。巻尾に「関係地図」（庄司）を付す。執筆は中堅・新進を起用し、先行書『芥川龍之介研究』（同書肆昭56）からの脱皮を図る。

しかし、難点は編者、関口氏の巻頭提言と一連の「羅生門」解釈である。一体、「新資料」の草稿断片や下書メモに〈野性〉や〈反逆の論理獲得の物語〉〈自己解放の叫び〉のキイ・ワードが読み取れるのか、又、中学時代の「義仲論」や徳冨蘆花の講演「謀叛論」（その講演を聴いていたのかどうか推測の域を出ていない。）を下敷きに短絡的に下人像を捉えてよいのか。

私見では未完成作品「全印度が……」（『芥川龍之介未定稿集』）は「羅生門」の原初形態であると考える。これをどのように位置づけるのか。関口説はやや強引にすぎる。

B6判二九〇頁。定価二八〇〇円。
（平成4年5月　明治書院刊）

あとがき

本書はロシア文学者、昇曙夢《のぼりしょむ》直隆先生に関する最初の刊本である。

明治・大正・昭和時代の前期、即ち、世界史上における国、内外の激動の二十世紀に生きた曙夢は、生前百八十冊余の膨大な著・訳書を刊行して八十歳で亡くなった。二葉亭四迷歿後、あたかも衣鉢《いはつ》を継ぐ形で（事実、二葉亭は明治四十一年六月、渡露の際に女弟子を曙夢に託している。）「ロシア文学」、「ロシア学」全般にわたって研鑽した彼は学閥や文学的結社に属さず、また文壇中枢の圏外にありながらも、不偏不党、不屈の精神で邁進し、日本最初のロシア文学者として信頼にたる著・訳書を後世に遺した。理知と感性のにじみでた極めて客観性に富んだ文章は広く国民各層に迎えられ愛読された。近代日本人の精神形成上、貴重な糧となったのである。しかも彼の優れた著・訳書は日本だけに限られたものではなかった。中国近代文学の始祖である魯迅は上海の内山書店を介して、東京堂書店から大正四年二月に出版された昇曙夢の名著『露国現代の思潮及び文学』（新潮社）を購入している。さらに一九二九年六月十五日には曙夢の訳本、ルナチャールスキィの『マルクス主義芸術論』（上海、大江書舗刊行）を重訳しているのである。また曙夢の前著は許亦非の手によって『俄國現代思潮及文学』の翻訳名で上海の四馬路現代書局から刊行されている。

辺境の奄美大島、それもさらに奥地の加計呂麻島芝（現、瀬戸内町芝）の僻村《へきそん》に誕生した直隆少年はた

ま〱知人から「ギリシア正教」の話を聴き感動。新天地を求めて東京神田駿河台のニコライ「正教神学校」に入学、七年間の学寮生活で習得したロシア語を武器に孤往独闢《こおうどくびゃく》の学問領域を切り開いていく。若くして我国のロシア文学界の一大権威となった彼の姿は〈明治の青春〉そのものである。

私は残念なことに生前の昇曙夢直隆先生に接する機会は一度もなかった。幼少時代に故郷の村の古老の話柄、或は中学時代の教師による挿話の一断片の印象であったか、奄美の先覚者「昇曙夢」の名声は幼心の琴線に触れる何ものかがあったとみえて、後々まで記憶の襞《ひだ》に残っていたのは確かである。それが、ある日突然、昇曙夢の名前が私の眼に飛び込んできたのである。

あれは昭和五十六年の初夏であったろうか。それまでの明治新体詩に関する研究が（研究と称するにはおこがましい限りであるが。）進捗せず、少し退嬰《たいえい》的な気分に陥っていた頃のことである。大阪は南の名所、道頓堀に古書の老舗『天牛』があった。（現在では移転している。）その店頭のぞっき本の籠の中に曙夢の名訳本『露西亜現代代表的作家 六人集』（易風社）が他の雑本に混って埋もれていた。即座に買い求めて読了したのは言うまでもない。多分売値は百円前後であったと思われる。この稀覯《きこう》本との運命的な〈出会い〉が昇曙夢研究へのきっかけを作ってくれたのである。大阪府立中之島図書館の「織田文庫」（作家、織田作之助の寄贈書）に曙夢関係の資料が約七十冊もまとまって収蔵されていたことは幸いであった。なかでも『還暦記念 六人集と毒の園——附文壇諸家感想録——』一巻に収められている錚々《そうそう》たる作家や文学者達の回顧文は圧巻であった。明治末から大正時代に文学的出発を行っている作家達の曙夢翻訳文学に対する熱い言葉が散りばめられていて研究意欲を掻き立てられた。そして『毒の園』所収のレオニード・アンドレーエフの短篇「地下室」を

一読するや、芥川の「羅生門」との関連性を直観的に見抜いた私は本格的に曙夢研究に着手したのである。

さて、本書は過去二十年間にわたって調査研究し、諸誌(紙)に発表してきた旧稿に手を入れたものに、新たに書き下ろした一本を加えて纏めたものである。現在では意にみたない箇所もあるが、あえて収録しているのは同じテーマに対する持続的、かつ、重層的な論証の過程を残しておきたいがためである。

つぎに本書の目次と初出一覧の照応関係を掲げる。

第一章　ロシア文学とともに歩んだ人生――明治・大正・昭和――

〔第一節〕日本初のロシア文学者、昇曙夢（『きらめく島々』瀬戸内町町制施行四十周年記念誌、瀬戸内町役場企画観光課発行、平成9年3月25日）

〔第二節〕同題（「瀬戸内町立図書館・郷土館紀要」創刊号、瀬戸内町立教育委員会発行、一九九八年三月三十一日）

〔第三節〕同題(上)・(下)（(上)「南海日日新聞」〈本社、名瀬市〉平成11年7月7日(水)、(下)同紙　平成11年7月8日(木)）

〔第四節〕同題（「叢」大谷中・高等学校機関誌、VOL. 20　1986年2月28日）

第二章　昇曙夢事歴

〔一〜七〕昇曙夢先生事歴（その1）「南海日日新聞」連載（「つむぎ随筆」昭和57年2月13日）、（その

2）同題（4月7日）、（その3）同題（5月12日）、（その4）同題（6月26日）、（その5）同題（8月11日）、（その6）同題（9月22日）、（その7）同題（12月18日）

第三章　芥川初期作品の比較文学的考察　I

〔第一節〕同題(上)・(下)（(上)〈(二)〜(五)〉「大谷中・高等学校機関誌、VOL.18　1984年2月20日）
〔第二節〕同題(上)（「叢」VOL.19　1984年12月1日）
〔第三節〕同題（「新國語研究」第三十号、大阪府高等学校国語研究会機関誌、一九八六年五月十日、ただし原題「芥川龍之介作……」の傍点「作」の一字削除」）
〔第四節〕同題（「叢」VOL.23　1989年2月10日）

第四章　芥川作品の比較文学的考察　II

〔第一節〕同題(上)（「叢」VOL.21　1987年2月10日）
〔第二節〕同題（「叢」VOL.25　1997年3月20日）
〔第三節〕書き下ろし

付　章　芥川龍之介研究のために──解題二篇──

〔芥川龍之介図書館資料室〕（「国文学　解釈と鑑賞」第58巻11号、特集「芥川龍之介研究のために」至文堂、平

成5年11月1日）

曙夢の書誌・年譜についての本格的な考証に乗りだしたちょうどその頃、南海日日新聞社の重村晃氏から一年間、随筆欄の執筆メンバーに加わるようにとの依頼を受けて書いたものが本書第二章の（つむぎ随筆）「昇曙夢先生事歴」である。これは私の曙夢に関する最初の文章で因縁めいたものを感じているので加除訂正することなく掲載した。はずみのついた私は、この年の秋に昇曙夢の翻訳文学が芥川龍之介の「羅生門」に影響を与えたとする主旨の研究発表を行った。（第二章七参照）、そして昭和六十年二月にまとめた「昇曙夢著訳書年譜考」（第一章第四節）は学界で大きな反響を呼び、翌年「国文学　解釈と教材の研究」（昭61・8）の「学界時評」で吉田凞生氏（元、日本近代文学会代表理事）によって「和田氏に曙夢伝と書誌の完成とを期待したい。それが大正文学研究への大きな寄与となることは確実である。」との過褒にすぎる評言をいただいたことを今改めて想起するのである。とはいえ、曙夢研究の道は未だ緒についたばかりであり、本書はほんの一里塚に過ぎない。

最後にこのささやかな小著を出版にこぎつけるまでには多くの方々から公私にわたる御支援と御鞭撻を賜わった。ここに謝辞を述べさせていただきます。昇家の血縁にあたる昇隆夫・雅子御夫妻並びに瀬野一郎・洋子御夫妻、そして貴重な資料を借覧させていただいた前・豊橋ハリストス正教会の主代神父（現、ダニエル主代府主教）の御厚意、勤務校大谷中・高等学校校長の左藤恵先生並びに同僚の諸先生に感謝申しあげます。また、拙論に対して必ずいつも御指導と御助言とを寄せて下さった橋本威先生（梅花女子大学教

授）、山根賢吉先生（甲南女子大学教授）、長谷川泉先生（森鷗外記念会理事長）、榎本隆司先生（早稲田大学名誉教授）、武田勝彦先生（同上）、田中榮一先生（新潟大学名誉教授）、加藤百合先生（サンクト・ペテルブルグ大学教授）、杉本邦子先生（元、日本女子大学教授）、荻久保泰幸先生（国学院大学教授）、千葉宣一先生（北海学園大学教授）、平岡敏夫先生（筑波大学名誉教授）、関口安義先生（文教大学教授）、早くから拙論をまとめて本にするように勧めて下さった山田有策先生（東京学芸大学教授）、神谷忠孝先生（北海道大学教授）の諸先生方に、心より感謝を申し上げます。さらに、芥川龍之介研究に携わる多くの先学には、これまでに多大な学恩を受けたし、今後も受け続けることと思う。南海日日新聞社の畏友、重村晃氏並びに瀬戸内町町立図書館・郷土館元、次長の沢佳男氏には大変お世話になりました。また本書の刊行を心待ちにし期待と激励を寄せていただいた詩人の藤井令一氏、山下欣一先生（鹿児島経済大学教授）をはじめ奄美郷党の皆さまに衷心より感謝申しあげます。

種々の事情から本書の刊行を予定より大幅に遅らせる結果になってしまったが、和泉書院社長の廣橋研三氏の変らぬ真率な熱意によって成就することができた。又、用字仮名遣いの統一その他の煩雑な編集実務についてもお手数をかける結果になった。生来、放埒・懶惰《らんだ》な私がまがりなりにもこのような形で一書を公刊できたのはひとえに妻和代の内助の功と三人の娘達の陰ながらの支援にささえられたものである。改めて恩愛を感じている。

平成十三年盛秋

和田芳英

著者紹介

和《わ》 田《だ》 芳《よし》 英《ひで》 (Wada Yoshihide)

昭和18年3月20日、鹿児島県名瀬市小宿町70番地に生まれる。
現住所　〒636-0912 奈良県生駒郡平群町竜田川1丁目10-24
　　　　電話 0745-45-5576 FAX 同番号
現在　大阪・大谷高等学校教諭
昭和37年　鹿児島県立大島高等学校卒業
昭和47年　関西大学大学院文学研究科修士課程修了

主要論文

△『新体詩抄』発刊直後の類似本について（大谷中・高等学校機関誌「叢」VOL.16, 1981.3）
△『新体詩歌集』が与えた波紋一大いなるblow, ゝ山・外山正一の気概一(上)（「叢」VOL.27, 1995.5)、同(中)（大阪府高等学校国語研究会機関誌「新国語研究」43号, 1999.6)、(下)（「叢」VOL.28, 2000.5)
△芥川龍之介初期作品の基底にあるもの（承前）（「叢」VOL.24, 1995.5 のち大空社『近代文学作品論集成』第12巻、1995.11）
△芥川龍之介『羅生門』・『鼻』の創作方法一未完成草稿「全印度が…」の発見一(大阪府高等学校国語研究会機関誌「新国語研究」45号, 2001.6)

編　著

『明治新体詩一覧』全三巻〔国民之友〕・〔太陽〕・〔帝国文学〕(吉川宝文堂、1976, 78,80)

ロシア文学者 昇《のぼり》 曙夢《しよむ》 & 芥川龍之介論考

2001年11月25日　初版第一刷発行
2002年10月30日　初版第二刷発行©

著　者　和　田　芳　英

発行者　廣　橋　研　三

〒543-0002 大阪市天王寺区上汐5－3－8
電話 06-6771-1467 振替 00970-8-15043

発行所　有限会社 和　泉　書　院

ISBN4-7576-0105-0 C3095 装訂/森本良成 印刷・製本/亜細亜印刷